D0206382

Arnaldur Indridason est né à Reykjavik en 1961, où il vit actuellement. Diplômé en histoire, il a été journaliste et critique de cinéma. Il est l'auteur de romans policiers, dont plusieurs best-sellers internationaux, parmi lesquels *La Cité des Jarres*, paru en Islande en 2000 et traduit dans plus de vingt langues (prix Clé de verre du roman noir scandinave, prix Mystère de la critique et prix Cœur noir), *La Femme en vert* (prix Clé de verre du roman noir scandinave, prix CWA Gold Dagger et Grand Prix des lectrices de « Elle »), *La Voix*, *L'Homme du lac* (Prix du polar européen), *Hiver arctique*, *Hypothermie* et *Betty*.

Arnaldur Indridason

LE DUEL

ROMAN

*Traduit de l'islandais
par Éric Boury*

Éditions Métailié

TEXTE INTÉGRAL

TITRE ORIGINAL
Einvígid
Publié en accord avec Forlagid, www.forlagid.is
© Arnaldur Indridason, 2011

ISBN 978-2-7578-5210-1
(ISBN 978-2-86424-945-0, 1re publication)

© Éditions Métailié, 2014, pour la traduction française

1

À la fin du film, lorsque la lumière fut rallumée et que les spectateurs eurent quitté la salle, l'ouvreur découvrit le cadavre.

C'était une séance de cinq heures, en milieu de semaine. Comme d'habitude, la caisse avait ouvert soixante minutes avant la projection et le jeune homme avait été le premier à acheter son ticket. La caissière l'avait à peine remarqué. Âgée d'une trentaine d'années, ses cheveux permanentés ornés d'un ruban de soie bleue, sa cigarette posée dans le cendrier, elle était plongée dans un *Modes et Travaux* danois et avait tout juste levé les yeux lorsqu'il s'était présenté.

– Une entrée ? avait-elle demandé. Il s'était contenté de hocher la tête.

Elle lui avait tendu son billet, rendu sa monnaie et remis le programme avant de reprendre sa lecture. Il avait rangé l'argent dans l'une de ses poches et le ticket dans une autre avant de quitter les lieux.

Il préférait aller au cinéma seul et avait un faible pour la séance de fin d'après-midi. Il achetait toujours un sac de pop-corn et un soda. Il avait également un fauteuil de prédilection dans cette salle, comme dans toutes celles que comptait la ville. Ses places préférées étaient aussi diverses que les cinémas étaient nombreux.

S'il allait, par exemple, au Haskolabio, il s'arrangeait pour être assis en haut à gauche. Le Haskolabio, le plus important de la ville, offrait l'écran le plus large. Il tenait à avoir assez de recul, ainsi aucun détail ne lui échappait. Cette distance le mettait également à l'abri d'images parfois choquantes ou trop envahissantes. Quand il optait pour le Nyja Bio, il montait au balcon et s'installait sur l'un des sièges qui longeaient l'allée. Les meilleurs fauteuils au Gamla Bio se trouvaient également au balcon, dans les rangées centrales. Lorsqu'il se rendait au Austurbæjarbio, dans le quartier est, il s'asseyait toujours sur la droite, trois rangs en contrebas de l'entrée. Au Tonabio, il préférait la rangée proche de l'entrée afin de pouvoir étendre ses jambes, à cet endroit l'écran était également à distance respectable. Il en allait de même pour le Laugarasbio.

Le Hafnarbio différait de tous les autres. Il lui avait fallu longtemps pour trouver son fauteuil de prédilection, le plus petit cinéma de la ville étant des plus spartiates. On y entrait par un petit hall qui tenait plutôt d'un vestibule, et abritait un stand de confiseries placé entre les deux portes menant à la longue salle étroite au plafond voûté : le Hafnarbio était installé dans l'un de ces baraquements militaires datant de la guerre. Deux allées longeaient les rangées de sièges et on quittait la salle par les deux portes situées à l'autre extrémité du bâtiment, tout près de l'écran. Il s'était parfois assis dans les rangées du haut, parfois à gauche, sur le siège bordant l'allée. Puis, il avait fini par trouver sa place : en haut à droite, au plus près du bord.

Il restait encore un bon moment avant le début du film. Il descendit donc la rue Skulagata jusqu'au rivage et s'installa sur un gros bloc de pierre, au soleil de l'été. Vêtu d'un blouson vert et d'un pull-over blanc, il tenait à la main son cartable dans lequel il transportait un magnétophone presque neuf qu'il sortit pour le poser sur ses genoux. Il plaça dans le compartiment l'une des deux cassettes qu'il avait emportées dans ses poches, appuya sur le bouton rouge qui déclenchait l'enregistrement et orienta l'appareil vers la mer. Puis il l'éteignit, rembobina, enfonça la touche *lecture* et écouta le ressac sur la bande. Il rembobina une seconde fois, l'essai était terminé. Tout était prêt.

Il avait déjà inscrit le titre du film sur les cassettes.

Un an plus tôt, il avait reçu cet appareil en cadeau d'anniversaire sans savoir qu'en faire, mais n'avait pas tardé à apprendre à s'en servir. Ce n'était du reste pas sorcier d'enregistrer, d'écouter et de rembobiner. Au début, il s'était un peu amusé d'entendre le son de sa voix comme à la radio, mais il s'en était vite lassé. Il avait acheté quelques cassettes enregistrées, parmi lesquelles la compilation *Top of the Pops* du hit-parade britannique et un album de Simon et Garfunkel. Ses parents possédaient un vieil électrophone équipé de haut-parleurs dont le son était nettement meilleur et il préférait écouter des disques. Il enregistrait à la radio l'émission *Les Chansons des jeunes*, mais le reste ne le passionnait pas. En quête de matériel digne d'intérêt, il avait capté tous les sons possibles émanant de sa personne avant d'interroger ses parents et quelques-uns de ses voisins d'immeuble, mais bientôt il s'était fatigué de cette distraction et l'appareil avait atterri au fond d'un tiroir.

Jusqu'au moment où le magnétophone trouva un nouvel usage.

Il allait voir toutes sortes de films et y prenait toujours plaisir. Peu importait qu'il s'agisse de comédies musicales aux décors flamboyants, interprétées par des acteurs et actrices sublimes, ou de westerns, pour lesquels il avait un sacré faible, et qui mettaient en scène des héros au regard sombre perdus dans des déserts arides. Il appréciait également les films de science-fiction qui prédisaient l'extinction de l'humanité pendant un hiver nucléaire ou montraient un vaisseau spatial sillonnant l'espace intersidéral, mû par la seule force de son imagination. Ce flot d'images traversait ses pupilles qui scintillaient dans l'obscurité de la salle.

Mais la bande sonore était tout aussi fascinante. On y entendait le tumulte des grandes métropoles, le brouhaha des gens, les rugissements de supersoniques à l'atterrissage, des coups de feu, de la musique, des conversations. Certains bruits provenaient des siècles passés, d'autres étaient issus d'un hypothétique futur. Il y avait parfois des silences hurlants et, d'autres fois, le vacarme était assourdissant. C'est ainsi que cette idée avait germé dans sa tête et qu'il avait découvert un nouvel usage pour son magnétophone. Il ne pouvait certes pas enregistrer le film lui-même, mais pouvait fixer le son sur la bande magnétique et revoir ensuite les images par la pensée. Il l'avait déjà fait plusieurs fois et possédait quelques films ainsi enregistrés.

Un quart d'heure avant la séance, l'ouvreur ouvrit le hall qui menait à la salle et déchira son ticket. Avant de se diriger vers la jeune fille qui travaillait au stand de confiseries, il s'attarda un moment sur les affiches des films à venir. Il y en avait un qu'il attendait avec impatience. Dustin Hoffman, l'un de ses acteurs favoris, interprétait le rôle principal dans *Little Big Man*. Le film était présenté comme un western d'une grande originalité et il avait hâte de le voir.

L'ouvreur taquinait la vendeuse du stand. Une courte file d'attente s'était formée devant la billetterie. Une vingtaine de personnes à peine assisteraient à la séance.

Il posa son cartable par terre et prit dans sa poche l'argent destiné à acheter le pop-corn.

Puis, il trouva son fauteuil. Comme à chaque fois, il s'arrangea pour terminer son sachet de pop-corn et son soda avant le début du film. Il posa le magnétophone sur le fauteuil d'à côté et plaça le micro sur l'accoudoir du siège devant lui. Il vérifia que l'appareil était prêt. Le noir se fit dans la salle. Il enregistrait tout, y compris les bandes-annonces.

Il était venu voir *L'Homme sauvage*, un western avec Gregory Peck, qu'il appréciait beaucoup. Le titre original, *The Stalking Moon*, figurait sur l'affiche dans le hall et il avait bien l'intention de demander à l'ouvreur après la séance s'il ne lui en restait pas une à lui donner ainsi que quelques photos du film. Il pouvait bien lui en offrir quelques-unes pour sa collection.

L'écran s'anima.

Il espérait voir la bande-annonce de *Little Big Man*.

À la fin de la séance, l'ouvreur entra dans la salle avec un peu de retard : il avait dû remplacer l'employée à la vente des tickets. Elle et lui se rendaient parfois ce genre de services. Il y avait la queue au guichet pour la séance de sept heures. Il avait dû attendre pour laisser entrer les gens dans le hall et avait demandé à la vendeuse du stand de confiseries de déchirer les billets à sa place. Dès qu'il avait trouvé le temps, il s'était précipité dans la salle. Sa tâche consistait à ouvrir les portes, à évacuer les éventuels resquilleurs et à s'assurer que personne n'entrait sans avoir payé.

Comme c'était toujours le cas lorsqu'il était en retard, les spectateurs avaient eux-mêmes ouvert les portes. Il descendit l'une des allées pour fermer celle de gauche et traversa la salle afin d'aller fermer l'autre. La séance de sept heures allait commencer, il savait d'expérience que les spectateurs étaient impatients de trouver leurs places et inspecta rapidement les rangées de fauteuils en remontant vers le hall.

C'est alors qu'il repéra un retardataire dans la pénombre.

Le jeune homme au cartable était resté à sa place, mais semblait s'être légèrement affaissé sur le fauteuil voisin et on ne le voyait pas d'en bas où il était. Il dormait d'un profond sommeil. L'ouvreur le connaissait de vue, tout comme bon nombre d'habitués qui avaient leurs exigences spéciales, n'assistaient qu'à certaines séances et s'installaient à des places bien précises. Celui-là venait souvent, peu importait le film, il semblait s'intéresser à tous les genres. Ce gamin lui avait parfois posé des questions sur les prochaines diffusions, les dates de programmation et ce genre de choses. Il lui avait même parfois demandé s'il n'avait pas quelques photos ou du matériel publicitaire à lui offrir. Apparemment un peu simple et très puéril pour un jeune homme de son âge, il venait toujours seul.

L'ouvreur l'appela. Un sac de pop-corn vide et une bouteille de soda reposaient à ses pieds.

Comme le gamin ne répondait rien, il pénétra dans la rangée, longea les fauteuils et lui tapota le bras en lui demandant de se réveiller car la séance suivante allait commencer. En se penchant en avant, il constata que le jeune homme avait les yeux entrouverts. Il tapota un peu plus fort, mais le gamin ne bougeait pas. Il finit par l'attraper par l'épaule dans l'intention de le mettre debout, mais le corps lui parut étrangement lourd, inerte. Il lâcha prise.

La salle s'illumina alors tout à fait. Ce n'est qu'à ce moment qu'il remarqua la flaque de sang sur le sol.

2

À part Marion Briem, personne n'était autorisé à avoir un canapé dans son bureau. Peu nombreux étaient d'ailleurs ceux qui exigeaient un tel luxe. Ce meuble n'avait rien de particulier et il était étonnant que sa présence ait déclenché d'aussi violentes réactions de la part de certains collègues. C'était un vieux canapé trois places fatigué, recouvert de cuir fin, tout élimé aux angles, mais équipé d'accoudoirs confortables où poser sa tête. On l'eût dit taillé pour la sieste. Certains des plus anciens collègues de la Criminelle venaient parfois s'y allonger en son absence afin de reposer un peu leur carcasse fatiguée, mais ils s'armaient de précautions, sachant que Marion n'appréciait guère qu'on vienne traîner dans son bureau sans y avoir été invité. Ce sofa était depuis longtemps une pomme de discorde au sein de la Criminelle, les collègues étaient envieux et ne toléraient pas ce genre de privilèges. Pourquoi une personne aurait-elle eu tous les droits ? Marion ne s'en souciait guère et ses supérieurs ne s'en mêlaient pas, craignant de froisser sa susceptibilité. La question était toutefois régulièrement soulevée, surtout à l'arrivée de nouvelles recrues qui n'hésitaient pas à formuler des remarques. Un jour, un nouveau venu était allé jusqu'à installer un canapé dans le bureau qu'il partageait avec deux autres policiers, affirmant que puisque Marion bénéficiait de ce droit, il exigeait d'avoir le même. Quelques jours plus tard, le canapé fut déménagé et le nouveau renvoyé à la Circulation.

Marion dormait d'un profond sommeil quand Albert arriva pour l'informer de l'agression à l'arme blanche qui avait eu lieu au cinéma Hafnarbio. Tous deux partageaient le même bureau, mais Albert n'avait jamais manifesté le moindre intérêt pour ce canapé. Ce père de famille trentenaire qui vivait dans un immeuble de quatre étages sur le boulevard Haaleitisbraut était enquêteur pour les services du procureur de Reykjavik et on l'avait affecté au quartier général de la police, rue Borgatun, auprès de Marion Briem qui avait en vain protesté contre cette disposition. Chaque mètre carré était mis à profit dans les locaux devenus trop exigus, qui hébergeaient à la fois la Criminelle et la police scientifique naissante, dont l'activité se développait rapidement. Albert portait la barbe et les cheveux longs. Il s'habillait en jean et en chemise de grand-père. Ces airs de hippie déplaisaient à Marion qui le harcelait de remarques sur sa tenue ou la longueur de ses cheveux. Le nombre de ses observations avait d'ailleurs redoublé quand il était apparu qu'armé d'une sérénité et d'une endurance hors pair, Albert y demeurait insensible. Il avait conscience qu'il lui faudrait du temps pour mettre Marion dans sa poche. On l'avait installé dans ce bureau jusqu'alors réservé à une seule personne. La seule chose qu'il avait du mal à supporter était la cigarette. Or, Marion fumait énormément et presque toujours dans son bureau où trônait un gros cendrier qui débordait généralement de mégots.

Albert dut l'appeler trois fois avant d'obtenir une réponse. Marion dormait d'un sommeil de plomb et, à son réveil, les vestiges d'un rêve l'accompagnaient encore. Ou peut-être était-ce un souvenir, ravivé par la sieste. À mesure que passaient les années, il lui était de plus en plus difficile de faire la distinction. En tout cas, les images familières d'un sanatorium au Danemark restaient gravées dans son esprit : les draps de lin d'un blanc immaculé séchant au vent sec de l'été, la rangée de patients qu'on avait installés sur la grande véranda en arc de cercle, certains dans un état grave, les tables d'instruments des médecins, les longues seringues utilisées pour les insufflations, la douleur aiguë au côté lorsque le praticien vous les enfonçait dans la cage thoracique.

– Marion, répéta Albert. Tu as entendu ce que je viens de te dire ? Un jeune homme a été poignardé au Hafnarbio. Il est mort. Ils nous attendent. La Scientifique est prête à partir.

– Poignardé ?! s'exclama Marion en se redressant sur le canapé. Le coupable a été pris ?

– Non, le gamin était seul dans la salle quand l'ouvreur l'a découvert, répondit Albert.

Marion se leva.

– Au Hafnarbio ?

– Oui.

– Il était venu voir un film ?

– Évidemment.

– Et il a été poignardé au milieu de la séance ?

– Oui.

Marion se mit à trépigner. La police de Reykjavik avait informé la Criminelle de l'affaire quelques instants plus tôt. Bouleversé, l'ouvreur du cinéma avait appelé et demandé qu'on dépêche immédiatement des hommes sur les lieux. Le standardiste avait dû le prier de répéter. Deux voitures et une ambulance avaient été envoyées, et on avait contacté la Criminelle. Albert avait pris les choses en main, prévenu ses supérieurs, averti la Scientifique et réveillé Marion Briem.

– Tu veux bien leur demander de ne pas marcher partout avec leurs sabots crottés ?

– À qui donc ? rétorqua Albert.

– À ceux qui sont déjà sur la scène de crime !

Il n'était pas rare que les premiers policiers arrivés sur une scène de crime, en général des flics affectés à la Circulation, arpentent les lieux comme de beaux messieurs, mettant en danger toute l'enquête.

On pouvait facilement se rendre à pied depuis le bureau jusqu'au cinéma Hafnarbio, mais étant donné les conditions Marion et Albert choisirent d'emprunter le véhicule de service. Ils descendirent la rue Borgartun, tournèrent sur Skulagata et continuèrent jusqu'à l'angle avec la rue Baronstigur au bas de laquelle se trouvait le cinéma, un baraquement de tôle ondulée, vestige de la Seconde Guerre mondiale et souvenir de la participation de l'Islande à la grande Histoire. Ce baraquement avait autrefois abrité le mess des officiers de l'armée britannique d'occupation. La façade blanche était en ciment, mais le reste de la structure en bois et en fer.

– Qui est donc cette fameuse maman de Sylvia ? demanda brusquement Marion tandis qu'ils roulaient vers le cinéma.

– Comment ça ? interrogea Albert qui, assis au volant, ne comprenait pas la question.

– Il y a une chanson sur elle, ils la passent constamment à la radio. Qui est donc cette Sylvia ? Et qu'en est-il de sa mère ? Il y a de quoi se poser des questions.

Albert tendit l'oreille. La radio diffusait une chanson américaine intitulée *Sylvia's mother*, qu'on entendait depuis des semaines dans les émissions de variétés.

– J'ignorais que tu écoutais de la pop, observa-t-il.

– Eh bien, il est difficile d'échapper à ce morceau. Ce sont des hommes qui chantent ?

– Oui, c'est un groupe très connu, répondit Albert.

Il se gara tout près du cinéma.

– C'est une sacrée tuile tout ça, poursuivit-il en regardant les affiches exposées dans le hall.

– Oui, ça tombe plutôt mal pour la fédération des Échecs, nota Marion Briem en descendant de voiture.

Les inquiétudes d'Albert concernaient l'importante manifestation qui se préparait en Islande. Reykjavik grouillait de journalistes étrangers venus des quatre coins du monde, de représentants des agences de presse, de chaînes de télévision, de radios et de journaux, qui allaient sans doute faire leurs choux gras du drame qui venait de frapper le cinéma Hafnarbio. La ville regorgeait également de passionnés et d'experts en échecs, d'envoyés américains et soviétiques, et de gens qui pouvaient s'offrir le long voyage jusqu'en Islande et s'intéressaient assez à la discipline pour ne pas laisser passer cette occasion unique. On eût dit que chaque être humain retenait son souffle dans l'attente du tournoi que tout le monde appelait le Duel du siècle, lequel devait opposer Bobby Fischer et Boris Spassky à Reykjavik. L'Islande n'avait pas connu une telle agitation depuis l'occupation par l'armée britannique pendant la Seconde Guerre mondiale.

On n'était pas encore sûr que le match aurait lieu. Le détenteur du titre mondial, Boris Spassky, était déjà sur place. Son rival, Bobby Fischer, causait quelques difficultés. Il posait presque chaque jour de nouvelles exigences étranges qui concernaient le plus souvent le montant du prix remporté par le gagnant. Il avait déjà retardé plusieurs avions en provenance de New

York en refusant au dernier moment d'embarquer et s'était montré plus que capricieux pendant les préparatifs. Spassky était en revanche la politesse incarnée et s'efforçait de ne pas s'offusquer des tergiversations de Fischer. Il était venu en Islande pour jouer aux échecs, disait-il, le reste importait peu. La courtoisie du champion mondial avait conquis jusqu'aux plus ardents opposants de l'Union soviétique. Les médias occidentaux gonflaient l'importance du duel qu'ils tenaient absolument à considérer comme une lutte entre l'Est et l'Ouest, opposant les pays libres et démocratiques aux dictatures. Et les grands journaux titraient sans ambiguïté : LA GUERRE FROIDE SE JOUE À REYKJAVIK.

Le pays était depuis peu sous les feux de l'actualité internationale. Des dissensions étaient nées avec la Grande-Bretagne à la suite de la décision prise par l'Islande d'étendre la limite de ses eaux territoriales. Les Britanniques avaient menacé d'envoyer des navires militaires pour escorter leurs chalutiers dans les zones de pêche. La tension grandissante avec les garde-côtes islandais avait trouvé écho dans la presse internationale et la Coupe du monde d'échecs qui approchait contribuait à alimenter l'intérêt pour l'Islande.

Les entrées de la salle de cinéma étaient toujours ouvertes à l'arrivée de Marion et d'Albert. Des voitures de police stationnaient devant le bâtiment, ainsi qu'une ambulance, les portes arrière grand ouvertes. Quelques badauds s'étaient attroupés sur le trottoir, des gens qui attendaient la séance de sept heures et d'autres, venus acheter leur ticket à l'avance pour celle de neuf heures. Les plus curieux s'étaient aventurés jusqu'à l'intérieur du petit hall. Après avoir chassé les quelques policiers présents dans la salle pour permettre à la Scientifique de travailler en toute tranquillité, Marion alla fermer les portes à clef afin de préserver la scène de crime. Pendant ce temps, Albert se chargeait d'évacuer le hall. Debout au stand de confiseries, la caissière s'inquiéta pour la projection de neuf heures. Albert l'informa que la prochaine séance aurait lieu le lendemain, dans le meilleur des cas.

— Il venait si souvent ici, observa-t-elle, bouleversée. Il avait l'air tellement calme. Je ne comprends pas qu'on puisse faire une chose pareille. À lui ou à qui que ce soit.

— Vous le connaissiez ? interrogea Albert.

— Pas plus que les autres spectateurs qui viennent souvent au cinéma. C'était son cas, il voyait tous les films. Il y en a quelques-uns comme lui.

— Et il était seul ?

— Oui, il venait toujours seul.

— Quelques-uns comme lui, dites-vous ? Comment ça ?

— Qui vont au cinéma tout seuls. En général, à la séance de cinq heures. Ils n'aiment pas la foule de celle de neuf heures. Il y a pas mal de gens comme ça, qui préfèrent voir les films en toute tranquillité.

— Les fauteuils sont numérotés, n'est-ce pas ?

— Oui, mais quand les spectateurs ne sont pas nombreux, ils décident eux-mêmes de l'endroit où ils s'installent.

— Vous n'avez rien remarqué de particulier dans son attitude ?

— Non, répondit la femme dénommée Kiddy qui venait de se présenter à lui. Absolument rien.

— Réfléchissez bien.

— Je ne vois vraiment pas, si ce n'est qu'il avait son cartable avec lui.

— Son cartable ?

— Oui.

– Mais il n'y a pas d'école en été.

– Peut-être, il n'empêche qu'il avait son cartable.

Debout derrière son stand, la jeune vendeuse de confiseries écoutait leur conversation. Âgée d'à peine dix-huit ans, profondément choquée, elle avait beaucoup pleuré et Kiddy avait fait de son mieux pour la réconforter. Quand Albert l'interrogea, elle lui répondit qu'elle avait eu peu de clients à part quelques garçons. Elle avait remarqué la présence d'une femme dans l'assistance, tous les autres spectateurs étaient des hommes qu'elle ne connaissait même pas de vue et dont elle était incapable de fournir un signalement. Elle ne fut pas non plus en mesure de confirmer que la victime avait bien un cartable.

Marion observait le travail de la Scientifique quand Albert entra dans la salle pour lui faire part de ce détail. Les policiers attendaient qu'on leur apporte des lampes plus puissantes car l'éclairage des lieux laissait à désirer même lorsque toutes les lumières étaient allumées. Personne n'avait touché au corps depuis que l'ouvreur avait tenté de réveiller le jeune homme. Une grande quantité de sang avait coulé devant le cadavre, sur le siège et le sol. Les policiers de la Scientifique se contentaient de l'éclairer à la lampe de poche, faute de mieux. L'un d'eux prenait des photos du corps, du sang et du sachet de pop-corn vide par terre. Les flashs illuminèrent la salle par intermittence jusqu'au moment où le photographe estima avoir pris un nombre suffisant de clichés.

– Il y a vraiment beaucoup de sang, observa le médecin appelé sur les lieux, qui venait de rédiger l'acte de décès. Deux coups de couteau en plein cœur. Il s'est littéralement vidé.

– Vous avez trouvé un cartable ? interrogea Marion.

L'un de ses collègues de la Scientifique leva les yeux.

– Non, aucune trace de cartable ici !

– Mais il était censé en avoir un, s'entêta Marion. Vous voulez bien vérifier ?

Un autre collègue de la Scientifique longeait les rangées de fauteuils en les explorant soigneusement à l'aide d'une puissante lampe de poche. Il l'appela. Le sol était jonché de sachets de pop-corn, de bouteilles de soda ou d'emballages de bonbons qui indiquaient les fauteuils occupés par les spectateurs ayant acheté des confiseries. Marion avait remarqué qu'il n'y avait ni papiers ni sachet de pop-corn au pied des sièges voisins de celui occupé par le jeune homme. Le collègue pointa sa lampe vers une bouteille d'alcool, au centre d'un des rangs proches de l'écran. Il s'approcha et l'éclaira.

– Qu'est-ce que c'est que ça ? demanda Marion Briem.

– Du rhum. Une bouteille de rhum vide. Elle a peut-être roulé jusqu'ici depuis le haut même si la salle n'est pas très en pente. Il n'y a rien d'autre autour.

– N'y touchez pas, ordonna Marion. Nous devons dresser un plan des lieux afin d'y voir plus clair.

– Je crois en avoir assez, observa le photographe qui, après avoir pris les clichés de la bouteille, retourna dans le hall. Marion le suivit, trouva l'ouvreur, un dénommé Matthias, et le pria de l'accompagner. Il lui décrivit avec soin comment il avait découvert le corps, en s'efforçant de n'omettre aucun détail.

– Combien avez-vous vendu de billets pour cette séance ?

– Je viens de voir ça avec Kiddy, une quinzaine, m'a-t-elle dit.

– Vous connaissiez les spectateurs ? Y avait-il des habitués parmi eux ?

– Aucun, à part ce jeune homme, répondit l'ouvreur. Je ne surveille pas ça de très près. Le film à l'affiche en ce moment est un western américain qui a pas mal de succès et je crois que la plupart des spectateurs étaient des hommes. C'est souvent comme ça pour les westerns, surtout à la séance de cinq heures. Peu de femmes y assistent.

– La plupart des spectateurs, dites-vous ?

– Oui, une femme était présente dans la salle. C'est la première fois que je la voyais. Il y avait surtout des hommes et des adolescents dont je suis incapable de vous dire le nom. Ah si, il y avait aussi ce type de la télévision.

– Lequel ?

– Ah, comment s'appelle-t-il ? Il est un peu connu. Il présente toujours le bulletin météo. Son nom ne me revient pas.

– Il est journaliste ? Météorologue ?

– Oui, il présente la météo. Je l'ai remarqué quand il a acheté son billet.

– Et avez-vous remarqué autre chose de particulier ? Est-ce qu'il connaissait le jeune homme ? Auraient-ils échangé quelques mots ?

– Non, je ne crois pas. Je n'ai rien vu. Je ne le connais que par la télé. Mais vous, vous connaissez l'identité de ce gamin ?

– Non, pas encore, répondit Marion. Vous le connaissiez de vue, étant employé ici ?

– Oui, il venait souvent, il voyait tous les films. Un jeune homme adorable. Il était poli, mais il y avait quelque chose de bizarre chez lui. Il semblait un peu simplet, le pauvre. Et il était toujours seul. Il ne venait jamais accompagné. Au cas où cela pourrait vous aider, j'imagine qu'il est sans doute connu dans les autres cinémas de la ville et qu'il a son fauteuil attitré dans chacun d'entre eux. Ils sont nombreux comme ça, et à s'asseoir toujours à la même place.

– Et ce jeune homme était comme ça ?

– Oui, il s'installait souvent ici, en haut à droite.

– Pensez-vous que quelqu'un ait pu être au courant de cette habitude ? s'enquit Marion Briem.

L'homme haussa les épaules.

– Je l'ignore. C'est possible.

– Avez-vous remarqué s'il tenait un cartable à la main ?

– Oui, je crois qu'il en avait un, en effet.

– Et ce western, il vaut quelque chose ? interrogea Marion, l'index pointé vers l'affiche de *L'Homme sauvage*.

– Il est très bien. Il a beaucoup de succès. Vous vous intéressez peut-être à ce genre ? Beaucoup de nos compatriotes aiment les westerns, ces films leur rappellent les sagas islandaises.

– C'est vrai, répondit Marion. Pour ma part, j'aime beaucoup *La Prisonnière du désert*, même si je n'apprécie guère Gregory Peck.

– Je le trouve pourtant assez bon acteur.

– Vous avez vendu quinze entrées, dites-vous ?

– Oui.

– On se croirait dans la chanson de *L'Île au trésor*, vous ne trouvez pas ?

– *L'Île au trésor* ?

– "Quinze hommes sur le coffre du mort", précisa Marion. "Hisse et oh, une bouteille de rhum !"

3

Marion discutait dans la cabine avec le projectionniste quand Albert passa la tête à la porte et lui fit signe d'un air grave.

– Nous avons trouvé sa carte d'identité et nous connaissons son adresse, chuchota-t-il. Âgé de dix-sept ans, il est né en 1955. Il s'appelait Ragnar Einarsson et vivait dans le nouveau quartier de Breidholt.

Marion accompagna Albert dans le hall et retourna dans la salle. Toujours incliné sur le fauteuil voisin, le corps n'avait pas été déplacé et reposait dans la position où l'ouvreur l'avait laissé. Un collègue de la Scientifique lui tendit la carte d'identité rougie de sang, trouvée dans une poche intérieure de sa veste.

– Nous irons voir sa famille, précisa Marion. Vous avez bientôt terminé ?

– Oui. Nous en avons presque fini. Nous n'avons pas retrouvé l'arme du crime. Les collègues ont fouillé les poubelles aux alentours du cinéma, mais sans résultat. D'autres sont descendus jusqu'à la mer, d'autres encore ont remonté la rue Hverfisgata. Ils auront peut-être plus de chance. Vous avez une idée de ce qui s'est passé ?

– Aucune.

En quittant la salle, Albert s'arrêta devant l'affiche de *L'Homme sauvage*.

– *Sous la lune d'Urdur*, drôle de titre, en islandais. C'est quoi, cette lune d'Urdur ?

– Des boules de feu, répondit Marion, ou disons plutôt de la foudre en boule. En réalité, ça n'a rien à voir avec la lune.

– De la foudre en boule ? Comment ça ?

– Son apparition est liée aux éclairs ou à une atmosphère saturée en électricité. C'est un phénomène connu, décrit il y a des siècles. Dans la Saga des Eyrbyggjar[1], par exemple, ces boules de feu sont de mauvais augure.

Marion parcourut la salle du regard.

– C'est d'ailleurs un détail assez intéressant dans ce contexte.

– Comment ça ?

– La lune d'Urdur était un présage de mort.

C'était une belle soirée d'été. Légèrement vêtus, quelques badauds attendaient devant le cinéma d'en apprendre un peu plus sur le drame qui avait frappé l'établissement. La radio avait évoqué le meurtre. Marion avait dû repousser les curieux pour arriver jusqu'à la voiture avec Albert. Kiddy et l'ouvreur les suivirent du regard depuis l'intérieur du hall. Une fois la porte du cinéma refermée, lorsque les deux employés ne couraient plus le risque d'être entendus, l'ouvreur se pencha vers la caissière et lui murmura à l'oreille :

– Ça t'est déjà arrivé d'être incapable de dire si tu as affaire à un homme ou une femme ?

– C'est drôle que tu me dises ça, répondit Kiddy, je me faisais justement la même réflexion.

---

1. On trouvera cette saga traduite sous le titre de *Saga de Snorri le godi* dans Régis Boyer, *Les Sagas islandaises*, Gallimard, "La Pléiade", Paris, 1987, p. 205-330. (*Toutes les notes sont du traducteur.*)

Ragnar habitait un immeuble d'Efra-Breidholt, le quartier le plus récent de Reykjavik qui s'étendait en direction du sud-est par rapport au centre de la capitale, et dont la construction était toujours en cours. Marion et Albert durent enjamber des planches, des armatures d'acier, des flaques d'eau et contourner des bacs de ciment pour accéder à la cage d'escalier. Sur les collines environnantes, que certains surnommaient les monts du Golan, des immeubles imposants s'élevaient, qui atteignaient parfois dix étages, et bordaient les rues sur toute la longueur. Plus bas, sur les flancs, se trouvaient des rangées de maisons mitoyennes et les villas de familles plus aisées. Construits par l'État, les immeubles étaient destinés à accueillir les foyers modestes, qui vivaient dans des conditions spartiates depuis la grande crise et la guerre, époque où les gens avaient quitté les campagnes pour venir chercher du travail en ville. Ils avaient occupé les sous-sols, les combles et les baraquements militaires délabrés, mais un avenir meilleur s'offrait à eux dans ces appartements modernes : deux ou trois chambres à coucher, une salle de bain carrelée, un salon spacieux et une cuisine équipée de tout le confort.

Les murs de la cage d'escalier avaient été enduits et n'attendaient plus qu'une couche de peinture. L'interphone n'avait pas encore été installé, mais les boîtes à lettres étaient déjà fixées au mur. Marion Briem y trouva les noms de Ragnar et de sa famille, qui vivait au deuxième étage, à gauche. Les parents avaient trois enfants, Ragnar inclus.

– Il avait deux sœurs, commenta Marion.

La porte d'un appartement s'ouvrit et ils croisèrent un groupe de gamins armés d'épées et de boucliers bricolés dans des chutes de bois de construction. Les petits Vikings dévalèrent l'escalier en hurlant sans prêter la moindre attention aux représentants de la loi.

Albert s'apprêta à frapper à la porte, mais Marion le retint.

– Accorde-leur encore une minute.

Albert hésita. Le temps passait tandis que Marion murmurait :

> *Entends, artisan des cieux,*
> *La prière du poète,*
> *Et que vienne à moi,*
> *Ta douce miséricorde*[1].

Immobile, son collègue patientait.

– Annonce-leur les choses telles qu'elles sont, conseilla Marion en lui faisant signe qu'il pouvait frapper. N'en dis ni plus ni moins.

La porte s'ouvrit et une fillette âgée d'une dizaine d'années leva vers eux un regard interrogateur. Une forte odeur de cuisine, de poisson faisandé, de graisse de mouton fondue, de lessive et de tabac emplissait l'appartement.

– Est-ce que ton papa est là, petite ? demanda Albert.

L'enfant partit chercher son père qui était allé s'allonger pour lire un peu après le dîner. Arriva un homme assez enveloppé, les cheveux en bataille, vêtu d'une chemise de travail et de bretelles. Sa femme quitta la

---

1. Début d'un psaume connu de tous, composé par Kolbeinn Tumason, probablement en 1208, juste avant la bataille de Viðínes qui opposa l'auteur et ses hommes à ceux de l'évêque Guðmundur Arason. Il s'agit du plus ancien psaume connu de tous les pays nordiques. Il est souvent chanté, aujourd'hui encore, pendant les enterrements.

cuisine et le rejoignit aussitôt, suivie d'une jeune fille âgée d'environ treize ans.

Ce fut Albert qui prit la parole.

– Veuillez nous excuser de vous déranger à cette heure, mais…

Il n'eut pas le temps d'en dire plus.

– Je vous en prie, interrompit l'homme, ne restez donc pas là, entrez. Que se passe-t-il ? Il y a un problème dans l'immeuble ?

Albert entra dans le salon, la carte d'identité de Ragnar à la main, suivi par Marion.

– Cela concerne votre fils, annonça Albert. Il s'appelle bien Ragnar Einarsson ?

– Oui, que se passe-t-il ? interrogea l'épouse qui, petite et mince, semblait plus inquiète que son mari.

– Ragnar Einarsson, âgé de dix-sept ans ?

– En effet.

– C'est bien lui ? s'enquit Albert en leur tendant la carte d'identité tachée de sang sur laquelle on voyait une photo noir et blanc.

– Oui, c'est Raggi, répondit l'époux. Qu'est-il arrivé ? Qu'est-ce que c'est que ces taches ?

– Je suis… hésita Albert.

– Vos filles seraient sans doute mieux dans leur chambre, déclara Marion.

La mère leva les yeux, puis regarda ses filles et leur demanda de suivre le conseil. Elles obéirent sans un mot.

– Je suis au regret de vous informer du décès de Ragnar, annonça Albert dès que les petites se furent suffisamment éloignées. Il a été poignardé dans un cinéma. Nous ne connaissons pour l'instant ni l'identité ni le mobile de l'agresseur.

Les parents le dévisagèrent. Ils semblaient ne pas comprendre les mots qui sortaient de sa bouche.

– Comment… ? murmura la femme.

– Redites-moi qui vous êtes, demanda l'époux.

– Nous sommes policiers, répondit Albert. Nous sommes désolés de devoir vous apprendre cette triste nouvelle. Un pasteur est en route, il a pris du retard. Il devrait arriver d'une minute à l'autre si vous souhaitez sa présence.

L'époux s'effondra sur sa chaise. Marion le rattrapa et le soutint afin d'éviter qu'il ne tombe à terre. La femme regardait à tour de rôle son mari, Marion et Albert.

– Qu'est-ce que vous dites ? chuchota-t-elle. Qu'est-ce que ça signifie ? Ragnar n'a jamais fait de mal à personne. Il doit y avoir un malentendu. Ça ne peut être qu'un malentendu !

– Nous ferons tout ce qui est en notre pouvoir pour découvrir ce qui s'est passé, promit Albert. On nous a dit qu'il était seul. Avait-il rendez-vous avec quelqu'un… ?

– Seul ? Ragnar est très souvent seul, répondit l'épouse.

– Non, il n'avait rendez-vous avec personne, ajouta son mari.

– Avait-il dans l'immeuble des amis que nous pourrions interroger ? Peut-être avait-il rendez-vous sans que vous le sachiez ?

– Il n'a pas beaucoup d'amis ici, répondit la femme, nous avons emménagé il n'y a pas longtemps. Avant, on habitait dans le vieux quartier de Selbudir, à l'extrémité ouest de la ville. Nous vivons ici depuis six mois, ça ne lui a pas laissé beaucoup de temps pour lier connaissance.

– Il est un peu particulier, observa le mari.

– Comment ça ?

– Que s'est-il passé ? coupa la femme. Pouvez-vous me le dire ? Dites-moi simplement ce qui est arrivé !

Albert lui décrivit la scène au Hafnarbio en s'efforçant de faire preuve de tact, mais sans omettre aucun détail important. Le couple n'avait pas encore pris la mesure de la gravité des choses. Cet homme et cette femme ne savaient pas que leur vie allait changer à jamais.

– Vous devrez bien sûr identifier le corps, conclut Albert dès qu'il eut fini de leur raconter comment on avait retrouvé leur fils poignardé.

– Identifier le corps ? répéta l'épouse. Où ça ? Comment ? On peut y aller maintenant ? Vous pourriez nous accompagner ?

– Cela va de soi, répondit Albert. Vous pouvez venir avec nous.

L'épouse se précipita vers la penderie de l'entrée et attrapa son manteau. Le mari se leva et enfila une veste. L'air absent, ils dirent au revoir à leurs filles qui les regardèrent, déconcertées. Albert et Marion Briem descendirent l'escalier et rejoignirent la voiture avec eux. En armes sur le parking, les gamins de la cage d'escalier firent une pause dans leur bataille rangée tandis que la voiture roulait avec lenteur devant eux en direction du boulevard de Breidholt.

Le corps de Ragnar avait été emmené pour être autopsié à la morgue de l'hôpital national de Baronstigur où il reposait sous un drap blanc sur une table d'acier froid lorsque Marion et Albert arrivèrent avec les parents. Le légiste les accueillit en blouse blanche et serra la main à chacun d'entre eux. Puis il se dirigea vers la table et souleva le drap du visage du jeune homme qui portait encore les vêtements dans lesquels il avait quitté le foyer familial.

L'épouse porta sa main à sa bouche comme pour

étouffer le cri qui lui montait à la gorge. Immobile, le mari baissa les yeux sur son fils, puis hocha la tête.

– C'est bien Ragnar. C'est bien notre Ragnar.

Le peu d'espoir qu'ils avaient nourri, plongés dans une angoisse muette, quant à la possibilité d'un malentendu, d'un ridicule bégaiement du destin, venait de s'éteindre en l'espace d'un instant. La femme éclata en sanglots et son époux la serra dans ses bras, les yeux pleins de larmes.

Marion grimaça, asséna un coup de coude à Albert et quitta la pièce en refermant doucement la porte.

4

Au cours de son premier été à Reykjavik, Marion se rendit avec le chauffeur de la famille au lac de Thingvel lir et pêcha des truites qu'on avait ensuite mises dans le petit étang à l'arrière de la maison. L'habitude avait été conservée depuis l'époque où les trois fils étaient encore enfants. Les poissons distrayaient les gamins à la belle saison et semblaient se plaire dans ces eaux où ils allaient et venaient sous leurs yeux. Les chaudes journées d'été, quand ils se trempaient les pieds dans l'étang, les truites s'approchaient jusqu'à les frôler. Le soir, elles remontaient et nageaient en surface, comme pour observer les êtres humains qui discutaient dans le jardin. Les garçons avaient l'interdiction de les pêcher ou de les embêter. Parfois, ils en attrapaient quand même une en cachette par la nageoire et la retenaient quelques instants avant de la libérer. À l'automne, avant que le petit étang ne gèle complètement, le chauffeur ramenait les poissons dans le lac de Thingvellir, les remettait à l'eau et ils disparaissaient dans les profondeurs, rapides comme l'éclair.

L'habitude avait perduré lorsque les garçons étaient devenus adultes et chaque été, on se rendait au lac de Thingvellir pour en rapporter des truites destinées à peupler le petit étang derrière la maison. Le chauffeur portait le prénom peu commun d'Athanasius et faisait office d'homme à tout faire depuis un certain temps dans le foyer qui employait également deux autres domestiques, dont une cuisinière. Athanasius assurait l'entretien des biens de la famille. Il veillait à ce que tout se passe correctement lors des apéritifs ou des dîners et s'occupait du jardin qu'il adorait et qui était sa fierté. Mais ce qui lui plaisait le plus, c'étaient ces voyages au lac de Thingvellir avec un baquet pour rapporter les truites.

Marion l'accompagnait souvent et s'entendait bien avec lui. Athanasius qui s'était toujours montré bienveillant et compréhensif l'emmenait lorsqu'il devait effectuer de petits travaux et s'efforçait de l'éduquer du mieux qu'il le pouvait, se considérant plus ou moins comme son protecteur. Marion passait donc de longues heures avec lui dans le jardin et en apprenait beaucoup sur les plantes, les questions de fertilité du sol, les nuages annonciateurs de pluie et la photosynthèse. La famille possédait un potager à Kringlumyri, alors situé à l'orée de la ville. Athanasius y cultivait des carottes, des pommes de terre et des rutabagas. Au moment de la récolte, tous les domestiques se rendaient à Kringlumyri à bord d'un grand camion, non loin des tourbières qui fournissaient en combustible les habitants de Reykjavik, et ils rapportaient un tombereau de légumes.

Lorsqu'ils parlaient de leurs employeurs, les domestiques les appelaient toujours *la famille*. Ce fut à la fin de la grande crise des années 30, quand tout le monde commençait à espérer des temps meilleurs et que certains entrevoyaient même un avenir radieux, que ces gens s'étaient considérablement enrichis. Le père avait été de ceux qui, clairvoyants et courageux, avaient investi dans la pêche. Il s'était montré économe, n'avait pas dépensé à tort et à travers, sans toutefois sombrer dans l'avarice. Son épouse danoise avait tout autant les pieds sur terre. Le couple avait eu trois fils, tous partis étudier à Copenhague. L'aîné était rentré au pays après quelques années, il avait fondé une famille et travaillait comme avocat. Les deux autres étaient restés au Danemark, mais rentraient en Islande pendant l'été et travaillaient dans l'entreprise de leur père.

Marion et Athanasius avançaient vers Thingvellir à bord d'un camion Ford emprunté à l'entreprise familiale. Même si la distance était raisonnable, il fallait un certain temps pour la parcourir sur cette piste en terre cahoteuse.

– Ils avaient au moins des routes dignes de ce nom au Manitoba, s'agaça Athanasius en essayant de contourner une grosse pierre qui claqua sous la voiture avec un bruit sourd. À l'âge actuel de Marion, il avait suivi ses parents en Amérique. Il avait passé sa jeunesse dans les communautés islandaises du nouveau continent et, une fois adulte, était rentré au pays où il avait trouvé cet emploi chez l'armateur. Marion l'avait souvent entendu dire qu'il aurait mieux fait de rester au Canada plutôt que de remettre les pieds en Islande et cette rengaine avait commencé dès qu'ils avaient quitté la ville. Il ne voulait toutefois pas se plaindre de cette famille, loin de là, il affirmait respecter son employeur et son épouse danoise et n'avait rien à leur reprocher – si ce n'était la manière dont ils agissaient avec Marion.

– Ce sont pourtant des gens bien, avait-il dit, avec un agacement qui ne lui ressemblait pas. Ce quinquagénaire calme et bienveillant aimait servir les autres et ne s'emportait jamais. Chauve et assez laid, il avait une grande bouche et le nez aplati. Voilà pourquoi je ne comprends pas qu'ils te traitent comme ça, avait-il ajouté. C'est sûrement la femme qui tire les ficelles. Satané snobisme danois !

La route, plutôt récente, avait été ouverte quelques années auparavant à l'occasion des grandes festivités du millénaire de l'Althingi, le Parlement en plein air. Elle enjambait la lande de Mosfellsheidi et rejoignait l'ancienne piste de Thingvellir au niveau de Thorger-darflöt. Peu entretenue, elle était gorgée d'eau après la pluie. Athanasius devait redoubler de vigilance.

— Je trouve quand même qu'ils devraient regarder les choses en face, avait-il repris en faisant une embardée pour éviter une ornière, projetant Marion contre la portière du camion. Ils feraient mieux d'arrêter leurs bêtises et de reconnaître qui tu es vraiment. Je ne comprends pas comment ils ont pu agir ainsi avec ta mère.

— Attention ! avait prévenu Marion.

— C'est bon ! avait répondu Athanasius, après avoir évité de peu un gros rocher. Évidemment, c'est aussi une question d'argent. Tu peux prétendre à une part d'héritage et il va de soi qu'ils ne veulent pas en entendre parler.

L'hostilité d'Athanasius avait été déclenchée par la visite du fils aîné, avocat, plus tôt dans la matinée. Ce dernier ne passait pas très souvent et il était venu, accompagné de sa femme et de ses deux petites filles. Tout le monde savait qu'il était le père de Marion, même si personne ne le reconnaissait à haute voix. La mère de Marion s'appelait Dagmar et, comme la maîtresse de maison, elle était d'origine danoise. Elle avait passé son enfance à Reykjavik, entre sa mère danoise et son père islandais, tous deux emportés par la grande épidémie de grippe espagnole. Dagmar avait trouvé cette place dans la famille par le biais de connaissances. Trois ans plus tard, elle avait été mise enceinte par l'aîné qui s'était obstiné à nier leur relation. Le fils, un pauvre type sans envergure, de l'avis d'Athanasius, avait été expédié à Copenhague par le premier paquebot et on avait prié Dagmar de quitter les lieux. Après l'accouchement, elle avait trouvé une place dans une ferme à proximité d'Olafsvik. Elle avait tenté de contacter le père de l'enfant, mais ce dernier n'avait donné aucune suite et ne l'avait même pas prévenue de son mariage au Danemark.

Alors que Marion avait trois ans, Dagmar était partie au bal à Hellissandur avec un groupe d'amis. Pour s'y rendre, on devait contourner le pied du promontoire rocheux d'Olafsvikurenni, baigné par la mer, en prenant garde à la marée. Le trajet était assez dangereux. C'était l'hiver. Les autres membres du groupe demeuraient à Hellissandur. Au retour, la mer était agitée et l'heure de la marée haute approchait. Le groupe constata que l'estran n'était plus praticable et rebroussa chemin quand une énorme lame arriva. Quelques-uns perdirent pied, deux femmes furent emportées et se noyèrent. Dagmar était l'une d'elles. Les corps furent retrouvés quelques jours plus tard à l'embouchure de la rivière Holmkelsa. On les enterra au village d'Olafsvik.

Marion n'avait conservé aucun souvenir de ces événements et les fermiers s'en étaient occupés sans faire la moindre différence avec leurs propres enfants. Très ami avec Dagmar, Athanasius avait soutenu la jeune femme dans les moments les plus difficiles. Ils avaient continué de s'écrire au cours des années qu'elle avait passées sur la péninsule de Snaefellsnes et, après son décès, Athanasius avait continué de correspondre avec le fermier qui lui envoyait des nouvelles de Marion. L'été, il lui rendait visite, restait pendant la période la plus active, aidait aux foins ou aux autres travaux de la ferme et passait du temps avec l'enfant.

Aucune maladie n'avait jamais affligé Marion jusqu'à l'âge de dix ans, à part quelques petits rhumes et de banales poussées de fièvre. Mais lors d'un automne particulièrement pluvieux et humide, une fièvre persistante se manifesta, assortie d'une toux et d'étranges douleurs dans la poitrine. Une quinte lui avait empli la bouche d'un goût de sang. Le paysan avait appelé le médecin qui avait traversé le ruisseau de la ferme sur son cheval noir par un jour de pluie glacé, vêtu d'un épais manteau et d'un chapeau dont les bords s'étaient affaissés sous le poids des gouttes. Le paysan, qui attendait le docteur sur le seuil, l'avait fait entrer dans la maison où son épouse l'avait débarrassé de son manteau pour le faire sécher avant qu'il ne reprenne sa route. Ils avaient un peu parlé du temps et de cette pluie qui semblait ne jamais devoir désarmer. Marion était au lit quand le médecin était entré dans la pièce commune. Il avait sorti son stéthoscope de sa sacoche et ausculté attentivement sa respiration. Il avait tapoté le dos et la poitrine de ce corps frêle et lui avait demandé de tousser plusieurs fois. Maintenant, respire très profondément, avait-il commandé en posant l'appareil sur ses côtes. Est-ce que tu craches du sang ? Marion lui avait répondu que oui. Il régnait un froid humide dans la pièce commune de la ferme. Trempé jusqu'aux os, le médecin voulait rentrer chez lui au plus vite. Il lui avait une seconde fois ausculté la poitrine avant de prononcer son diagnostic. Tu as sans doute contracté la tuberculose. Elle est très fréquente à la campagne, avait-il expliqué. Il vaudrait mieux l'isoler des autres enfants, avait-il conseillé au paysan. Le plus intelligent serait de l'envoyer au sanatorium de Vifilsstadir. Le paysan avait prévenu Athanasius qui avait immédiatement réagi et emmené Marion à Reykjavik après une longue discussion avec la maîtresse de maison. Personne ne sut ce qu'ils s'étaient dit mais, à la surprise générale, la patronne danoise s'était adoucie envers Marion dès qu'elle avait compris la situation. Athanasius s'occuperait de Marion qui viendrait habiter avec la famille. La maîtresse de maison veillerait à ce que l'enfant bénéficie du meilleur traitement au sanatorium de Vifilsstadir et elle avait même évoqué la possibilité d'un séjour dans un établissement au Danemark, où le climat était tellement plus clément, avait-elle déclaré dans son islandais mâtiné de danois.

Son fils était resté en dehors de tout cela, le sort de Marion lui étant indifférent. L'unique condition posée par la patronne était que sa paternité ne soit pas mentionnée. Jamais. Tels étaient les termes de l'accord entre l'homme à tout faire et la Danoise.

– C'était m'en demander beaucoup, avait lourdement soupiré Athanasius en pensant au père de l'enfant tandis qu'il poussait la barque. Il l'empruntait toujours à des gens qui avaient une petite maison d'été au bord du lac de Thingvellir. Il avait emporté deux cannes à pêche, une pour lui et l'autre pour Marion, et avait ramé jusqu'à deux cents mètres de la rive avec le baquet à bord, avant d'appâter les lignes avec de gros vers de terre.

– Tu n'as pas froid ? s'était-il inquiété. Debout à la proue de la barque, une couverture sur les épaules, l'enfant tenait une canne à la main. Tu ne dois surtout pas prendre froid avec la saleté que tu as dans les poumons.

– Je vais très bien, avait répondu Marion.

La barque se balançait gentiment sur les flots. Le

soleil était haut dans le ciel, mais le souffle d'air frais venu des hautes terres désertes qui dévalait les pentes de la montagne Skjaldbreidur inquiétait Athanasius. En peu de temps, il avait attrapé deux belles truites qui frétillaient dans le baquet. Encore une et cela suffira, avait-il déclaré.

– Il y a beaucoup de gens qui portent le même prénom que toi en Islande ? avait subitement demandé Marion.

– À ma connaissance, personne, avait-il répondu en ramenant la ligne. Je suis originaire de l'ouest du cap de Snaefellsnes, pas très loin de l'endroit où tu as attrapé cette saleté. Là-bas, pas mal de gens portent des drôles de noms, tu as dû t'en rendre compte.

– Le seul Athanasius que je connais était évêque à Alexandrie.

– Ça me dit quelque chose.

– C'est un prénom qui signifie immortel, avait précisé Marion.

– Eh bien, ça ne me dérange pas. Tu crois que ça va te servir à quelque chose de passer tout ton temps dans les livres ?

– Je lis constamment, avait répondu Marion. Un poisson mordait à l'hameçon avec une telle avidité que les secousses menaçaient de lui arracher sa canne. Le moulinet sifflait et le fil se dévidait à toute vitesse. La petite canne à pêche se courbait et fendait la surface du lac.

Athanasius s'était approché en douceur afin de ne pas faire chavirer la barque. Marion tenait encore sa ligne. Athanasius l'avait attrapé et avait vu qu'un poisson de bonne taille avait mordu à l'hameçon.

– C'est qu'il y en a de rudement gros par ici, avait-il murmuré. Tu as peut-être ferré une truite géante.

– Tu ne préfères pas prendre la canne ? avait demandé Marion.

– Non, c'est à toi de la ramener, laisse-la se fatiguer et, ensuite, commence à mouliner. On verra bien sa réaction.

Peu à peu, le fil à pêche s'était dévidé moins vite et Marion avait commencé à mouliner. Pliée en deux, la canne tremblait sous les assauts de l'animal. Athanasius se disait qu'il avait dû avaler l'hameçon et ne craignait pas que le poisson s'échappe. Il avait empoigné les rames et repris la direction de la terre ferme tandis que Marion se démenait pour ramener sa prise. Athanasius avait tiré la barque jusqu'à la rive, posé pied à terre et aidé l'enfant à descendre de l'embarcation. Le poisson commençait à s'épuiser, de même que Marion, qui avait toutefois réussi à le ramener à la surface de l'eau où il se débattait à quelques mètres du rivage, essayant de se libérer sans y parvenir. Athanasius était entré dans l'eau, avait attrapé la truite et l'avait lancée sur le bord.

– Quel monstre ! s'était-il exclamé, agenouillé à côté de la bête qui devait peser une douzaine de livres. Je n'ai jamais vu un aussi gros poisson dans le lac.

– On peut le ramener à la maison ? avait demandé Marion.

– Et comment !

Athanasius avait détaché avec précaution l'hameçon fiché dans la gueule de la bête, puis l'avait placée avec ses deux congénères dans le baquet qu'il avait aussitôt refermé et posé sur la plateforme à l'arrière du camion. Le poisson reposait immobile, comme assommé, au fond du baquet.

– Il va se plaire dans notre étang, avait-il déclaré. C'est le plus gros qu'on ait jamais pris.

– Il est mort ? avait demandé Marion.

– Non, il s'en remettra. Il en faut plus que ça pour tuer un monstre pareil. Nous viendrons le relâcher ici à l'automne. Quand dois-tu partir à Vifilsstadir ?

– La semaine prochaine.

– Parfait. Ça te fera le plus grand bien.

– Je n'ai pas envie d'y aller.

– Il n'y a pas à discuter. Tu dois te soigner.

Athanasius avait tapoté la tête de Marion.

– Cette compagne que tu traînes avec toi n'est pas très sympathique.

– Cette compagne ? avait répété Marion.

– La mort, avait répondu Athanasius.

5

Vers midi, le lendemain de la découverte du cadavre, Marion Briem et Albert se rendirent à Efra-Breidholt dans le grand immeuble inachevé. Le père et la mère de Ragnar n'étaient pas allés travailler et ses sœurs étaient restées avec eux. L'épouse était employée dans un magasin du quartier. Le mari travaillait chez un entrepreneur en bâtiments. Albert les avait raccompagnés après l'identification. Ils avaient annoncé à leurs filles que leur frère était mort sous les coups d'un assassin que la police n'avait pas encore trouvé. La douleur et la tristesse avaient pris le pouvoir sur les lieux. Les rideaux étaient tirés aux fenêtres. Quelques bougies avaient été allumées et se consumaient lentement dans le silence des endeuillés.

– C'est tellement incompréhensible, confia l'épouse à Marion. Il va au cinéma et ne revient jamais. Comment peut-on réagir à une telle chose ? Comment est-ce possible ? Poignardé ?! Comment est-ce possible ? Qui a bien pu vouloir poignarder Ragnar ?

– Einar, votre époux, nous a dit hier soir que votre fils était particulier, qu'entendait-il par là ? interrogea Marion.

Les deux policiers étaient assis dans le salon avec l'épouse. Einar, le mari, avait enfin trouvé le sommeil

43

au milieu de la matinée, tout comme les deux filles. Seule la maîtresse de maison, Klara, était debout. Elle n'avait pas réussi à s'endormir, les avait accueillis et s'efforçait de les aider du mieux qu'elle pouvait.

– Vous avez découvert des indices sur ce qui s'est passé ? demanda-t-elle.

– Non, hélas, répondit Albert.

Le cinéma s'apprêtait à rouvrir au public plus tard dans la journée. La salle et les environs du baraquement avaient été passés au peigne fin dans l'espoir de trouver l'arme du crime ou de découvrir des éléments susceptibles de servir l'enquête. On avait prié toute personne ayant remarqué des choses suspectes aux abords du Hafnarbio de contacter la police et ceux qui avaient acheté un ticket pour aller voir *L'Homme sauvage* à la séance de cinq heures avaient vivement été engagés à se manifester. Seuls quelques-uns des quinze spectateurs présents dans la salle avaient déjà réagi. Les employés du cinéma s'étaient efforcés de fournir leur signalement de manière aussi précise qu'ils le pouvaient. On savait qu'il y avait parmi l'assistance une femme plutôt jeune, le présentateur du bulletin météo à la télévision, quelques adolescents et des hommes de tous âges. Le personnel n'avait rien remarqué de particulier et n'avait pas gardé souvenir de tous les spectateurs. C'était une séance comme les autres. En général, les clients allaient et venaient sans qu'on leur prête vraiment attention.

– En quoi Ragnar était-il particulier ? répéta Marion.

– Il était fou de cinéma, répondit Klara. Il allait voir tous les films, lisait et collectionnait tout ce qu'il y avait dessus. Il passait son temps dans les salles obscures et il lui arrivait même d'aller voir deux fois certains films qui lui plaisaient vraiment.

– Ça ne suffit pas à faire de lui quelqu'un de particulier, observa Marion. Une foule de gens passent leur temps au cinéma.

– Vous avez raison... ça ne suffit pas. Il était... Ragnar a fêté ses dix-sept ans au printemps dernier, mais il n'avait pas la maturité qu'on peut attendre d'un jeune homme de cet âge. Je parle là de maturité intellectuelle.

– Comment ça ?

– Il a été victime d'un accident.

– Un accident, de quel genre ?

– Il est tombé du haut d'un escalier à quatre ans et ne s'en est jamais vraiment remis. Il a fait une hémorragie cérébrale. Les médecins nous ont dit à l'époque que certains dégâts étaient irréparables dans l'une des zones du cerveau. On habitait à l'étage supérieur d'une vieille maison en bois avec un petit grenier où il aimait beaucoup jouer. Un soir, il n'a pas fait attention et il est tombé directement sur la tête depuis une certaine hauteur. Il est resté dans le coma deux jours.

Klara leva les yeux vers Marion.

– C'était peut-être notre faute. On aurait sans doute dû le surveiller un peu mieux. J'ai passé ma nuit à penser à ça. En fait, il ressemblait à la plupart des gens. Il fallait le connaître un peu pour se rendre compte qu'il était différent. J'ai retourné ça dans ma tête toute la nuit, voyez-vous. Il était parfois très têtu et intransigeant. Il campait sur ses positions. C'était un trait de caractère dont nous avions l'habitude. Mais il ne faisait jamais de mal à personne, il n'aurait pas fait de mal à une mouche. Je suppose qu'il a mis quelqu'un en colère. Quelqu'un qui n'a pas compris son mode de fonctionnement, son mode de pensée.

– Il ne semble pas qu'il y ait eu lutte, objecta Marion Briem. En tout cas, nous n'en avons relevé aucune trace.

Les premiers indices laissaient à penser que Ragnar n'avait pas eu la moindre possibilité de se défendre. Sans doute avait-il été surpris par le caractère subit de l'agression. Ses mains ne portaient aucune blessure. Ses vêtements étaient intacts, à part les deux entailles percées par la lame du couteau dans son chandail blanc. Au moment de l'agression, il avait terminé son popcorn et son soda dont les emballages reposaient sur le sol. On n'avait trouvé aucun détritus à proximité des fauteuils voisins, ce qui pouvait indiquer qu'il était assis seul dans la rangée de sièges. Il n'y avait toutefois aucune certitude en la matière. Tout le monde n'achetait pas de confiseries et ceux qui le faisaient ne jetaient pas forcément les emballages par terre. On ne savait pas grand-chose sur l'arme blanche qui avait causé sa mort. On pensait toutefois que la lame, plutôt courte, pouvait être celle d'un canif de bonne taille. Les deux blessures qu'il avait au torse se trouvaient en revanche à l'endroit susceptible de causer le plus de dégâts.

– Lui arrivait-il de se disputer avec des inconnus à cause de son caractère ? s'enquit Albert. Avez-vous souvenir de ce genre d'événement ?

Klara le regarda.

– Non. Il savait très bien comment faire pour éviter que ça arrive et je n'ai aucun souvenir de ce genre.

– Et plus récemment ? reprit Marion Briem. Vous ne voyez personne qui aurait eu envie de se venger de lui ou aurait eu des raisons de vouloir sa mort ? Personne avec qui il aurait eu maille à partir ? Peut-être ne vous en a-t-il pas parlé, mais si vous soupçonnez quoi que ce soit, n'hésitez pas à nous en faire part.

– Non, absolument pas, répondit Klara, ahurie. Absolument pas. Je ne comprends pas que vous puissiez imaginer une chose pareille.

– Pourrions-nous aller voir sa chambre ? demanda Albert.

– Elle est là-bas, répondit Klara en se levant. Nous n'avons rien touché.

Elle les conduisit au couloir qui accédait aux trois petites chambres à coucher de l'appartement. Les deux sœurs en partageaient une, le couple dormait dans une autre et Ragnar occupait la plus petite dont la fenêtre donnait à l'arrière, sur les abords chaotiques du bâtiment ainsi que sur les grues et les immeubles en construction des "Hauteurs du Golan". Leur attention fut immédiatement attirée par trois grandes affiches de films : *La Planète des singes* avec Charlton Heston, *Bonnie and Clyde* et *L'Extravagant Docteur Dolittle*.

– C'est quoi, ces singes ? s'étonna Marion, les yeux rivés sur le mur.

– Celui-là, je l'ai vu au Nyja Bio l'hiver dernier, précisa Albert. La fin est magistrale.

– Je ne vais pas souvent au cinéma, s'excusa Marion en regardant Klara.

– Le personnel était toujours très gentil avec lui. Comme il collectionnait toutes sortes de choses, ils lui donnaient des photos d'acteurs et des affiches. Il avait adoré ce film-là, précisa Klara, l'index pointé sur l'affiche de *La Planète des singes*.

Un petit bureau bien rangé était installé sous la fenêtre et le lit accolé au mur était soigneusement fait. En face, une bibliothèque basse était remplie de livres d'aventures et de magazines de cinéma étrangers.

– Nous autorisez-vous à ouvrir ces tiroirs ? demanda Marion. Klara hocha la tête.

Les trois tiroirs du bureau contenaient diverses fournitures et livres scolaires, des feuilles, un stylo, un crayon à papier, une gomme, un taille-crayon ainsi qu'un certain nombre de cassettes audio. Marion en sortit quelques-unes. Deux d'entre elles portaient sur chaque face l'inscription *Quand les aigles attaquent* et des chiffres allant de 1 à 4. D'autres, également numérotées, affichaient *Zabriskie Point* et *Les Canons de Navarone*.

– Savez-vous ce que c'est ? interrogea Marion en tendant à Klara la bande intitulée *Quand les aigles attaquent*.

Klara la fit tourner entre ses doigts et lut ce que Ragnar avait écrit.

– Non, je l'ignore, répondit-elle, mais nous lui avons offert un magnétophone en cadeau d'anniversaire. Je croyais qu'il ne s'en servait plus.

– Ce sont des titres de films, précisa Albert. J'ai vu *Zabriskie Point* et aussi *Quand les aigles attaquent*. Ces deux-là sont passés au Gamla Bio. Et je crois qu'ils ont projeté *Les Canons de Navarone* au Stjörnubio.

Marion regarda Albert avec étonnement.

– Eh oui, je vais parfois au cinéma, rétorqua-t-il.

– Où trouvait-il l'argent ?

– Il ne nous en demandait pas, répondit Klara. Dès qu'il a eu terminé sa scolarité obligatoire, il a trouvé un emploi à mi-temps dans un magasin du quartier. En général, il travaillait jusqu'à deux heures de l'après-midi.

– Où est le magnétophone ? s'enquit Albert. Il n'est pas dans sa chambre ?

– Si, il devrait être ici, confirma Klara, qui se mit aussitôt à chercher l'appareil. Comme elle ne le trouvait pas, elle alla dans la chambre des filles, dans le salon et dans l'entrée.

– Apparemment, il avait son cartable quand il est

arrivé au cinéma, précisa Marion. Mais nous ne l'avons pas retrouvé à côté de lui.

– Peut-être que les petites savent quelque chose, répondit Klara en repartant dans la chambre de ses filles où elle resta un long moment tandis que Marion et Albert attendaient dans l'entrée. On n'entendait rien d'autre dans l'appartement que le bruit des chantiers alentour.

– C'était tout nouveau, annonça Klara, manifestement bouleversée à son retour. Ragnar emmenait son magnétophone au cinéma et enregistrait les films. Il n'a pas voulu nous en parler car il avait peur que ce soit interdit. Ses sœurs pensent qu'il avait l'appareil dans son cartable quand il est parti. En tout cas, il est introuvable et, en général, il le laisse sur son bureau.

– Il n'y avait ni magnétophone ni cartable quand nous avons découvert le corps, précisa Marion.

– On peut donc imaginer que quelqu'un les lui ait pris, suggéra Klara.

Marion voyait Klara s'enflammer. L'acte qui lui avait jusque-là semblé irrationnel obtenait enfin une explication qu'elle pouvait comprendre. Si son fils était mort suite à un vol, elle parvenait à se représenter ce qui s'était passé.

– C'est possible, convint Marion. S'il avait effectivement le magnétophone avec lui.

– C'est imaginable ? C'est envisageable que ce soit le mobile ?

– Peut-être qu'il a opposé résistance, poursuivit Marion. S'il était comme vous affirmez. Vous nous avez dit qu'il était têtu.

– En effet, convint Klara. Mais pensez-vous que quelqu'un ait voulu le tuer pour cet appareil ? C'est vraiment possible ?

– Cela me semble peu probable, répondit Marion.

À moins qu'il ne se soit agi d'un objet particulier. Vous l'aviez payé cher ?

– Non, pas du tout. Nous n'avons pas les moyens. On a acheté le moins cher et je n'arrive pas à envisager qu'il ait pu attirer les convoitises.

– Non, il serait plutôt imaginable que… Marion s'interrompit au milieu de sa phrase. Vous venez de dire qu'il enregistrait les films, n'est-ce pas ?

– Oui.

– Peut-être l'agression n'a-t-elle rien à voir avec le magnétophone lui-même.

– Comment ça ? s'étonna Albert.

– C'était un appareil tout à fait banal sans aucun intérêt pour un voleur. Et je doute fort qu'on ait pu tuer pour se l'approprier.

– C'est vrai.

– Peut-être que l'agresseur voulait obtenir autre chose de Ragnar.

– Comme, par exemple ?

– Puisque ce n'était pas l'appareil lui-même qui présentait un intérêt, reprit Marion, alors, ce devait être les cassettes.

– Nous n'en avons pas trouvé non plus dans le cinéma, rappela Albert.

– Or, si on se fonde sur celles qui sont dans la chambre de Ragnar, il avait en général besoin de deux bandes pour chaque film. Et elles ont disparu avec le magnétophone.

Albert dévisagea Marion.

– Tu veux dire que l'agresseur ne convoitait pas forcément le magnétophone, mais plutôt…

– … l'enregistrement qui se trouvait sur ces cassettes, compléta Marion.

6

Le directeur du magasin d'alimentation qui employait Ragnar n'avait que du bien à dire sur lui. Ponctuel et fiable, le jeune homme était apprécié par ses collègues. Tous connaissaient sa passion du cinéma et savaient qu'il était parfois un peu simple d'esprit, mais c'était quelqu'un de gentil, toujours prêt à rendre service. Apparemment, personne ne l'avait importuné ni ne s'en était pris à lui dans un passé récent, que ce soit dans le quartier ou ailleurs. Ragnar n'avait jamais rien mentionné qui le laisse entendre et ses collègues n'avaient été témoins de rien. Le directeur du magasin ne parvenait pas à s'imaginer que quiconque ait pu lui vouloir du mal, il avait parlé d'une tragédie en ajoutant qu'ils étaient tous sous le choc. Aucun d'entre eux n'avait jamais accompagné le jeune homme au cinéma.

— Vous avait-il dit qu'il possédait un magnétophone ? demanda Marion à la jeune caissière qui avait été le plus en contact avec lui.

— Non, quel genre d'appareil exactement ? s'enquit la jeune femme très maquillée qui prenait sa pause à la cafétéria et achevait sa deuxième cigarette.

— Il était équipé d'un micro.

— Alors, c'était un magnétophone à cassettes ?

— Exact.

– Et il en avait un ?

La caissière portait la salopette rouge du magasin et mâchait son chewing-gum tout en fumant. Marion l'interrogea sur la nature de ses relations avec Ragnar.

– On n'était pas ensemble, répondit-elle, s'étant méprise sur le sens de la question. C'est vraiment… enfin, je veux dire…

Marion et Albert prirent rapidement congé et sortirent profiter de la belle journée d'été. L'air était tiède et la chaleur s'était installée. Marion s'arrêta tout près de la voiture et offrit son visage au soleil.

– Bobby n'a pas pris l'avion, déclara Albert.

– Non, j'ai lu ça dans le journal. C'est incroyable que Spassky réussisse à garder son calme face à toutes ces incorrections.

Les journaux du matin relataient que Bobby Fischer avait fait attendre l'avion de la compagnie islandaise Loftleidir à New York pour finalement ne pas se présenter à l'embarquement.

– Le jour ne lui convenait pas, ironisa Albert. Je doute que ce duel d'échecs au sommet ait lieu s'il continue à se comporter comme ça.

– Il fait tout pour décontenancer les Russes, observa Marion, mais il finira par venir.

– Je l'espère bien. On compare les échecs à une guerre psychologique.

– La seule chose qui m'échappe, c'est comment Spassky tolère tout ça. Les Russes sont furieux, mais lui, il garde un calme olympien.

– Il reste encore quelques jours, observa Albert. Le tournoi n'a pas encore commencé.

– Fischer s'est engagé dans la partie depuis longtemps, corrigea Marion Briem en prenant place dans la voiture. Et je crois que les Russes l'ont compris.

Dans le studio d'enregistrement de la Maison de la télévision, qui se trouvait dans la rue Laugavegur, le météorologue préparait le bulletin de la soirée, debout à côté d'un caisson carré pas plus gros qu'une caisse de vin, et qui était l'un des accessoires les plus sommaires de la chaîne. Sur les quatre faces étaient placées des cartes de l'Islande. Il suffisait de faire tourner l'objet pour qu'apparaissent sur les écrans de la nation une nouvelle partie du pays. Le présentateur était alors assis et se servait d'une petite baguette pour indiquer les anticyclones, les dépressions et les millibars. L'accessoire se montrait récalcitrant à l'arrivée d'Albert et de Marion Briem, il refusait de tourner correctement et de se plier à la volonté du présentateur, de plus en plus exaspéré. Les quelques météorologues du Bureau islandais chargés de présenter le bulletin quotidien à la télévision étaient désormais des visages connus. Ces quadragénaires ne brillaient pas par leur sens de l'humour, du reste le climat islandais ne prêtait pas franchement à rire. La plupart d'entre eux n'avaient que faire ou s'agaçaient de cette célébrité acquise à la télévision.

– Saloperie ! souffla le présentateur qui s'énervait sur le caisson.

– Un problème ? demanda Marion Briem.

– Je n'arrive pas à faire tourner ce satané machin !

– C'est gênant.

– Oui, enfin, que, qui… ?

– Nous sommes de la police, annonça Marion. Nous souhaiterions vous interroger sur ce qui s'est passé hier au Hafnarbio. On nous a dit que vous étiez à la séance de cinq heures.

L'homme regarda les deux policiers à tour de rôle.

– En effet, j'y étais. On m'y a vu ?

– L'ouvreur de la salle vous a reconnu.

– On ne peut plus faire un pas sans que tout le monde le sache.

– Vous présentez un programme très suivi, fit remarquer Marion, l'index pointé sur le caisson.

– Je ne vous le fais pas dire. En fait, je m'apprêtais à aller vous voir suite à cette horreur. On m'a dit que vous aviez diffusé une annonce à l'attention de ceux qui étaient à cette séance.

La moitié des spectateurs présents dans la salle s'était d'ores et déjà manifestée auprès de la police. Un appel à témoins avait été publié dans les journaux et transmis à la radio. On espérait que les autres ne tarderaient pas à entrer en contact. L'affaire faisait grand bruit et la population était choquée. Un adolescent innocent avait été sauvagement agressé et le fait qu'on ignorait l'auteur de cette atrocité inquiétait les gens.

– Vous ne vous êtes pas empressé de venir nous voir, n'est-ce pas ? observa Marion.

– Non, répondit le météorologue, disons que… en réalité, je n'ai rien à vous raconter, hélas. Je crains de ne pas pouvoir vous être bien utile.

– Vous vous rappelez ce gamin ?

Marion lui tendit une photo de Ragnar. Jusque-là, la presse n'en avait publié aucune.

– Je ne me souviens de personne en particulier, répondit le présentateur en scrutant longuement le cliché. Je ne suis pas très physionomiste. Que ce soit au cinéma ou ailleurs. Les gens me fixent tellement que je trouve ça désagréable.

L'homme raconta qu'il s'était installé au centre de la salle et précisa qu'il n'avait rien remarqué d'étrange ou de suspect pendant la séance. À la fin du film, lorsque la lumière s'était rallumée et que les spectateurs s'étaient levés, il avait vu deux adolescents ouvrir la porte située en bas de la salle, à droite. Il était sorti par là avec les autres et avait rejoint sa voiture.

— Comme d'habitude, conclut le présentateur d'allure plutôt massive, le dos voûté, les épaules tombantes et la calvitie développée. Il s'était laissé pousser les cheveux sur un côté afin d'en recouvrir les zones dégarnies, mais n'avait pas rabattu la mèche qui se tenait à la verticale sur son crâne, comme une manche à air destinée à mesurer la vitesse du vent.

— Vous rappelez-vous la présence d'une femme ? interrogea Albert.

— Oui, maintenant que vous le dites. Nous sommes pour ainsi dire sortis de la salle au même moment. C'est la seule personne que j'aie vraiment remarquée.

— Elle était seule ?

— Je n'en sais rien.

— Son âge ?

— Elle doit avoir une trentaine d'années. Jolie fille. Même si je ne lui ai pas accordé beaucoup d'attention, ajouta-t-il.

— Le jeune homme était assis un peu plus haut dans la salle, pas très loin de l'allée de droite. Vous n'auriez pas entendu des bruits à cet endroit ? demanda Marion Briem.

— Non, aucun.

— Et vous n'avez pas non plus vu s'il y avait des gens assis à côté de lui ?

— Non, je suis arrivé bien avant le début du film, répondit le présentateur en plaquant sur sa calvitie la mèche de cheveux dont il semblait tout à coup se souvenir. Quelques spectateurs étaient assis devant moi, des gamins ou plutôt des adolescents. Je n'ai remarqué personne d'autre et je n'ai pas non plus vérifié qui était assis dans les rangées de derrière. Vous comprenez donc que j'aie jugé qu'il n'était pas très urgent de vous contacter.

— Vous n'avez pas non plus remarqué que l'un des spectateurs était ivre ?

— Non. Ivre, vous dites ?

— Personne n'est sorti de la salle en titubant ?

— Non, je ne pense pas.

— Est-ce que vous buvez ? demanda Marion sans ambages.

— Comment ? rétorqua le météorologue.

— Est-ce que, par hasard, vous boiriez du rhum ?

— Du rhum ?!

Pendant la réunion de la matinée avec les policiers chargés de l'enquête, Albert avait suggéré que la bouteille de rhum trouvée dans la salle de cinéma tendait à indiquer que Ragnar avait été poignardé par une personne en état d'ivresse, laquelle n'avait peut-être même pas eu conscience de son acte. On s'occupait de relever les empreintes digitales sur la bouteille afin de pouvoir les comparer avec celles des fichiers de la police où étaient répertoriés les criminels et les alcooliques notoires. Les employés du Hafnarbio avaient juré leurs grands dieux qu'aucun individu aviné n'avait été admis dans leur établissement, ce n'était pas dans leurs habitudes de déroger aux recommandations très strictes en la matière.

— Nous avons trouvé une bouteille de rhum vide pas très loin de l'endroit où vous étiez assis, poursuivit Marion. L'un des spectateurs de la séance de cinq heures l'a apportée avec lui car la salle avait été nettoyée dans la matinée.

— Je n'avais aucune bouteille sur moi, assura le météorologue, choqué par la question. Du reste, il se trouve que je ne bois pas, ajouta-t-il sur un ton un peu solennel.

– Vous avez vu quelqu'un quitter les lieux avant la fin du film ? demanda Marion.

Le présentateur secoua la tête. Les employés du cinéma n'avaient remarqué aucune sortie, eux non plus. Cela arrivait parfois, quand le film était particulièrement mauvais ou pour des motifs personnels. Le cinéma ne comportait que deux issues, celle située au bas de la salle, et l'autre, par le hall d'entrée. Il n'y avait pas eu d'entracte, contrairement à l'habitude, le nombre restreint des spectateurs ne justifiant pas qu'on ouvre le stand de confiserie.

Personne n'est sorti par la porte d'en bas, ça ne m'aurait pas échappé, nota le météorologue.

– Et vous n'avez rien entendu ? Même pas un gémissement ?

– Non, la bande-son du film était sacrément forte, elle couvrait tous les autres bruits.

– Vous ne vous promenez pas avec une arme blanche sur vous ? s'enquit Albert.

Le météorologue se tourna vers lui en un geste brusque. Sa main heurta le caisson qui tomba de son support et s'écrasa bruyamment par terre.

– Quelle saloperie ! Non ! répondit-il, furieux. Qu'est-ce que ça signifie ? Je ne me promène pas avec un couteau et je ne poignarde pas les gens. Je suis météorologue !

Tard dans la soirée, le téléphone sonna chez Marion qui, un porto blanc posé sur sa table, lisait la *Saga de saint Olaf* et se passionnait pour le duel d'échecs politique qui avait jadis opposé le roi danois Knutur au *jarl* norvégien Ulfur. Marion aimait se détendre avec un digestif tout en picorant dans la boîte de confiseries islandaises posée à côté de son verre.

Un sourire lui éclaira le visage : la partie d'échecs se terminait mal. Le roi danois s'en prenait violemment au *jarl* et le tuait.

– Allô ? Vous êtes bien Marion ?

– Oui.

– Marion ?

– Oui…

– Je vous serais très reconnaissant de bien vouloir passer me voir.

– Passer vous voir ?

– Il faudrait qu'on se rencontre. J'aimerais beaucoup pouvoir vous rencontrer. Je n'ai pas… Je n'ai pas beaucoup de temps.

Marion garda le silence.

– Je serais très heureux si vous pouviez faire ça pour moi, répéta la voix au téléphone. Mais il ne faut pas tarder. Je crains que mon temps ne soit compté.

Marion ne s'attendait pas du tout à recevoir un tel appel. Il lui fallut un moment pour saisir le sens de ce coup de fil et de ces mots. Le silence était devenu assourdissant. Préférant ne pas le rompre, Marion raccrocha en douceur et reprit sa lecture.

7

Marion buvait son café à petites gorgées dans la cafétéria de la Criminelle de Borgartun tout en lisant le dernier communiqué de la Fédération soviétique des échecs dans l'un des journaux. Fischer n'avait pas assisté à la cérémonie d'ouverture du tournoi au Théâtre national et la Fédération internationale avait repoussé la première partie de deux jours pour essayer, une dernière fois, de convaincre l'adversaire de venir en Islande et de participer au duel. Exaspérés par ces tergiversations, les Soviétiques exigeaient que Fischer soit exclu du tournoi.

– Quel imbécile ! marmonna Marion, les yeux fixés sur sa tasse.

– Qui tu traites d'imbécile ? s'enquit à la porte de la cafétéria un collègue prénommé Hrolfur. Tous le savaient désireux d'accomplir de grandes choses dans les rangs de la police.

– Te voici donc à nouveau sur pied ! ironisa Marion en levant les yeux de son journal.

En dépit de ses grandes ambitions, Hrolfur manifestait très peu d'intérêt pour les tâches policières et il était connu pour prendre chaque année un nombre impressionnant de congés maladie.

– On m'a demandé de te dire qu'Albert t'attendait en bas, répondit-il d'un ton sec avant de disparaître.

Tous ceux qui avaient assisté à la séance de cinq heures étaient considérés comme suspects. Il en allait de même pour le personnel du cinéma. Le météorologue n'avait pas apprécié quand il avait compris. C'était de la pure bêtise, voire de la folie, d'imaginer qu'il ait pu commettre un acte aussi atroce que celui d'assassiner le jeune homme. Bienveillants, les autres spectateurs qui s'étaient manifestés avaient réagi de manière plus calme. Il s'agissait d'une part de trois gamins âgés de quatorze ans qui fréquentaient l'école de Vogaskoli et n'avaient jamais eu affaire à la police, et d'autre part de quatre amis originaires du quartier d'Arbaer qui n'avaient rien remarqué de suspect pendant le film. La police continuait de rechercher les autres. La seule femme présente à la projection du western avec Gregory Peck en faisait partie.

– On dirait bien que ton copain Bobby ne viendra pas, observa Marion en prenant place dans la voiture banalisée qu'Albert avait demandée à l'administration et qu'ils utilisaient pour se rendre au cinéma Gamla Bio.

– Non, et s'il n'arrive pas aujourd'hui ou demain, c'en est fini, confirma son collègue avant de démarrer.

– Quelle honte pour le monde des échecs !

– C'est sûr.

– Et ça ne t'empêche pas de l'estimer ?

– C'est le plus grand génie du monde en la matière, trancha Albert.

Passionné d'échecs, il avait pris part à quelques tournois organisés par la Fédération de Reykjavik dans sa jeunesse.

– On raconte que Kissinger en personne fait pression sur Bobby.

– Ça ne me surprendrait pas. L'honneur des États-Unis est en jeu. En réalité, il s'agit maintenant de savoir s'il osera ou non affronter Spassky.

– Et s'il vient finalement, tu ne vas pas te proposer pour assurer sa sécurité ? s'enquit Marion qui avait assisté dans la matinée à une réunion où on avait évoqué le manque d'hommes pour escorter Bobby Fischer et Boris Spassky au cas où le tournoi aurait finalement lieu.

– J'y réfléchis, répondit Albert. Ça ne serait pas désagréable d'approcher Fischer. Enfin, pour peu qu'il vienne en Islande.

Le Gamla Bio était l'exact opposé du Hafnarbio. C'était un immeuble élégant de la rue Ingolfsstraeti, conçu dans les années 30, à l'âge d'or du muet, pour héberger un cinéma. On n'avait pas regardé à la dépense. L'extérieur était entièrement blanc et de style classique, la façade ornée de quatre colonnes ioniennes et d'un magnifique auvent. Le hall s'enorgueillissait d'une voûte joliment décorée et des colonnes grecques parsemaient la salle qui pouvait accueillir six cents spectateurs.

L'ouvreur les attendait à l'entrée et les salua d'une poignée de main. Deux employées chargées de faire le ménage dans la salle descendirent le petit escalier accédant aux balcons supérieurs et leur dirent bonjour, leurs seaux et leurs balais à la main, avant de disparaître derrière le guichet.

Leur hôte les fit entrer à l'orchestre et déplia un strapontin où il s'installa. Albert l'imita et prit place face à lui de l'autre côté de l'allée. Préférant rester debout, Marion se posta entre eux.

Albert et Marion avaient beaucoup discuté des cassettes trouvées dans la chambre de Ragnar et du magnétophone qu'il transportait dans son cartable. Sans doute avait-il enregistré les films à la dérobée. Tout portait à croire qu'il était venu au Hafnarbio accompagné de son appareil et qu'il avait copié la bande-son de *L'Homme sauvage*. Il eût été surprenant que l'assassin ait uniquement voulu s'approprier ce magnétophone et ces cassettes. C'eût été un mobile des plus minces, de l'avis des deux enquêteurs. Il était plus probable que Ragnar ait enregistré une chose qu'il n'était pas destiné à entendre et dont il ne devait surtout pas être témoin. Il y avait peu de chance qu'il se soit agi du monologue de son voisin de salle, mais plutôt d'un échange verbal entre plusieurs personnes. Tout indiquait que les auteurs des faits n'avaient pas hésité. Lorsqu'ils avaient compris que leur conversation était enregistrée, ils avaient réagi avec une violence inouïe, funeste à Ragnar. Apparemment, le jeune homme n'avait pas eu la moindre chance de se défendre. Les conclusions du légiste indiquaient que les deux blessures se trouvaient à l'endroit susceptible d'occasionner le plus de dégâts, très proches l'une de l'autre dans le muscle cardiaque. La mort de Ragnar avait été aussi rapide qu'indolore. Il n'avait même pas pu appeler à l'aide ; aucun des spectateurs n'avait entendu quoi que ce soit.

L'ouvreur du Gamla Bio, un homme nonchalant et d'un certain âge, déclara bien se rappeler le jeune homme, qui était un client régulier du cinéma. Il l'avait immédiatement reconnu sur la photo empruntée par Albert aux parents et sur celles publiées dans la presse écrite.

– Je me souviens très bien de lui, dit-il. Il venait voir la plupart de nos films. Y compris les rediffusions. Haut comme trois pommes, il mentait sur son âge pour entrer dans la salle quand on diffusait des œuvres interdites aux enfants. Il n'est pas le seul. Les gamins comme lui sont des passionnés qui veulent tout voir. Ce n'est pas drôle de leur interdire l'entrée, mais on n'a pas le choix.

— L'avez-vous aperçu récemment ? interrogea Albert.

— Oui, et il m'a demandé des photos d'acteurs de *Quand les aigles attaquent*, que nous avions à l'affiche, il y a peu. D'ailleurs, le pauvre gamin a eu des problèmes.

— De quel genre ? interrogea Marion.

— Un homme s'en est pris à lui. Je ne m'en suis pas mêlé, mais j'ai assisté à la scène.

— Pris à lui ?

— À cause d'un appareil qu'il avait apporté. Je n'en ai pas entendu davantage.

— Connaissez-vous cet homme ?

— Non.

— Pourriez-vous m'en dire un peu plus sur cet appareil ?

— Pas vraiment. Je suis resté en dehors de ça. Ensuite, ils ont tous les deux quitté la salle, mais l'homme refusait de le laisser tranquille et je l'ai vu le suivre le long de la rue Bankastraeti.

— Quel genre d'appareil était-ce ?

— Je l'ignore.

— Cet homme vous semblait représenter une menace pour l'adolescent ? glissa Albert.

— Non, je n'irais pas jusque-là.

— Avez-vous saisi des bribes de leur conversation ?

— L'homme le réprimandait. Le gamin était en train de ranger son appareil dans son cartable et l'autre le dominait, énervé, l'index baissé sur le sac d'école.

— Ils n'étaient pas venus voir le film ensemble ?

— Non, le jeune homme venait toujours seul.

– Et vous ne connaissez pas celui qui s'en est pris à lui ?

– Non.

Marion et Albert quittèrent rapidement les lieux et s'arrêtèrent un moment au soleil. Les rues Ingolfsstraeti et Bankastraeti étaient embouteillées. Marion alluma une cigarette. L'air était chaud et moite, et la circulation avançait avec lenteur devant eux. On entendait un camion ronfler sur la rue Hverfisgata, un peu en contrebas. Albert piétinait sur les marches devant le guichet, comme s'il n'osait pas aborder une question qui le turlupinait. Marion remarqua ses hésitations.

– Qu'y a-t-il ?

– Hein ? Rien du tout, répondit son collègue.

– Bien sûr que si, allons.

– Ah, aucune importance.

– Albert, enfin, qu'y a-t-il donc ?

– Quand je suis passé l'autre jour pour te réveiller, tu avais laissé tomber par terre une carte postale que tu venais de lire ou de relire. Je l'ai ramassée et posée sur ton bureau.

– Et alors ? s'enquit Marion.

– Je tenais à te le dire. Je ne voudrais pas que tu croies que je lis ton courrier.

– Je sais bien.

– C'est bien le fjord de Kolding au Danemark, n'est-ce pas ?

– Exact.

– Tu as séjourné là-bas ?

– Oui, c'est un endroit que je connais bien.

Marion aspira la fumée.

– L'homme qui a réprimandé Ragnar au Gamla Bio aurait pu se trouver aussi dans la salle du Hafnarbio ? suggéra Albert.

– Ce n'est pas exclu, répondit Marion. Nous devons voir ça avec le personnel.

– Comment un être humain peut-il justifier un tel acte ? observa Albert, pensif, tandis qu'il se dirigeait vers la voiture, garée dans le passage entre le Théâtre national de Thjodleikhusid et la grande bibliothèque de Landsbokasafn. Marion laissa tomber sa cigarette sur le trottoir, l'écrasa avec soin, ramassa le mégot et le jeta dans une poubelle.

– C'est impossible, bien sûr, à part aux yeux de ceux qui en sont les auteurs. Je suppose qu'ils considèrent avoir des choses à cacher, des choses qu'ils ne voudraient pas voir s'ébruiter, qu'ils ne voudraient pas savoir consignées sur une bande magnétique. Ils n'ont sûrement pas fait ça pour s'amuser, conclut Marion.

– Admettons qu'ils aient eu un mobile de ce genre.

– Oui, admettons.

– Dans ce cas, Ragnar a peut-être surtout joué de malchance, reprit Albert. Imaginons que le Hafnarbio soit le lieu de rendez-vous de certains des spectateurs de la séance de cinq heures. Ils pensent pouvoir parler tranquillement pendant la projection, couverts par le bruit du film, assis dans le noir. Personne ne les remarque. Ils arrivent séparément et rasent les murs.

– D'accord, ils s'installent dans l'obscurité, poursuivit Marion. Le film a déjà commencé. Ils ne voient pas à quel endroit se trouve le gamin, peut-être est-il penché sur son magnéto et, tout à coup, ils se rendent compte qu'il est dans le fauteuil juste derrière eux.

– Pour une raison ou pour une autre, ils remarquent la présence de l'appareil, reprit Albert. Ils comprennent qu'il enregistre leur conversation et aperçoivent le magnétophone et le micro.

– Et ils n'hésitent pas.

– Ils tuent le gamin.

– Je ne sais pas, tu trouves ça typiquement islandais ? Est-ce que, franchement, ça te semble vraiment islandais ?

– Comment ça ?

– N'aurait-il pas suffi de lui prendre son appareil et ses cassettes, et de s'en tenir là ?

– C'est vrai, pourquoi recourir à de telles extrémités ?

– Parce qu'ils voulaient lui imposer le silence, reprit Marion Briem. Peut-être ont-ils imaginé qu'il avait entendu leur conversation. Peut-être que ça ne leur suffisait pas de lui prendre son matériel. Ils étaient incapables de dire dans quelle mesure il avait entendu leur conversation et n'avaient pas la moindre idée de son identité. Ils ne pouvaient pas se permettre de prendre le moindre risque.

– Et ils l'ont poignardé ? Parce qu'il les a entendus et enregistrés ?

Marion leva les yeux sur le basalte de la façade du Théâtre national.

– La ville grouille d'étrangers. Nous n'avons pas connu une telle situation depuis la guerre.

– Tu suggères que les auteurs des faits seraient des étrangers ? demanda Albert.

– Ils se sont peut-être imaginé que le gamin avait été envoyé par quelqu'un pour les surveiller, les écouter et enregistrer leur conversation.

– Des étrangers ?

– Ce serait absurde de négliger cette hypothèse, reprit Marion. Tout à fait absurde. Ceux qui ont fait ça étaient très nerveux de se livrer à quelque chose qui ne supporte pas la lumière du jour, dans le sens propre du terme. Les autres hypothèses ne sont sans doute pas très intéressantes. Ragnar n'avait pas d'argent sur lui.

Ce n'était pas le genre de garçon à embêter les autres, d'ailleurs aucun des spectateurs n'a entendu de bruit. Tout ce qu'il avait, c'était ce magnétophone. Et qui donc irait tuer pour ça ?

Le médecin légiste mettait le point final à son rapport sur la mort de l'adolescent quand Marion arriva à la morgue. Assis à son bureau, il tapait sur le clavier de sa machine à écrire, on entendait le cliquetis jusque dans le couloir. C'était un quadragénaire assez nonchalant et taciturne qui avait fait ses études aux États-Unis, dans un hôpital universitaire. En apercevant Marion à la porte, il s'arrêta d'écrire, attrapa sa pipe dans le cendrier et la nettoya avant de bourrer à nouveau le foyer.

— Je n'ai rien de précis à te dire concernant le couteau qui a servi au crime, si c'est ce que tu cherches, déclara-t-il.

— Tu dois quand même avoir une idée, répondit Marion qui, sur le point de rentrer à son domicile, ne prit pas la peine de s'asseoir.

— Il peut s'agir d'un banal couteau de poche, répondit le légiste tandis qu'il continuait de bourrer sa pipe. La lame n'est ni bien longue, ni bien large. Celui qui a fait ça a frappé à l'endroit adéquat et la pointe est suffisamment acérée pour traverser les vêtements et atteindre le cœur.

— On peut faire ça avec un simple canif ?

— Si la main est experte, confirma le légiste en allumant sa pipe, oui, sans aucun doute.

8

L'ouvreur du Gamla Bio avait fourni une description plutôt banale de l'homme qui s'en était pris à Ragnar : de petite taille, quadragénaire, les cheveux blonds qui commençaient à se clairsemer, il portait un coupe-vent de couleur bleue. Quand le signalement fut soumis aux employés du Hafnarbio plus tard dans la journée, aucun ne put confirmer qu'un individu lui correspondant avait acheté un ticket pour la séance de cinq heures.

Marion avait interrogé Kiddy juste avant que cette dernière n'ouvre la billetterie. Quelques magazines danois reposaient sur une étagère, mais il n'y avait pas de place pour grand-chose d'autre que la caisse et le rouleau de tickets. Elle lui confia que l'affluence avait beaucoup augmenté au cinéma depuis le meurtre : le nombre de spectateurs qui venaient voir le western avec Gregory Peck avait décuplé. Elle leva vers Marion un regard entendu et ajouta qu'il était inutile de préciser que tous ces gens ne venaient pas forcément voir le film, mais bien plus l'endroit où le jeune homme avait été poignardé. On s'était efforcé de nettoyer le sol. Il était nécessaire de changer deux fauteuils maculés de sang. On les avait déjà retirés, laissant dans la salle une blessure offerte à la vue des clients.

— Je ne sais quasiment rien des spectateurs de cette

maudite séance, déclara Kiddy quand Marion lui eut décrit l'homme du Gamla Bio en la bombardant de questions. Je passe mes journées assise ici à vendre des billets et il y a longtemps que je ne regarde plus vraiment ceux qui me les achètent. Je le fais encore moins quand il y a foule. On remarque parfois les clients réguliers, et ceux qui sont connus. Mais c'est tout.

– Il n'y avait pourtant pas grand monde à cette séance-là, objecta Marion.

– Vous avez raison.

– Vous étiez peut-être occupée à feuilleter vos journaux, observa Marion, l'index pointé sur les magazines danois.

– Oui, ça aussi. Je sais que je suis un témoin pitoyable.

– Voyons si je peux vous aider, répondit Marion. Vous souvenez-vous d'un homme blond vêtu d'un coupe-vent bleu ?

– Non. Je me rappelle le jeune homme parce que je le connais et aussi cette femme parce qu'elle venait voir un western à la séance de cinq heures. Je vous l'ai déjà décrite.

– En effet, convint Marion. Je suis aussi à la recherche d'un groupe de deux ou trois hommes. Je ne saurais dire quel âge ils ont. Ils ne sont pas arrivés ensemble et se sont montrés discrets, mais ils se sont assis dans des fauteuils voisins.

– Je me souviens du présentateur de la météo, il est âgé d'une quarantaine d'années, reprit Kiddy.

– Oui, mais ce n'est pas lui qui nous intéresse. L'un de ces hommes ou peut-être tous sont étrangers. Vous savez si des étrangers sont venus voir ce western ?

Kiddy s'accorda un moment de réflexion. Elle regarda ses magazines. Elle lisait le danois même si elle ne le parlait pas très bien. Pour ce qui était de l'anglais, elle n'y connaissait rien. Elle avait quitté l'école après le collège, mais sa mère avait toujours acheté les deux magazines *Hjemmet* et *Familie Journal*. Le danois était enseigné à l'école, sa mère était abonnée à ces magazines et les lui passait dès qu'elle avait fini de les lire.

– Non, personne ne m'a parlé dans une langue étrangère, répondit-elle en réajustant le ruban qui lui retenait les cheveux. Du bout de ses doigts aux ongles vernis, elle attrapa une cigarette dans son paquet, l'alluma et rejeta un nuage de fumée.

– Personne ne vous a demandé un ticket dans une autre langue que l'islandais ? s'entêta Marion.

– Non, ça arrive aussi que les clients ne disent pas un mot. Ils se contentent de vous montrer un ou deux doigts pour indiquer le nombre d'entrées qu'ils veulent. Je… Pour moi, il y avait simplement des hommes et une bande de gamins.

– Je vois. Auriez-vous remarqué la présence d'un nombre accru d'étrangers dans votre clientèle, ces jours-ci ? La ville en est pleine à cause du duel.

– Vous parlez du tournoi d'échecs ? Non, je n'ai rien noté.

– D'accord. Dites-moi, l'ouvreur est arrivé ?

– Non, il vient plus tard. Vous avez l'intention de l'interroger sur la présence d'étrangers dans la salle ?

– Oui.

– Celui qui occupe habituellement le poste est actuellement en congé. C'est Matthias qui le remplace et…

– Oui ?

Marion avait l'impression que son interlocutrice hésitait.

– Il a dû s'absenter, reprit Kiddy.

– Oui, vous venez de me dire qu'il ne viendrait que plus tard.

– Non, ce que je veux dire, c'est qu'il s'est absenté de son poste à la porte de la salle le jour du drame.

– Ah bon ? Il ne m'en a rien dit.

– Effectivement.

– Il a tout de même remarqué la présence de cette femme, du gamin, du météorologue et d'un certain nombre de spectateurs, nota Marion.

– C'est moi qui lui en ai parlé. Après le drame, il m'a demandé qui se trouvait dans la salle. Il était en état de choc. C'est lui qui a découvert le corps. Matti est un petit gars bien, mais il a toujours des problèmes.

– Donc, il n'était pas à la porte de la salle.

– Si, au début. Nous faisons entrer les gens environ un quart d'heure avant le début de la séance pour ne pas les laisser traîner dans le hall, surtout en hiver. Mais elle est venue le voir, la porte de la salle est restée ouverte et j'ai déchiré les tickets ici, au guichet.

– Elle ? Qui ça ?

– Sa petite amie est tout près, dans la rue Laugavegur. Elle travaille dans un magasin de confection et, tout à coup, elle est arrivée. Ils ont toujours des problèmes. Ils sont allés discuter derrière le cinéma.

– Mais… dans ce cas, il est possible que des gens se soient introduits dans la salle à votre insu, non ?

Kiddy garda le silence. Le ruban bleu qui lui nouait les cheveux était parfaitement assorti à la jupe courte qu'elle portait.

– C'est un brave garçon, mais il n'a pas eu le courage de vous l'avouer, plaida-t-elle. Il est revenu à son poste cinq minutes après le début du film. Ça ne posait aucun problème, sauf qu'il est arrivé cette chose affreuse… cette horreur.

– Ça implique donc que la salle était ouverte, observa Marion, l'index pointé vers la porte. Quant à vous, vous étiez ici, au guichet.

– C'est exact.

– Quelqu'un aurait-il pu entrer à votre insu ?

Kiddy baissa les yeux sur ses magazines, dans l'un desquels se trouvait le roman-feuilleton qui l'avait tant passionnée ce jour-là.

– Je ne sais pas.

– Qu'en pensez-vous ? Pourquoi pas un homme vêtu d'un coupe-vent bleu ?

– Je suppose qu'on ne peut pas exclure cette éventualité, reconnut-elle.

Albert était au téléphone avec son épouse. Marié depuis presque dix ans, il avait trois enfants, rien que des filles. Sa femme, Gudny, avait toujours désiré se remettre à travailler depuis que leur première était née. À l'automne, elle prévoyait de s'inscrire aux cours pour adultes récemment ouverts au lycée de Hamrahlíd. Elle passerait son baccalauréat, puis entreprendrait des études de droit à l'université.

– Comment tu vois les choses ? demanda-t-elle lorsqu'elle comprit au ton de la voix de son mari qu'il allait devoir raccrocher.

– Quelles choses ?

– Pour ton anniversaire, nigaud ! Les filles sont excitées comme des puces. Elles sont en train de te faire un énorme gâteau au chocolat. Tu veux qu'on invite les grands-mères ou tu préfères qu'on fête ça tous les cinq ?

– Mieux vaut les inviter, tu ne crois pas ? répondit Albert. Je ne veux pas les froisser. En plus, elles pourront garder les petites quand on sortira.

– Ah, tu prévois de sortir ?

– Je pensais t'emmener quelque part, peut-être au restaurant Naustid.

– Tu veux qu'on aille là-bas ? Et tu crois qu'on a les moyens de s'offrir ça ?

– Je n'en sais rien. C'est toi qui fais les comptes.

– Et tu m'offriras un petit Alexandra ?

– Possible.

– D'accord, je vois ça avec les grands-mères.

Le service scientifique de la Criminelle ressemblait à un petit laboratoire, casé dans les bureaux de Borgartun. Les lieux très exigus débordaient d'appareils de toutes sortes, destinés à l'examen des scènes de crime. La Scientifique ne pouvait pas traiter toutes les affaires, et les plus complexes, comme celles qui nécessitaient des examens balistiques, étaient pratiquées à l'étranger. Le personnel était toutefois parvenu à s'équiper pour les relevés d'empreintes digitales et les photos. En outre, il n'hésitait pas à recourir au matériel dont disposait la Criminelle.

Les mains gantées, le chef de la Scientifique montrait à Albert les empreintes relevées autour de la place occupée par Ragnar : celles trouvées sur les accoudoirs et les dossiers des fauteuils, sur son sac de pop-corn et sa bouteille de soda.

– Le problème, précisa-t-il, c'est qu'un cinéma grouille d'empreintes digitales et qu'on ne nettoie pas les fauteuils. On fait le ménage dans le hall et on passe l'aspirateur dans la salle, on donne un coup de chiffon par-ci par-là, mais on ne s'occupe pas des rangées de sièges, des dossiers et des accoudoirs. Il n'y aurait d'ailleurs aucune raison de le faire.

– Évidemment, convint Albert.

– Nous essayons de reconstituer l'enchaînement des faits, poursuivit le collègue, prénommé Thormar. Il était extrêmement grand, avait une énorme tête et une grosse bedaine. Comme vous le savez, nous pensons que la victime n'a pas eu le temps de se défendre. Ce point est confirmé par le rapport du légiste qui n'a décelé que deux blessures, deux perforations au niveau du cœur. Ensuite, on suppose que l'agresseur lui a volé son cartable contenant le magnétophone et les cassettes.

– Marion pense qu'ils étaient au minimum deux et que le gamin a enregistré leur conversation par hasard.

– Vous pouvez échafauder toutes sortes d'hypothèses, répondit Thormar, mais nous n'avons rien pour les confirmer. Son agresseur a eu la main, la manche et sans doute aussi le visage aspergés de sang. Nous supposons que sa main était pleine de sang quand il a pris le magnétophone et les cassettes. Il s'est très probablement penché au-dessus des fauteuils pour attraper le cartable au lieu de quitter sa rangée pour longer celle où était assis le gamin. Il ne voulait surtout pas faire de bruit.

– Et il aurait fait tout ça à tâtons dans le noir ?

– Pas forcément. La lumière de l'écran l'éclairait suffisamment.

– Mais revenons à ces empreintes, vous avez pu en tirer quelque chose ?

– Nous devons les identifier et les comparer à celles de nos fichiers. La plupart appartiennent bien sûr à des spectateurs qui n'ont rien à se reprocher. Si Marion pense que l'acte a été commis par un ou par des étrangers, on va devoir envoyer tout ça hors d'Islande. Et il faut du temps, comme tu sais.

– Ils ont pris tout ce qu'il avait, commenta Albert.

– Si la théorie de Marion est la bonne, on peut

penser qu'ils tenaient à mettre les cassettes à l'abri. Et ils n'ont pas non plus voulu courir de risque en laissant le cartable.

– Tu crois que l'agresseur pourrait recommencer ? s'inquiéta Albert.

Il attendait la réponse de son collègue de la Scientifique qui finit par hausser les épaules.

– Nous n'avons rien trouvé qui le laisse à penser, déclara-t-il.

– Il faut être complètement fou pour faire un truc pareil, non ?

Albert et Marion avaient discuté du risque de récidive, qui n'était pas exclu. Des meurtriers en série avaient sévi par le passé, mais on n'en connaissait plus aucun maintenant. Le ou les assassins n'étaient en revanche pas forcément islandais, la ville grouillait d'étrangers venus assister au tournoi d'échecs. Et il y avait forcément parmi eux des brebis galeuses.

– En d'autres termes, tout ce qui est néfaste, moche et terrifiant vient de l'étranger ? s'était étonné Albert.

– En grande partie, avait répondu Marion.

– Y compris les passionnés d'échecs ?!

– Pour quelle raison vaudraient-ils mieux que les autres ? avait conclu Marion.

9

L'enterrement de Ragnar eut lieu en toute discrétion dans la cathédrale du centre-ville. Peu de gens y assistèrent. Le pasteur parla de cette jeune vie emportée de manière douloureuse et de cette famille dévastée par la peine. Marion Briem cessa d'écouter dès qu'il fut question de résurrection, de rédemption et de vie éternelle. Les proches de Ragnar étaient assis aux deux premiers rangs. Ces gens simples n'avaient pour l'instant obtenu aucune réponse à la foule de questions qui s'était gravée dans leur esprit au cours des journées précédentes. Et même s'il existait des réponses, c'était seulement celles des hommes. Jamais ils n'auraient la réponse aux grandes questions, lesquelles ne se trouvaient peut-être que dans les églises.

Marion médita sur tout cela au fil de la cérémonie tandis qu'un magnifique hymne louant une fleur unique emplissait la voûte. Ce chant douloureux raviva un certain nombre de souvenirs, revenus l'envahir depuis la réception de cette carte postale, envoyée de l'étranger à son ancienne adresse. Le message était bref : *J'arrive bientôt*. Rien de plus. Rien d'autre que cette information laconique, que Marion s'attendait à recevoir depuis quelque temps.

Le pasteur demanda à l'assistance de se lever et récita l'acte de foi. Marion s'abstint.

De jeunes cousins de Ragnar portèrent le cercueil à l'extérieur et le firent entrer dans le corbillard garé sur le parvis. Quelques membres de l'assistance s'attardèrent pour témoigner leur compassion à la famille, mais seuls les proches l'accompagnèrent jusqu'à sa dernière demeure. Le groupe se dispersa peu à peu devant l'église et, bientôt, ce fut à nouveau le silence. Il n'y avait rien de suspect ou d'inhabituel. Aucun homme en coupe-vent bleu n'était présent. Aucune femme qui allait voir tous les films de Gregory Peck non plus.

Marion retourna à sa voiture. Les cassettes de *Quand les aigles attaquent*, enregistrées par Ragnar au Gamla Bio, reposaient sur le siège avant et n'attendaient plus que d'être écoutées. On pouvait imaginer qu'elles contenaient l'altercation qui avait eu lieu à la fin de la projection entre l'homme au coupe-vent bleu et l'adolescent. Albert était allé les chercher dans la matinée. Il avait passé la nuit à monter la garde à Vogaland, dans le quartier de Fossvogur, devant le foyer de DAS, la loterie des marins. Son rêve de rencontrer Bobby Fischer s'était réalisé. Ce dernier était enfin arrivé en Islande pour se mesurer à "l'ours russe" et il était hébergé dans le bâtiment en question. En manque de sommeil et parlant comme un moulin, Albert était venu retrouver Marion vers midi. Il pensait que l'intervention de Kissinger avait été déterminante dans la décision de Fischer et était encore tout émoustillé par les événements de la veille. Des badauds s'étaient rassemblés aux abords du foyer de la loterie pour souhaiter la bienvenue au champion et le voir de leurs yeux. Le soir, lorsque les admirateurs s'étaient dispersés, Fischer avait eu envie de faire un tour. La police l'avait conduit à la petite ville de Selfoss par la lande de Hellisheidi et était restée à ses côtés jusqu'à six heures du matin. Albert n'avait pas été du voyage, mais ses collègues lui avaient raconté que le champion d'échecs s'était révélé être un véritable boute-en-train.

Marion remonta à Borgartun, prit l'ascenseur, emprunta un magnétophone à la Scientifique et rejoignit son bureau. L'enregistrement avait été fait sur deux cassettes et, après avoir inséré la seconde dans l'appareil, Marion s'allongea sur son canapé, ferma les yeux, mit la cassette en route et écouta.

La première chose qui lui vint à l'esprit était que ce *Quand les aigles attaquent* était un film rudement bruyant. L'ouvreur leur avait raconté l'histoire dans le moindre détail. C'était l'adaptation d'un roman d'Alistair McLean, avec Richard Burton et Clint Eastwood dans les rôles principaux. Les deux acteurs interprétaient des militaires des troupes alliées, chargés d'aller libérer des généraux retenus par les nazis dans une forteresse imprenable de l'autre côté du front. L'enregistrement était clair et l'action s'accélérait beaucoup sur la fin.

– Non mais, quel boucan ! s'exclama Marion quand les rafales de mitraillettes, les cris et la musique lancinante atteignirent leur point culminant.

Ensuite, les choses se calmaient. Les coups de feu et détonations se taisaient, les cris et hurlements cessaient, on entendait un moteur d'avion, il décollait, puis c'était le règlement de comptes final, lorsqu'on découvrait la présence d'un traître dans le groupe. Il n'y avait plus ensuite que la musique lancinante. Le film était terminé.

Marion se releva et fixa l'appareil. La cassette tournait avec lenteur sous un petit couvercle en verre transparent.

– *Qu'est-ce que c'est que ça ?* déclarait une voix masculine irritée.

On entendait ensuite une série de grésillements, de froissements, de claquements de sièges et de piétinements sur le parquet, qui provenaient de spectateurs s'apprêtant à quitter la salle.

– *C'est quoi, cet appareil ?*

Aucune réponse.

– *Dis donc, mon garçon !*

Marion s'imagina l'homme attrapant Ragnar par le bras ou l'épaule.

– *Montre-moi ça !*

– *Laissez-moi tranquille !* répondait une voix plus juvénile.

– *C'est un magnétophone ? Qu'est-ce que tu fais avec un magnéto dans un cinéma ?*

– *Rien*, répondait Ragnar.

– *Et ça, c'est un micro ? Tu enregistres ? Qu'est-ce que tu enregistres ?*

Le ton était furieux et agressif, on percevait la peur qu'inspirait l'homme à Ragnar.

– *Tu enregistres le film sur bande magnétique ?*

Les grésillements alentour cessaient.

– *Non*, répondait Ragnar à voix basse.

– *Bien sûr que si*, fulminait la voix. *Pourquoi tu fais ça ? Tu ne sais pas que c'est interdit ?*

– *Rendez-moi mon appareil*, demandait Ragnar.

– *Qu'est-ce que tu fais avec ça ? Tu écoutes le film ? Tu sais qu'il est protégé par les droits d'auteur. Tu n'as pas le droit d'enregistrer ça !*

– *Rendez-le-moi, je dois rentrer chez moi*, demandait Ragnar.

– *Tu es idiot ou quoi ?*

– *Non.*

Il y eut à nouveau des souffles et des grésillements. Le bruit de la circulation, des ronflements de moteur et des klaxons s'y ajoutèrent bientôt. L'homme et l'adolescent avaient quitté le cinéma. L'ouvreur les avait vus remonter la rue Bankastraeti et disparaître à l'angle d'un immeuble.

– *Tu as l'intention de vendre ça ? Ou de te servir de la musique ? Qu'est-ce que tu vas en faire ?*

– *Laissez-moi tranquille !*

– *Pourquoi fais-tu ça ? Tu n'as pas le droit... Quoi ! Tu enregistres aussi... tu es encore en train...*

L'enregistrement s'interrompait subitement. Marion rembobina, écouta une deuxième, puis une troisième fois avant d'éteindre l'appareil. Albert s'était assis au bureau pour écouter l'altercation entre Ragnar et l'inconnu.

– Pauvre petit, déclara-t-il.

– Ce bonhomme est un crétin, commenta Marion.

– Et il est plutôt menaçant. Ce type semble vraiment remonté contre le gamin.

– C'est juste un imbécile, non ? Quelle idée de brandir les droits d'auteur ? Pourquoi il s'en prend à lui avec une telle véhémence ? D'ailleurs, qu'est-ce qu'il sait des droits d'auteur, et en quoi est-il concerné ?

– Ça semble être un sujet sensible pour lui, observa Albert.

– Quel type de personne est sensible aux questions de droits d'auteur ?

– Je dirais les musiciens, ils ne sont pas défendus par une association ?

– Les écrivains ?

– Et, ça va de soi, les avocats.

– Tu ne trouves pas qu'il parle plus ou moins comme un avocat ? dit Marion.

– Effronté, péremptoire et insupportable, en effet, ça correspond plutôt bien, convint Albert.

– À part ça, quelles nouvelles de Bobby ?

– Ils vont lui donner une chambre à l'hôtel Loftleidir. Il n'a pas envie de rester au foyer de la loterie des marins.

– Il est sympathique ?

– Tout à fait adorable, enfin, pour le peu que je l'ai vu. Les gars qui l'ont accompagné ne comprennent pas du tout comment il a réussi à monter tout le monde contre lui.

– Il est peut-être simplement intraitable en affaires. Les gens qui arrivent à ce niveau doivent veiller sur leurs intérêts. Tu vas continuer d'assurer sa garde ?

– C'est possible. La protection rapprochée pendant le duel est en cours d'organisation. En tant que collaborateurs du procureur, nous y participons. Mais tout dépend évidemment de...

Albert s'interrompit.

– Et quand débute tout ce cirque ?

– Demain soir. Ils commenceront la première partie.

– J'en connais certains qui feraient mieux de se concentrer sur le travail qui les attend ici plutôt que d'aller courir derrière les vedettes, dit Marion en se levant de son canapé. Tu devrais commencer par te procurer tous les enregistrements effectués par ce gamin et les écouter. Puisqu'il a eu des problèmes au Gamla Bio, il n'est pas exclu qu'il en ait eu ailleurs.

On avait pris les dépositions du météorologue et des deux groupes d'adolescents qui s'étaient d'eux-mêmes présentés à la police. En comptant Ragnar, on connaissait désormais l'identité de neuf des quinze spectateurs censés avoir acheté une entrée pour la séance de cinq heures. Il n'était pas exclu qu'un ou plusieurs intrus soient entrés dans la salle lorsque l'ouvreur s'était absenté de son poste et que la caissière surveillait la porte d'un œil. On ne pouvait toutefois rien affirmer. Il restait à découvrir l'identité du propriétaire de la bouteille de rhum. La seule femme présente dans la salle ne s'était par ailleurs toujours pas manifestée en dépit du communiqué diffusé dans la presse à son intention.

Après le départ d'Albert, Marion alla s'asseoir à son bureau pour relire les dépositions dans l'espoir d'y trouver un détail qui ferait progresser l'enquête. Le téléphone sonna et une voix masculine enjouée vérifia qu'elle parlait bien à Marion.

— C'est moi-même.

— Ici, Rikki.

— Oui, que voulez-vous ? renvoya Marion d'un ton sec.

— Alors, ça boume ?

— Que me voulez-vous ?

— Bon, super, je vois que je ne vous dérange pas. Parfait, conclut Marion, s'apprêtant à raccrocher.

— Non... Un instant...

— Quoi ?

— Vous... je suis sûr que ça va vous intéresser. Vous êtes bien à la recherche de ceux qui étaient au cinéma, l'autre jour, non ?

— En effet.

— Dans ce cas, je peux sans doute vous aider.

Marion tendit l'oreille. Celui que tout le monde appelait Rikki était, comme on dit, bien connu des services de police. Délinquant mineur, adepte de menus trafics, de vols à la tire ou avec effraction, il était surtout réputé pour son alcoolisme. Il lui arrivait d'aider la police quand elle avait besoin de renseignements sur le milieu de Reykjavik. De taille si restreinte et si peu organisé, ledit milieu était pour ainsi dire inexistant.

– Grand bien m'en fasse, ironisa Marion.

– Vous êtes stupide ou quoi ?

– Ne faites donc pas le malin avec moi, Rikki. Alors, ces gens qui étaient au cinéma ?

– On m'a dit que vous cherchiez tous les spectateurs présents dans la salle. Je connais quelqu'un qui y était, ça vous intéresse peut-être.

– Oui.

– Vous promettez de vous souvenir de moi la prochaine fois que vous me mettrez au trou ?

– Que nous vous mettrons au trou ? Dites plutôt la prochaine fois que vous viendrez pleurer pour qu'on vous héberge. Racontez-moi ce que vous avez entendu.

– Konni était dans la salle.

– Konni ?

– Il s'en est vanté auprès de Svana. C'est elle qui m'a raconté ça. Il était bien mûr, comme toujours.

– Vous voulez parler de Svana de Polinn ?

– Ouais. Svana m'a dit qu'il était dans la salle et qu'apparemment, il avait tout vu.

– Je comprends.

– Eh oui, puisque je vous le dis.

– Et je suppose qu'il boit du rhum, observa Marion.

– Qui ça ?

– Konni.

– Du rhum ! s'esclaffa Rikki. Un peu, mon neveu, qu'il boit du rhum !

10

Chaque dimanche matin au sanatorium de Vifilsstadir, on écoutait la messe à la radio. Les psaumes résonnaient dans les couloirs et dans le service pédiatrique où Marion reposait sur son lit, installé près d'une porte et d'une fenêtre ouvertes. Lorsqu'il faisait beau, on aérait pour améliorer la pureté et la qualité de l'air dont rien ne devait entraver la circulation entre les différents services.

Les patients allaient le long des couloirs. Certains se rendaient à la salle de repos, située sur la façade ouest du bâtiment, pour s'y allonger avec une couverture et un livre. Cette longue pièce ensoleillée dont les fenêtres étaient orientées au sud offrait une vue sur le lac de Vifilsstadavatn et jusqu'à la mer, du côté de Straumsvik. D'autres étaient sur le point d'entreprendre une promenade jusqu'à Gunnhildur, un cairn installé sur la colline à l'est du bâtiment. Personne ne savait pourquoi il avait été ainsi baptisé, mais on affirmait que les malades qui parvenaient à l'atteindre seuls étaient en voie de guérison. D'autres encore s'apprêtaient à aller faire un tour en barque sur le lac. Le soir, on montrerait un film diffusé dans l'un des cinémas de la ville grâce au projecteur dont l'hôpital disposait.

– Alors, tu ne te plais pas, ici ? s'était enquis le

médecin, bienveillant, son stéthoscope froid posé sur la poitrine tiède de Marion pour l'ausculter. C'était sa deuxième journée d'hospitalisation. De nombreux visiteurs allaient et venaient aux abords de l'établissement. Les amis et les familles des patients étaient venus passer la journée. N'étant pas autorisés à entrer dans le sanatorium, ils devaient rester au pied des fenêtres de la façade sud pour parler avec les malades. Les parents et les enfants souffraient d'être ainsi séparés et, parfois, on entendait les sanglots de l'autre côté du lac.

Le bâtiment du sanatorium ne pouvant accueillir l'ensemble des patients, on avait, comme les étés précédents, monté des tentes destinées à héberger exclusivement des hommes adultes. La demeure du médecin-chef ainsi qu'une grande étable se trouvaient devant l'hôpital car Vifilsstadir était également une importante exploitation laitière.

Le médecin, un quinquagénaire qui rabattait ses cheveux sur la nuque et dont les grandes mains inspiraient confiance, avait délaissé son habituelle blouse blanche. C'était dimanche et il était simplement passé saluer Marion et les autres enfants.

– Si, avait répondu Marion, qui percevait la bienveillance des paroles qu'il venait de lui adresser. Au cours de sa longue carrière, cet homme avait vu partir bien des patients qui aimaient la vie au terme d'une lutte héroïque contre la maladie et son regard avait peine à dissimuler ce qu'il avait vécu comme autant d'épreuves. Marion avait lu quelque part qu'en Islande, le pourcentage de décès dus à la tuberculose était l'un des plus élevés au monde : presque un cinquième.

– Nous allons tout d'abord forcer ton poumon infecté à se reposer, avait expliqué le médecin. Nous emploierons la technique de l'insufflation, je t'en ai déjà parlé quand nous t'avons fait la radioscopie. Je t'en dirai un peu plus demain, mais tu n'as pas à t'inquiéter. L'intervention est simple, même si elle est parfois légèrement douloureuse. Tu as de la chance dans ton malheur, car la tuberculose n'atteint qu'un seul de tes poumons. Nous allons faire de notre mieux pour qu'elle ne progresse pas et qu'elle ne se diffuse pas ailleurs.

L'intervention en question avait été pratiquée pour la première fois sur Marion dès le lendemain. Athanasius était venu de Reykjavik pour y assister. De sa voix rassurante et avec des mots choisis, le médecin avait expliqué les choses point par point, assis entre l'appareil à radioscopie, les seringues anesthésiantes et l'appareil à pistons qui servait aux insufflations. Il avait commencé par lui parler d'un Italien dénommé Forianini, inventeur de la technique dite du pneumothorax artificiel. On la pratiquait en insufflant de l'air entre le poumon et la plèvre. Le gaz exerçait une pression sur le poumon qui se dégonflait. Cela permettait de stopper la progression de la maladie en isolant le foyer d'infection. Avec le temps, le poumon s'assainissait.

— Tu as déjà eu des pleurésies ? avait interrogé le médecin en feuilletant son dossier.

— Non, je ne crois pas.

Il avait lancé un regard à Athanasius qui avait haussé les épaules.

— Ça ne vous dit rien ?

— Non, avait répondu Athanasius.

— Comment… comment allez-vous faire pour mettre cet air dans ma poitrine ? avait demandé Marion, qui avait à peine fermé l'œil de la nuit, l'esprit obsédé par l'intervention. Il n'y avait ici aucun magazine à lire, la tuberculose avait progressé, entraînant cet épuisement, cette toux et ces impressionnantes suées.

– Nous utilisons une seringue comme celle-ci, avait précisé le docteur en levant les yeux du dossier pour attraper une longue aiguille sur un plateau et la lui montrer. Je la ferai pénétrer entre tes côtes à cet endroit, avait-il poursuivit en lui appuyant sur le côté, puis j'introduirai le gaz. Tu auras un peu mal, comme je te l'ai dit hier, mais on n'a pas le choix. Évidemment, je te ferai une petite anesthésie, mais tu sentiras quand même un peu l'intervention. On doit la répéter à quelques semaines d'intervalle car l'air finit par être évacué de la cage thoracique et le poumon se gonfle à nouveau. Or, nous voulons qu'il se repose. La tuberculose a besoin d'oxygène pour se développer. Et nous fermons le robinet.

– Vous croyez que j'ai des adhérences ?

L'homme avait regardé Marion, interloqué.

– Tu connais ces choses-là ?

– C'est Anton qui m'en a parlé. Il m'a dit qu'il en avait beaucoup et que vous aviez essayé de les brûler.

– Anton est nettement plus mal en point que toi, avait répondu le médecin. Son état n'est pas comparable. Il arrive parfois, en cas de pleurésie, que les poumons et la plèvre se collent l'un à l'autre et là, nous introduisons dans la poitrine un tout petit fil électrique pour essayer de les décoller en brûlant ces adhérences.

Marion avait écouté Anton décrire l'intervention effectuée à l'aide de ce fil électrique incandescent et cette pensée l'effrayait bien plus encore que celle de la longue seringue. Anton était un garçon âgé de quatorze ans, originaire de la région de Snaefjallaströnd, dont les deux poumons étaient atteints par la tuberculose. On avait récemment découvert que la maladie s'était propagée à d'autres endroits du corps. La plupart du temps alité au service de pédiatrie ou dans la salle de repos, il lui avait parlé de sa famille, de la foule d'oiseaux de l'île d'Aedey et de la langue de glace qui bordait la lagune de Kaldalon.

– On m'a dit qu'il était prévu de t'envoyer en cure au Danemark, avait repris le médecin.

– C'est vrai.

– Je crois que c'est une excellente idée. Ici, nous manquons de place comme tu as pu le constater. Nous avons recommandé à ta famille un séjour au grand sanatorium pour enfants situé sur la rive du fjord de Kolding, dans la province du Jutland.

– Anton m'a dit que vous n'aviez pas réussi à lui enlever ces adhérences.

– En effet, avait confirmé le médecin. Elles sont très difficiles à traiter, hélas !

– Que va-t-il lui arriver, alors ? avait poursuivi Marion.

– Le temps le dira. Pour l'instant, nous allons nous occuper de toi.

L'intervention avait été pratiquement indolore. Marion avait soigneusement évité de regarder la seringue disparaître dans son corps fluet et de penser à ce que faisait le médecin. Athanasius avait, en revanche, surveillé les choses de près, comme afin de s'assurer que le docteur se conformait à un protocole précis que, pour sa part, il ignorait. Marion avait gémi une fois, le médecin lui avait expliqué que le moindre mouvement pouvait déclencher une douleur. Puis c'était terminé : le poumon malade s'était affaissé sous la pression de l'air.

Athanasius avait raccompagné l'enfant en pédiatrie et s'était assis à son chevet. Son imperméable plié en deux et son chapeau sur les genoux, il lui avait donné des nouvelles de la famille. Les truites de l'étang se portaient à merveille, avait-il dit pour égayer un peu l'atmosphère. Il lui avait trouvé un air absent. Derrière le silence de Marion se cachaient sans doute de bien lourdes pensées qui lui pesaient sur la poitrine dans une acception tout autre que celle purement médicale. Athanasius s'était longtemps réjoui de voir combien Marion conservait un moral au beau fixe, une curiosité intacte et inextinguible à propos de tout ce qui existait entre ciel et terre. L'enfant passait son temps à lire, assimilait les choses en un clin d'œil et engrangeait le tout dans sa mémoire prodigieuse. Il lui était facile de retenir n'importe quoi : des événements, des répliques, des gens, mais aussi des poèmes, des histoires et des données scientifiques dont Athanasius avait peine à concevoir qu'elles puissent intéresser un si jeune esprit.

– J'imagine que les bestioles commencent à avoir hâte de retourner au lac de Thingvellir, avait-il ajouté avec un sourire.

– Ici, tout le monde a envie de retourner chez soi, avait observé Marion. Enfin, surtout les enfants. Pourtant, on est bien. Anton a envie de retrouver sa maison. Il ne parle que de ça.

Marion avait à peine eu le temps de lier connaissance avec Anton qui avait passé une bonne partie de sa courte vie au sanatorium. Sa santé déclinait de plus en plus et il gardait déjà constamment le lit. Il tenait cependant beaucoup à connaître les nouveaux patients et s'intéressait à eux, à leur maladie, à quel endroit précis elle avait été décelée et à la gravité de leur état. Il voulait également savoir de quel endroit venaient les autres enfants admis à l'hôpital et, si ces derniers étaient originaires de la campagne, il leur posait des questions sur les cultures, les animaux qu'on élevait dans les fermes ou les poissons qu'on pêchait dans la région. Les gamins du service de pédiatrie allaient vers lui car, même s'il lui arrivait d'être très sérieux, il savait aussi s'amuser.

– Évidemment, il est difficile de tisser des liens amicaux dans un endroit comme celui-ci, avait observé Athanasius en regardant le lac par la fenêtre ouverte.

– Anton m'a dit exactement la même chose hier. Il a perdu plusieurs amis chers depuis son arrivée. Il veut rentrer chez lui, mais il m'a expliqué qu'il y avait peu de chance qu'il quitte cet hôpital. Il est gravement malade.

– Le séjour ici est une rude épreuve pour toi, avait commenté Athanasius.

– Je pense juste à Anton. Il est tellement malheureux.

Le soir, après le départ d'Athanasius, lorsque le calme fut revenu sur les lieux, une infirmière arriva dans la chambre de Marion. Elle poussait un garçon très faible sur une chaise roulante. On eût dit que sa dernière heure était venue. Assis dans son fauteuil, il avait beaucoup de mal à respirer.

– Anton voulait te souhaiter bonne nuit, avait dit l'infirmière. Je reviens tout de suite pour le ramener à sa chambre.

– Alors, comment ça s'est passé ? avait-il demandé.

– Bien, enfin, je crois, avait répondu Marion. Il m'a enfoncé cette aiguille dans la poitrine, comme tu m'avais dit.

– Et il n'a pas eu besoin de brûler ?

– Non.

– Tu n'as pas d'adhérences, alors ?

– Non.

– C'est bien.

La clarté de cette soirée estivale illuminait la chambre. Anton contemplait le lac de Vifilsstadavatn, les eaux étaient immobiles dans l'air tranquille, leur surface lisse comme un miroir était tel un aperçu de l'éternité.

– Quelle journée, avait-il murmuré.

Le lendemain matin, quand Marion avait voulu aller dire bonjour à Anton, il était allongé dans sa chambre, immobile. Un drap avait été étendu sur son corps dont on ne devinait plus que les formes frêles. Debout au pied du lit, Marion observait les plis du tissu. Un étrange calme régnait dans la chambre et le silence avait envahi le grand hôpital qui, d'habitude, grouillait d'agitation.

Ses petites épaules s'étaient affaissées en un soupir à peine audible, ses bras étaient retombés le long de son corps. Immobile, Marion regardait les plis du drap blanc et s'imaginait que, volant au-dessus des montagnes de Snaefjöll, son ami rentrait chez lui.

11

Le Café Napoléon n'était pas précisément à la hauteur de son nom qui, presque effacé sur l'écriteau au-dessus de la porte, avait abusé plus d'un brave et honnête client au fil des années. Le Napoléon, que la plupart des habitués appelaient simplement Polinn, était le repaire de ceux qui avaient été malmenés par l'existence ou gagnaient leur pain quotidien en s'adonnant à des activités inavouables. Leur nombre semblait suffisant pour maintenir l'établissement à flot et même si l'histoire du lieu n'était pas des plus glorieuses, il résistait bien mieux qu'un certain nombre d'autres bars à la clientèle plus convenable.

Marion Briem passa y jeter un œil en fin d'après-midi. L'intérieur était plongé dans la pénombre, les baies vitrées du fond qui auraient dû laisser entrer la lumière du jour étant recouvertes d'une épaisse couche de peinture à bateau noire. Le vague souvenir de l'atmosphère d'une taverne portuaire flottait encore ici sans qu'on puisse dire pourquoi. Peut-être étaient-ce les chansons de marins diffusées à la radio, le comptoir massif ou simplement le parquet crasseux.

Marion connaissait bien Konni, mais ne l'apercevait pas. Debout derrière le bar, une cigarette dans une main et sa tasse de café dans l'autre, Svana, la propriétaire, lisait une vieille édition du *Manudagsbladid*, "Le Journal du lundi" qu'elle avait ouvert sur le zinc.

– Marion ? s'étonna-t-elle. Qu'est-ce que vous faites ici ?

– Je cherche Konni, vous ne l'auriez pas vu ?

– Il n'est pas là. Que lui voulez-vous ?

– Rien, répondit Marion en balayant les lieux du regard. De rares clients lisaient leur journal ou jouaient aux cartes çà et là dans la salle. Assis à l'une des tables, une femme et un homme se disputaient à mi-voix.

– Où traîne-t-il en ce moment ? interrogea Marion. Svana connaissait bien ses habitués et il était arrivé qu'elle aide la police.

– Je n'en ai aucune idée. Il y a une paye que je ne l'ai pas vu ici.

– Vous savez s'il est allé au cinéma dernièrement ?

– Non, répondit Svana.

– Il ne vous en a pas parlé ?

– Non. Au cinéma, quelle raison aurait-il de m'en parler ?

– Peut-être qu'il a vu un film intéressant et qu'il vous a raconté l'histoire.

– Konni ! Me raconter un film ? Sûrement pas ! Il nous rebat assez les oreilles comme ça avec ses histoires de voitures. Cette obsession qu'il a des bagnoles est chiante comme la pluie.

– Dites-moi, ce ne serait pas de la bière ? interrogea Marion, les yeux baissés sur la masse dissimulée par une serviette qu'on apercevait sur le sol aux pieds de Svana.

– Non, c'est du soda, répondit la propriétaire en arrangeant le tissu.

– J'espère que vous n'en faites pas commerce, observa Marion.

– Non, je ne vends pas de bière ici, répondit Svana d'un ton sec. Je sais très bien qu'elle est interdite en Islande et je respecte la loi, même si je la trouve totalement stupide.

Marion détailla du regard les étagères à l'arrière du bar.

– Et ça ?

– Quoi donc ?

– C'est de l'alcool de contrebande ? Vous n'achetez que ça, non ?

Tout ce que je vends ici passe par la douane, rétorqua Svana sur un ton solennel, et jusqu'à la plus petite goutte !

– Voyez-vous, Svana, le problème c'est que je dois trouver Konni et que je ne vais pas attendre le dégel. Je pourrais lancer une bande de flics à ses trousses, mais nous avons besoin de tous nos hommes pour ce satané duel d'échecs. Le collègue qui devrait m'accompagner assure la protection de Fischer. Je n'ai pas vraiment le choix. Il serait dommage que vous ne puissiez pas m'aider. Je devrais signaler la présence de cette bière dans vos locaux et qui sait si la douane ne trouverait pas d'autres choses que vous préféreriez garder pour vous.

Svana toisa longuement Marion.

– Vous n'oseriez pas ! Vous savez très bien comment je fonctionne et mon activité ne gêne personne.

– Certes, mais je vous le répète, je dois absolument trouver Konni.

Svana hésita.

– Il a acheté un ticket pour aller voir ce film ou il est entré en douce dans la salle ? reprit Marion.

– Il est entré en douce, avoua Svana.

– Donc, il s'en est effectivement vanté auprès de vous, c'est ça ?

– Ce brave Konni ! C'est bien la chose la plus marquante qui lui soit arrivée depuis sa naissance. Il n'a que ça à la bouche : il était dans le cinéma quand ce gamin a été poignardé. Il le raconte à qui veut l'entendre.

– Et vous êtes sûre qu'il a filouté ?

– Il nous a raconté tout ça en détail. Personne ne gardait la porte de la salle, il n'y avait que la femme au guichet qui surveillait de loin et il en a profité pour se faufiler à l'intérieur. Il n'avait pas du tout envie de voir un film. D'ailleurs, il n'aime pas les westerns. Il nous a dit qu'il avait économisé le prix d'un ticket de ciné.

– Et il buvait ?

– Ça ne m'étonnerait pas, répondit Svana.

– Il ne vous a pas parlé d'une bouteille de rhum qu'il avait sur lui ?

– Non.

– Il faut absolument que je le trouve.

Svana s'accorda un instant de réflexion.

– Vous croyez qu'il a pu faire ça ? Il aurait agressé ce gamin ? s'alarma-t-elle.

– Je n'en sais rien, répondit Marion.

– Dans ce cas, il ne s'en serait sûrement pas vanté à ce point.

– C'est un témoin et je dois l'interroger sans plus tarder.

– Il traîne souvent du côté de la clôture, répondit Svana. Il vient de passer ici et il m'a dit qu'il y allait.

– Vous voulez dire sur la colline d'Arnarholl ?

– Oui, il aime bien rester là-bas avec les clodos, surtout quand il fait beau comme aujourd'hui.

Konni n'était pas vraiment un clochard et, même s'il avait des amis parmi eux, il eût été plus juste de le qualifier de pauvre. Ils se retrouvaient sur le versant nord de la colline d'Arnarholl, le long du terrain de la conserverie suédoise dans laquelle beaucoup d'habitants de Reykjavik entreposaient leurs provisions derrière d'épaisses portes en bois. Ces derniers louaient des remises réfrigérées pour y stocker leur viande, leur poisson et d'autres denrées fragiles. Une haute clôture en tôle ondulée délimitait la parcelle et c'est sur un terrain ensoleillé au pied de cette clôture que se retrouvaient les clochards et les sans-domiciles de la ville. Ils y réglaient leurs affaires, buvaient leur gnôle, cuits par le soleil des belles journées d'été ou transis jusqu'aux os en hiver lorsqu'ils venaient s'y abriter de l'impitoyable vent du nord. Et ils y dormaient bien souvent.

Marion fit un créneau et se gara à proximité de la colline, puis descendit vers la conserverie. Depuis le sommet d'Arnarholl, on voyait le centre-ville, le port, la rue Kalkofnsvegur et, de l'autre côté du golfe de Faxafloi, on apercevait les montagnes d'Akrafjall et de Skardsheidi, baignées par le soleil. Un groupe assez conséquent stationnait aux abords de la clôture, parmi les bouteilles d'alcool vides éparpillées tout autour. L'un d'eux, extrêmement robuste, s'était mis torse nu et haranguait les passants, le poing brandi. En dépit de ses simagrées, il ne représentait aucune véritable menace et laissa Marion tranquille. Très porté sur la boisson, le bonhomme était parfois revêche. Aucun de ses compagnons n'avait adopté une tenue aussi légère, même si une veste et deux anoraks étaient accrochés à la clôture, surmontés par deux bonnets. Les hommes, de tout âge, le visage couvert de crasse, étaient mal rasés et certains, presque édentés.

Debout face à deux de ses amis assis par terre, et

qui le regardaient en plissant les yeux, Konni rallumait son mégot quand Marion lui tapota doucement l'épaule.

– Alors, Konni, pourquoi ne pas être venu nous voir ?

L'homme sursauta et fit volte-face.

– Avez-vous fait du mal à ce garçon ?

Konni sursauta à nouveau lorsque l'allumette qu'il tenait à la main lui brûla les doigts. Il poussa un gémissement et adressa à Marion un regard de chien battu.

– Vous m'avez fait une de ces peurs ! s'exclama-t-il.

– C'est vrai que vous êtes entré en douce dans le cinéma ?

Konrad, connu sous le diminutif de Konni, avait bien meilleure mine que ses camarades. Svelte, de grands yeux, une petite bouche et un menton presque inexistant, il coiffait avec soin son épaisse chevelure quand il avait de quoi s'acheter de la brillantine. Il portait une chemise à carreaux et une veste verte qui avait jadis été un beau vêtement.

– Que… Qu'est-ce que vous racontez ?

– Je vous parle de la séance de cinq heures au Hafnarbio. Vous vous vantez partout d'y avoir été présent, non ?

– Qui vous a dit ça ?

– Vous avez un couteau ?

– Un couteau ? Non, je n'en ai pas.

– Vous pouvez me montrer le contenu de vos poches ?

Malgré ses réticences, Konni pensa qu'il valait mieux prouver à Marion qu'il lui disait la vérité et retourna ses poches. Cette visite de la police ne semait pas vraiment l'émoi parmi les clochards qui ne laissaient pas grand-chose les perturber dans leur quotidien. Quelques-uns levèrent un œil vers Konni et grimacèrent face au soleil, dévoilant leurs gencives nues.

– Qu'est-ce que c'est ? De la Préludine ? s'enquit Marion en lui prenant des mains deux flacons de pilules.

– Non, répondit Konni.

– De la Dexédrine ? Vous vendez ça ?

– Non.

– Qui vous les a prescrits ?

– Un médecin.

– Konni, tout va bien ? vérifia l'un de ses compagnons, la voix éraillée, affublé d'un képi de l'armée du Salut.

– Vous voyez, je n'ai pas de couteau, répéta Konrad en reprenant les pilules pour les remettre dans sa poche. Et je n'ai absolument rien fait à ce garçon. Je ne l'ai même pas approché.

– Mais vous étiez bien présent dans la salle, n'est-ce pas ?

Konni hésita.

– Inutile de tergiverser, s'agaça Marion. J'ai juste besoin de savoir ce que vous avez vu et entendu.

– Je me suis faufilé à l'intérieur, reconnut Konni, manifestement désireux de s'épargner tout problème avec la police. C'était tellement facile que je n'ai pas pu résister. Je n'avais pas l'intention d'aller au cinéma, je passais dans le coin, je suis entré en douce, voilà tout.

– Parmi les spectateurs, en avez-vous remarqué certains ?

– Je… je me souviens qu'il y avait quelques gamins et une bonne femme. Une vraie bombe !

– Elle était seule ?

– Ah ça non, elle était loin d'être seule ! Un homme s'est assis à côté d'elle et ça crevait les yeux qu'ils n'étaient pas là pour voir Gregory Peck.

– Et cet homme, il est arrivé après le début du film ?

– Oui.

– Que voulez-vous dire quand vous dites qu'ils n'étaient pas venus au cinéma pour voir le film ? Que faisaient-ils ?

– Ils ont passé leur temps à se bécoter et à se murmurer des trucs à l'oreille. Pour un peu, le gars lui serait grimpé dessus !

Konni éclata de rire et regarda ses copains auxquels il avait adressé cette dernière réplique. Les autres l'imitèrent, riant de bon cœur. Marion supposa qu'il ne faisait que répéter quelque chose qu'il leur avait déjà dit. Svana de Polinn ne se trompait pas : Konni n'avait jamais rien vécu d'aussi intéressant que ces instants au cinéma et il les exploitait jusqu'à la dernière goutte.

– Avez-vous eu l'impression qu'ils étaient ensemble ou qu'ils se voyaient en secret ?

– C'était un rendez-vous secret, c'est évident.

– Ils ont quitté la salle ensemble ?

– Je n'ai pas vu.

– Avez-vous remarqué le jeune homme qui a été poignardé ?

– Non, répondit Konni. Je n'ai pas vu quand c'est arrivé, et je ne l'avais pas non plus remarqué avant.

– Auriez-vous aperçu dans la salle un homme vêtu d'un coupe-vent bleu ?

Konni s'accorda un moment de réflexion.

– Possible, répondit-il.

– Vous n'en êtes pas sûr ?

– Je ne remarque pas ce genre de trucs, rétorqua Konni. Je me fiche des vestes que les gens ont sur le dos. Tout le monde s'est dépêché de sortir à la fin du film. J'ai vu le gars qui présente la météo. Vous l'avez interrogé ?

– C'est fait.

L'homme torse nu qui défiait les passants finit par

se calmer. Il s'installa sur le trottoir au pied de la clôture et attrapa sa bouteille de Brennivin. Son copain au képi lui demanda s'il pouvait en avoir une gorgée, mais le bagarreur lui aboya de le laisser tranquille. Les autres clochards convoitaient la bouteille du regard, mais en silence.

— Avez-vous noté la présence d'étrangers dans la salle ? reprit Marion.

— Des étrangers, c'est-à-dire ?

— Je l'ignore. Avez-vous entendu quelqu'un s'exprimer dans une langue étrangère ou vu des gens qui n'avaient pas l'air islandais ?

— Non, répondit Konni. Je me suis faufilé dans la salle et je me suis assis, c'est tout.

— Des Américains, des Russes, des Français, des Britanniques ?

— Et comment je suis censé faire la différence entre tous ces gens-là ?

— Avez-vous apporté une bouteille de rhum dans le cinéma ? poursuivit Marion en s'efforçant de ne pas laisser les répliques de Konni lui porter sur les nerfs.

— Non, mais il y avait un type qui picolait.

— Vous avez vu quelqu'un avec une bouteille de rhum ?

— Oui, oui, il a passé toute la séance à téter, j'ai tout de suite senti l'odeur, expliqua Konni qui en faisait des tonnes, l'index pointé sur son nez. C'était un chauve qui portait un imperméable. Ensuite, il est monté dans sa voiture et il a démarré. J'imagine qu'il était plein comme une huître.

— Et cette voiture ?

— C'était une Ford Cortina bleue. Flambant neuve.

— Ah, vous avez remarqué ce détail ?

– Les bagnoles, c'est mon rayon, rétorqua fièrement Konni. Je connais !

Un peu avant minuit, au lieu de rentrer se coucher, Marion se rendit au Hafnarbio et passa un long moment à déambuler aux abords du baraquement en quête d'un indice susceptible de confirmer son hypothèse quant à la présence d'étrangers à la séance de cinq heures. On avait en vain tenté de retrouver l'arme du crime dans le périmètre, mais personne ne s'était attaché à la recherche que Marion entreprenait de son propre chef sous le soleil de minuit. Quel genre de détritus aux abords du cinéma devait-on retenir ? Des mégots de cigarettes ? Des emballages de bonbons inconnus en Islande ? Peut-être même des pièces de monnaie. En peu de temps, Marion avait rassemblé la somme d'une couronne et cinquante aurar en scrutant la rue.

Les saletés s'accumulaient au pied des murs, des clôtures et dans les caniveaux. Il n'avait pas plu depuis le drame et le vent avait soufflé modérément. Marion trouva vite un bâton pour fouiller dans les détritus. Un passant qui s'offrait une promenade nocturne observait la scène : peut-être eût-il été plus raisonnable de rappeler des hommes en leur donnant de nouvelles consignes.

Au terme d'une balade d'une heure, Marion remonta vers la bouche à incendie située à proximité de la vieille étable de Baronsfjos, à l'angle avec Hverfisgata. Il faisait clair comme en plein jour. La montagne Esja était baignée de soleil. On apercevait un papier chiffonné dans l'une des touffes d'herbe qui poussaient au pied des maisons. Marion l'attrapa et le déplia avec soin. C'était un paquet de cigarettes.

Celles-là, on ne les trouve sans doute pas au Magasin d'alcool et de tabac de l'État, se dit Marion en prenant son mouchoir pour envelopper l'objet et le plonger dans sa poche.

Il suffisait de regarder les inscriptions sur le paquet pour constater que c'était une marque russe. Le nom était écrit dans un alphabet cyrillique que Marion ne maîtrisait pas, mais on pouvait tout de même déchiffrer *Belomorkanal*. Malgré une recherche assidue, la dernière cigarette fumée par le propriétaire avant de se débarrasser de son paquet à côté de la bouche d'incendie demeurait introuvable.

Cette nuit-là, Marion peina à trouver le sommeil. Une fois encore, le passé était remonté à la surface. Son téléphone avait sonné et la même voix lui avait demandé un rendez-vous. Ce n'était d'ailleurs pas une demande, mais plutôt une prière. Il serait bientôt trop tard, il restait très peu de temps, la mort rôdait.

— S'il vous plaît, accordez-moi ça, avait supplié l'homme à l'autre bout de la ligne. Je ne vous demande que cette seule et unique fois.

— Vous ne devriez pas téléphoner ici, répondit Marion avant de raccrocher.

12

Albert estimait avoir eu beaucoup de chance en rencontrant Gudny. Cette pensée lui vint une nouvelle fois à l'esprit tandis qu'elle le précédait pour entrer dans le restaurant Naustid où un serveur les débarrassa de leurs vêtements avant de les conduire à leur table. Gudny s'était occupée de la réservation et avait demandé à être dans le box sur le côté gauche, au milieu de la grande salle, leur place habituelle les quelques fois où ils étaient venus. Ils pouvaient rarement se permettre un tel luxe, mais ne regrettaient jamais de s'être offert ce restaurant familial et confortable qui avait aussi une touche exotique. Gudny portait une robe noire toute simple qui épousait ses formes. Elle était svelte mais galbée, le teint joliment hâlé, joviale et indépendante, elle et Albert partageaient le même optimisme et s'efforçaient toujours de voir le bon côté des choses.

Assis au piano sur l'estrade au fond de la salle, Carl Billich leur adressa un signe de tête quand il les vit monter l'escalier. Il interprétait *Moon River* d'une main de velours tandis que les clients commandaient leur apéritif. Albert et Gudny savaient que le chanteur Haukur Morthens arriverait plus tard dans la soirée pour y interpréter des chansons qui parlaient des joyeux garçons de Capri ou de graines qui jamais n'avaient fleuri. Au fil de la soirée, ils oseraient peut-être lui demander cette chanson de Raggi Bjarni concernant l'enfant sur la plage.

Ils prirent en apéritif un Alexandra, du cognac et de la liqueur de cacao mélangés à de la crème fraîche et à des glaçons, le tout relevé d'une pincée de muscade. La première fois qu'ils étaient venus au Naustid, ils n'y connaissaient rien en matière de cocktails et avaient commandé celui-là par le plus pur des hasards. Maintenant, ils ne pouvaient imaginer venir ici sans prendre un Alexandra. Ils optèrent pour une salade de crevettes en entrée. Albert commanda du poulet en corbeille accompagné de frites, le plat pour lequel le restaurant était réputé, et qui, sur le menu, portait l'étrange appellation de *Chicken in a basket*. Gudny choisit un steak de bœuf sauce béarnaise et une pomme de terre en robe des champs. Ils s'offrirent la bouteille posée sur la table. Les merveilles affichées par la carte des vins n'avaient pour eux ni queue ni tête : ils n'y connaissaient rien, mais furent séduits par la sonorité de ce Châteauneuf-du-Pape qui, du reste, était assez cher. Le serveur semblait satisfait de leur choix. Ils commanderaient le dessert plus tard.

– Alors, comment est-il ? interrogea Gudny en avalant une gorgée.

– Eh bien, je l'ai juste aperçu, répondit Albert. On n'a pas discuté ensemble. Il m'a paru très actif. Il court tout le temps. Mais il est très sympathique avec les policiers chargés d'assurer sa protection, comme Saemundur.

– Saemi Rokk ? Il escorte Bobby Fischer ?

– Oui, c'est presque son garde du corps personnel.

– Ils l'ont logé à l'hôtel ?

– Oui, au Loftleidir. On lui a donné une suite. Il

en avait assez du foyer DAS. Il passe ses nuits debout à manger du skyr à la crème. Ne va pas crier ça sur tous les toits. Nous sommes tenus par le secret professionnel.

— Comme je le comprends, observa Gudny, qui avait passé toute son enfance dans le vieux quartier ouest, tout proche du centre-ville. On se demande comment on peut supporter d'être exilé là-bas, à Fossvogur.

Ils trinquèrent, enveloppés par la douce musique de Billich, l'Alexandra était toujours aussi délicieux. Albert remarqua qu'à l'une des tables voisines, un homme d'âge mûr se régalait avec des morceaux de poulet frits à l'huile d'olive et servis dans une corbeille. Le plat était accompagné d'une petite serviette et d'un rince-doigts avec une tranche de citron car la plupart des clients préféraient le manger avec les mains. Albert surveillait l'homme d'un œil discret et avait noté que ce dernier jetait des regards inquiets vers le bol d'eau, comme s'il se demandait à quoi il pouvait bien servir.

— Et comment va Marion ? demanda Gudny.

— Très bien, enfin, j'ai l'impression.

— J'ai souvent pensé à ce que tu m'as raconté sur sa tuberculose. Ça ne doit pas être facile pour qui que ce soit de vivre avec cette maladie, et encore moins pour un enfant.

— Je ne lui ai jamais vraiment posé de questions à ce sujet, répondit Albert. Ce sont les collègues qui m'en ont parlé quand je suis arrivé.

— À ta place, je m'abstiendrais, c'est sans doute un sujet sensible, conseilla Gudny.

— Oui, peut-être.

— Enfin, aujourd'hui, la tuberculose a été éradiquée.

— C'est vrai, en tout cas, en Islande.

– Demain, ta fille subira son premier test anti-
tuberculinique et elle aura un joli pansement sur la
poitrine.

Leurs plats arrivèrent : la corbeille de poulet, le
rince-doigts, le steak de bœuf et un saucier rempli de béarnaise. Bercés par le son apaisant de la
musique, ils se régalèrent en discutant de choses et
d'autres, leurs trois filles, leurs amis, leur famille
et les deux ou trois rumeurs qui couraient en ville.
Tout à coup, des applaudissements retentirent dans
la salle et Haukur Morthens prit place au piano. La
vedette fit une révérence, remercia l'assistance et
présenta Carl Billich.

– Mon Dieu, cet homme est un vrai gentleman,
murmura Gudny en levant ses yeux admiratifs vers
le chanteur.

La voix de Haukur Morthens emplit les lieux. La
première chanson qu'il choisit d'interpréter s'intitulait
Mambo italiano. Au même moment, quatre hommes
entrèrent, précédés par le maître d'hôtel.

– Regarde, c'est Spassky, chuchota Gudny en tirant
son époux par le bras.

On entendit des murmures et les quatre hommes
s'installèrent dans un box. Spassky salua les clients
d'un signe de tête. Ni Albert ni Gudny ne connaissaient
les autres, trois gaillards en costume qui n'avaient pas
l'air commodes et semblaient êtres russes.

– Ce sont sans doute ses conseillers ou ses entraî-
neurs, enfin, je ne sais pas, répondit Albert quand
Gudny lui posa la question.

– Ou peut-être ses gardes du corps ? chuchota-t-elle
tandis qu'elle luttait pour ne pas regarder constamment
le champion du monde.

Possible.

– Je trouve ça vraiment ridicule. À quoi ça peut bien servir d'avoir des gardes du corps en Islande ?

– Tu devrais voir toute l'agitation qui règne autour d'eux, objecta Albert. Comme si les Beatles étaient revenus.

– C'est qu'ils sont tellement intéressants, observa Gudny. Tout le monde n'en a que pour eux, pour les échecs, le duel du siècle, les Russes, les Américains et cette guerre froide. Tu as raison, ils sont aussi populaires que des stars du rock. Je suis sérieuse. Ma copine Joka a vu Bobby manger quelque part, j'ai oublié où, mais on aurait dit qu'elle avait aperçu Mick Jagger ou je ne sais qui. Il était accompagné par des gars qu'il ignorait complètement, assis devant son échiquier de poche, plongé dans son monde.

Deux hommes de l'âge d'Albert se levèrent presque en même temps de leurs tables et s'avancèrent vers Spassky. Une serviette en papier et un crayon à la main, ils lui firent comprendre qu'ils désiraient avoir un autographe. Spassky se prêta au jeu et les pria d'approcher. Puis, il signa les serviettes et les tendit aux deux jeunes hommes qui le remercièrent. Les autres clients n'osaient pas importuner le champion du monde. Gudny encourageait vivement son époux à demander, lui aussi, un autographe, mais Albert résista en répondant que, s'il existait un endroit où Spassky avait droit à sa tranquillité, c'était bien ici, en Islande, au bout du monde.

Haukur chantait, accompagné au piano par Billich. Albert et Gudny terminèrent leur plat et, au lieu de commander un dessert, prirent un autre Alexandra. Tous deux se gardaient d'observer Spassky et ses compagnons avec trop d'insistance et les autres clients agissaient de même.

Du coin de l'œil, Albert vit son voisin dubitatif quant à la fonction du rince-doigts boire le bol à petites gorgées. Sans doute avait-il conclu qu'il s'agissait là d'une boisson rafraîchissante.

– Maman m'a parlé de son cousin, déclara Gudny. Il était tuberculeux et a subi une opération effroyable qu'elle appelait le massacre. Les médecins ont dû procéder à l'ablation de plusieurs côtes afin de pouvoir chasser l'air contenu dans le poumon malade en suivant une méthode que je n'ai jamais comprise. C'est affreux ce que les malades ont pu endurer.

Elle avala une gorgée de son cocktail.

– Mais ça ne l'a pas sauvé. Il est mort à Vifilsstadir. Maman disait qu'il se fichait de tout. De toute façon, il se savait condamné.

– Marion a séjourné à Vifilsstadir.

– C'était comme ça pour ceux qui avaient perdu tout espoir. Ils ne prenaient plus soin d'eux et n'en faisaient qu'à leur tête.

Albert regarda brièvement Spassky et constata qu'il avait terminé son assiette. Les quatre hommes se préparaient à partir. Sur la petite scène, Haukur murmura quelques mots à l'attention de Billich. Le pianiste joua deux ou trois mesures et Haukur se mit à interpréter *Les Nuits de Moscou*. Albert vit Spassky afficher un sourire et tendre l'oreille en entendant les notes mélancoliques de cette chanson russe. Haukur commença par la traduction islandaise de Jonas Arnason, puis continua en russe.

Né slychny v sadou dajé chorokhi
Vsio zdes zamerlo do outra.
Iesli b znali vy, kak mné dorogui
Podmoskovnyé vetchéra.

– Il a même chanté à Moscou, glissa Gudny à voix basse sans quitter Haukur des yeux. Albert vit Spassky serrer la main au maître d'hôtel, le remercier chaleureusement avant de disparaître avec ses compagnons.

– ... *envahi par une étrange tristesse*, chantonna Albert au moment où la porte du Naustid se referma.

13

Apparues en 1933 en hommage au grand chantier du premier plan établi par Joseph Staline, les cigarettes Беломорканал ou Belomorkanal tiraient leur nom du Canal de Belomor, également appelé Canal de la Mer blanche. Il partait de la ville de Belomor et rejoignait la Baltique. Formé par un grand nombre de canaux raccordés les uns aux autres et d'une longueur totale de deux cent vingt-sept kilomètres, il avait été creusé principalement par des prisonniers du régime internés au camp de Belomor et on considérait qu'environ cent mille personnes avaient perdu la vie pendant les travaux. Les cigarettes Belomorkanal devinrent rapidement les plus populaires d'Union soviétique, ce qui ne signifiait pas grand-chose puisqu'elles étaient pour ainsi dire les seules disponibles dans le pays avant la Seconde Guerre mondiale. C'étaient des *papiroska* contenant trois à quatre centimètres de tabac dans un tube en papier partiellement vide, lequel était souvent plié de manière reconnaissable. Sans filtres, elles présentaient un fort taux de goudron.

– En résumé, on ne fait pas plus soviétique, conclut Marion au terme de son exposé tout en s'étirant sur son canapé. Marion n'avait pas économisé ses efforts et la fatigue commençait à se faire sentir. Assis à son bureau, Albert n'était pas vraiment convaincu de l'importance de ce paquet de cigarettes trouvé à proximité du Hafnarbio.

– Tu suggères que c'est un complot des Soviets ? ironisa-t-il.

– Je ne parle pas de complot, mais de ce paquet.

La trouvaille avait été transmise pour examen à la Scientifique qui comparerait les empreintes digitales à celles relevées dans la salle. On avait envoyé des hommes fouiller les abords du cinéma à la recherche de mégots, mais ils étaient rentrés bredouilles.

– Tu crois vraiment qu'il y avait des étrangers à cette séance ? demanda Albert.

– Ce serait idiot d'exclure cette hypothèse étant donné la situation qui règne dans Reykjavik avec ce duel d'échecs, répondit Marion d'un ton las. On se croirait presque à la fin du monde.

– Et maintenant tu as trouvé ce paquet de cigarettes russes.

– En effet, et il est évident qu'il faut le faire examiner, répondit Marion qui, les yeux mi-clos, s'efforçait de ne pas perdre son calme face au ton critique de son collègue.

– Et pourquoi ce gamin aurait-il été assassiné par des Russes ? poursuivit Albert. Quel rapport y aurait-il entre eux et lui ?

– Il n'y a aucun rapport, bien sûr, convint Marion. Et je ne peux pas assurer que le meurtre est lié au duel d'échecs ou à la présence d'étrangers à Reykjavik. Je n'en sais rien. Tout ce que je sais, c'est que le petit est mort.

Albert se tut.

– C'est vrai que Spassky était au Naustid ? demanda Marion.

– Un homme très simple et sympathique, d'après ce que j'ai pu voir, répondit Albert. Il a signé des autographes et souriait à tout le monde.

– Donc, tu as maintenant rencontré Bobby et Boris.

– Je n'irais pas jusqu'à dire que je les ai rencontrés, mais plutôt approchés.

Marion ferma les yeux.

– Imaginons qu'un individu posté à l'angle de Hverfisgata et de Baronsstigur ait surveillé le cinéma de loin. Il a allumé une cigarette, écrasé son paquet et l'a jeté à côté de l'ancienne étable de Baronsstigur. Disons qu'il avait rendez-vous avec quelqu'un dans la salle. Pourquoi a-t-il choisi le Hafnarbio plutôt que le Haskolabio ou encore le Stjörnubio ? Pourquoi pas les Collines rouges de Raudholar ou le lac de Hafravatn, en dehors de la ville ? Peut-être s'est-il simplement plongé dans la programmation des salles. Peut-être est-ce le western qui l'a séduit. *The Stalking moon. Sous la lune d'Urdur. L'Homme sauvage.* Il va peut-être voir tous les films avec Gregory Peck. On peut imaginer que cet individu connaît bien Reykjavik. Il sait que le Hafnarbio n'est qu'un vieux baraquement militaire sans prétention et ça lui convenait. Il voulait être dans un lieu public sans toutefois se faire remarquer.

– C'est peut-être un professionnel qui a l'habitude des rendez-vous secrets dans les salles obscures, observa Albert.

– Possible. Certains indices laissent penser que c'est effectivement un professionnel, même si je ne suis pas vraiment spécialiste en la matière. En tout cas, il n'a pas hésité quand il a frappé le gamin.

– Pourquoi penses-tu que c'est lui qui a choisi le lieu ? Pourquoi pas son contact ? reprit Albert.

– Nous n'en savons rien. En tout cas, il était là, à

l'angle de ces deux rues, il a allumé une cigarette et surveillait le cinéma. L'heure de la séance approchait, il y avait quelques personnes devant l'entrée, ni trop, ni trop peu. Il a vu son contact...

– Tu ne crois pas qu'ils sont arrivés ensemble ?

– Je m'imagine plutôt qu'ils sont arrivés séparément et qu'ils ne se connaissaient pas très bien. La nature même du lieu de rendez-vous me le suggère. Il a attendu en surveillant de loin et il a su que la rencontre aurait lieu dès qu'il a vu son contact.

– Tu penses que le gamin a enregistré leur conversation ?

– Tout à fait.

– Qu'est-ce qui te dit qu'ils ne sont pas arrivés ensemble pour voir le film ? Ensuite, quelque chose chez le gamin les aurait dérangés et ils l'auraient poignardé. Pour peu qu'ils soient effectivement les auteurs du crime. Il y avait pas mal d'autres spectateurs dans la salle.

– Nous savons maintenant, observa Marion, qu'un homme a passé un moment au coin de la rue en surplomb du Hafnarbio et qu'il fumait des cigarettes de marque russe. Qu'attendait-il ? Peut-être un taxi, peut-être un ami avec lequel il est ensuite allé voir les boutiques de la rue Laugavegur. Juste avant la séance ou lorsqu'elle commence, il entre discrètement et s'assoit à côté de son contact à un endroit convenu d'avance.

– Ils auraient dû remarquer la présence du petit et s'installer à bonne distance, non ?

– Je n'en sais rien. La salle était dans la pénombre, il faisait peut-être même complètement noir. Quand il fait soleil et que tu entres dans une pièce sombre, tu n'y vois pas très clair. En plus, le jeune homme était sans doute baissé sur son appareil pour le régler. Par conséquent, ils ne l'ont pas vu.

– Ce paquet de cigarettes peut très bien avoir été jeté là-bas avant-hier, nota Albert. Nous n'en savons rien. Et la ville est tellement envahie d'étrangers que le fait d'avoir trouvé un paquet de cigarettes comme celui-ci ne constitue pas un indice.

– Tu as raison. Nous ne savons pas à quel moment son propriétaire s'en est débarrassé. Peut-être plusieurs jours avant le meurtre. Ou même après. Espérons qu'on finira par tirer ça au clair.

– Si, comme tu l'as dit, cet homme voulait un rendez-vous dans un lieu public, avait-il... avait-il peur de celui qu'il devait rencontrer ?

– C'est possible. Mais il est aussi envisageable que ce soit le contraire. Que son contact ait exigé une rencontre dans un lieu public car il craignait l'homme de Belomor.

– L'homme de Belomor ?

– Eh oui, il faut quand même bien qu'on lui trouve un nom.

– Mais pourquoi tiens-tu à ce qu'il soit étranger ? Il existe peut-être des gens qui fument cette marque de cigarettes en Islande.

– J'ai vérifié. Elles sont introuvables à la boutique d'alcools et de tabac. Et, si tu as raison, il va falloir que tu m'expliques quel imbécile aurait la brillante idée de passer en contrebande de mauvaises cigarettes russes plutôt que ces excellentes américaines qu'il peut revendre à moitié prix.

– Tu as passé la nuit à réfléchir à ça jusque dans les moindres détails. Tout est limpide.

– Absolument pas, Albert. Rien de tout cela n'est clair. Ne l'oublie pas.

Albert se tut. Il crut voir Marion s'assoupir sur le canapé.

– Tu penses qu'ils étaient au moins deux, reprit-il. Et tu crois qu'un étranger est impliqué parce que la ville grouille de touristes et que ce meurtre te semble différent de ceux que nous connaissons ici. À ton avis, il s'agit de deux étrangers, ou d'un Islandais et d'un étranger ?

– J'espère que nous le saurons bientôt, répondit Marion d'un ton las.

– De quoi ont-ils parlé ? Pour quelle raison devaient-ils se rencontrer ?

– Ils devaient discuter de sujets importants, voire explosifs. Voilà pourquoi ils n'ont pas pu épargner cet adolescent. Peu importe ce que le gamin avait entendu ou compris, ils ne pouvaient pas se permettre de le laisser en vie.

– Et ils ont cru qu'il avait enregistré leur conversation sur cassette, n'est-ce pas ?

– Ça, je crois que ça ne fait aucun doute.

– Mais pourquoi ne pas se contenter de lui prendre ses cassettes et son appareil ? Il fallait vraiment qu'ils le tuent ?

– Ils voulaient être sûrs.

– Sûrs de quoi ? Le gamin ne parlait pas le russe. Il n'a pas compris un mot de leur conversation.

– Qui dit qu'ils discutaient en langue russe ?

– Tu viens de dire qu'ils étaient russes, non ? Pour toi, les assassins sont membres du KGB, je me trompe ?

– Sans doute que l'un d'eux était russe. Je répète : sans doute. Et je ne connais rien aux services secrets soviétiques.

– Et l'autre ?

– J'ignore tout de l'autre. Il est peut-être russe, peut-être pas.

Albert hésita.

– D'accord, mais de quoi ont-ils parlé ? Quelle était la teneur des propos que le gamin ne devait surtout pas enregistrer ?

– Beaucoup de choses se passent à Reykjavik en ce moment. Le plus évident serait d'imaginer que leur conversation était en rapport avec le duel, mais je crois que nous devrions laisser cette piste de côté pour l'instant. Nous en savons encore trop peu. Toutes les grandes ambassades disposent d'une ribambelle d'espions, les fameux attachés commerciaux, et ils sont encore plus nombreux en ce moment avec ce fichu duel. Mais ils auraient pu évoquer bien d'autres sujets. L'aéroport de Keflavik et la base américaine. L'imminence d'une guerre de la morue contre les Britanniques. Les sous-marins russes dans les eaux islandaises. Ou encore la guerre du Viêtnam.

– Mais tu n'exclus pas que leur conversation ait concerné le duel ?

– Ce serait idiot de délaisser cette hypothèse.

– Tu penses qu'ils courent un danger ?

– Ils ? Qui donc ?

– Spassky et Fischer ?

– Je n'en ai aucune idée, répondit Marion.

– On ne ferait pas mieux de les prévenir ? D'en parler à la Fédération d'échecs et de leur dire qu'ils doivent renforcer leur protection ?

Marion leva les yeux vers Albert.

– Tu ne trouves pas que la fédération est déjà assez occupée ?

– Mais…

– Tant que nous n'avons rien de sûr, c'est inutile.

Tu sais bien que je ne fais qu'échafauder des théories et que je n'ai aucune preuve. Nous avons besoin de choses plus tangibles que mes divagations. La fédération est débordée avec toute cette bande de fanas d'échecs complètement givrés.

– L'examen des empreintes digitales devrait nous en dire un peu plus.

– Mieux vaut attendre les conclusions, suggéra Marion.

Le téléphone sonna sur le bureau d'Albert. Il décrocha, écouta, acquiesça deux fois, regarda Marion d'un air grave, continua d'écouter, acquiesça une fois de plus, remercia et raccrocha doucement.

– Ils ont retrouvé une des cigarettes de ton paquet dans la rue de l'autre côté de Baronsstigur, pas très loin du Hafnarbio, annonça-t-il.

Marion ne lui répondit pas.

– Ils ont trouvé une des cigarettes du paquet.

Albert n'obtint pas plus de réponse.

– Marion ?

Albert se pencha en avant. Marion dormait.

Tard le soir, Marion était encore à Borgartun quand le téléphone sonna sur son bureau. Une voix féminine demanda à lui parler.

– Oui, c'est moi.

– Ici, Dagny.

– Bonjour, Dagny, ça me fait plaisir de t'avoir au téléphone.

– Tu es encore au travail ?

– Bien sûr.

– Tu enquêtes toujours sur ce gamin du Hafnarbio ?

– Oui, il ne nous laisse pas de répit.

– Et vous progressez ?

Marion sourit. Dagny avait toujours été des plus curieuses et n'hésitait pas à l'interroger sur ses enquêtes.

– Doucement.

– Quand je pense à l'ordure qui a fait ça ! On se croyait quand même à l'abri de ces choses-là en Islande.

– C'est vrai.

– À part ça, comment vas-tu ?

– Très bien, répondit Marion. Je repousse sans cesse ma visite, mais on pourrait peut-être regarder un match ensemble.

– Oui, tu viens quand tu veux. Papa a réussi à te joindre ?

Marion s'attendait à la question.

– Il a téléphoné.

– Et ?

– Rien.

Il y eut un silence à l'autre bout de la ligne.

– Il tient vraiment à te voir, plaida Dagny.

– Je sais, répondit Marion. Mais ça n'arrivera pas.

– Tu ne peux pas essayer de lui pardonner ?

– Il n'y a rien à pardonner. Il n'a aucune importance pour moi. Je n'en ai eu aucune pour lui. Il est trop tard pour y changer quoi que ce soit.

14

Albert roulait vers la concession Ford quand il décida de s'accorder une halte au palais des sports de Laugardalshöll vers lequel les spectateurs commençaient à affluer, et où le duel du siècle allait débuter, plus tard dans la journée. Il s'intéressait depuis longtemps aux échecs. C'était son père qui l'avait initié et ses connaissances ne se limitaient pas aux règles de base. Il avait redoublé d'intérêt en apprenant que le championnat du monde aurait lieu en Islande. Il avait sorti son échiquier, installé les pièces, enseigné à ses filles les rudiments du jeu avec la ferme intention de suivre chaque partie de la compétition pour en tirer le maximum de profit et la rejouer chez lui. Quand il avait eu l'occasion de faire quelques heures supplémentaires en assurant la sécurité d'un des adversaires, il avait eu l'impression de décrocher la lune. Depuis, la garde avait été renforcée. On n'avait plus besoin de lui, du reste l'enquête sur le meurtre du Hafnarbio était prioritaire, peu importaient tous les championnats du monde.

Il croisa dans le hall de Laugardalshöll plusieurs visages connus : journalistes, députés, ministres, commerçants replets, sportifs célèbres, ainsi que le météorologue du Hafnarbio, qui fit semblant de ne pas le voir, et bien d'autres gens impliqués dans la vie culturelle.

Il était souvent venu assister à des matchs de handball ici, accompagné par ses filles, mais aujourd'hui tout avait été transformé : dans la partie gauche du hall, des écrans télévisés permettaient de suivre les joueurs et d'analyser chaque mouvement. La salle était remplie de sièges qui partaient de la scène illuminée, au centre de laquelle trônaient l'échiquier et deux chaises vides. Deux hauts piliers destinés aux caméras avaient été montés de part et d'autre. Un écran de cinéma permettrait aux spectateurs de suivre la partie en temps réel.

– Vous croyez que l'assassin est ici ? demanda une voix dans le dos d'Albert.

Il se retourna et vit un homme qui écrivait dans le journal du soir approcher avec un large sourire. Albert le connaissait un peu. Ce journaliste s'occupait de la rubrique des faits divers et couvrait l'événement mondial car il était passionné d'échecs. Il avait signé quelques articles sur le meurtre de Ragnar et tous deux avaient déjà discuté ensemble.

Le fait que Ragnar soit venu au cinéma avec ce magnétophone et ces cassettes aiguisait la curiosité. La presse avait laissé entendre que c'était sans doute le mobile de l'agression. On avait écrit que les cassettes demeuraient introuvables et que l'appareil avait été dérobé. Aucune de ces informations ne figurait dans les renseignements communiqués par la police, qui s'efforçait de ne pas dévoiler les détails de l'enquête.

– Pensez-vous ! éluda Albert, sur ses gardes. Il se méfiait toujours quand il s'adressait à des journalistes car il ne maîtrisait pas la manière dont ces derniers rapporteraient ses propos. D'ailleurs, il en avait fait les frais plus d'une fois.

– Donc, vous venez juste faire un tour ?

– Oui, c'est intéressant à voir.

– Vous êtes passionné d'échecs ?

– Je n'irais pas jusque-là, disons que je m'amuse un peu.

– C'est l'engouement général en ce moment, observa le journaliste, qui souffrait d'embonpoint et ne sentait pas très bon. Son air nonchalant suggérait qu'il ne s'impliquait qu'avec modération dans son travail. Il portait un badge qui lui permettait d'accéder à des lieux interdits au public dans le palais des sports de Laugardalshöll. Albert supposa qu'il arrivait de l'espace réservé à la presse au sous-sol.

Et ce n'est pas étonnant, convint Albert qui, s'étant déjà attardé trop longtemps sur les lieux, cherchait à se replier.

– Vous faites peut-être partie des brigades de gardes du corps ?

– Des brigades de gardes du corps ?

– Oui, de ceux qui assurent leur sécurité, précisa le journaliste en désignant la scène d'un signe de tête.

– Non, plus maintenant. L'enquête prime sur tout le reste.

– Bien sûr.

– Enfin, vous avez pas mal de choses à vous mettre sous la dent ici.

– Fischer veille à nous donner chaque jour de quoi raconter. Il est en train d'épuiser les Russes, la Fédération islandaise d'échecs, l'ambassade américaine, les journalistes et j'en passe. La fédération a fait fabriquer un échiquier en basalte des fjords de l'Est, mais Bobby l'a refusé. On en a fabriqué trois autres pour lui laisser le choix. Un en bois de rose, l'autre en teck et le troisième en je ne sais plus quoi. Rien n'est assez bien pour lui. Pendant ce temps-là, Spassky garde un calme olympien. Je m'étonne vraiment qu'il ne soit pas rentré chez lui depuis longtemps.

– Il veut jouer contre Fischer, répondit Albert. C'est aussi simple que ça. Et quoi qu'il en coûte.

– Les Américains affirment que c'est la seule explication, il veut se mesurer à Fischer, confirma le journaliste. Donc, c'est un étranger ? Je veux dire, celui qui s'en est pris au petit ?

Albert fit de son mieux pour rester impassible.

– C'est impossible à dire, répondit-il en reculant vers l'escalier.

– Et vous êtes ici dans le cadre de l'enquête ?

– Pas du tout.

– C'est pourtant l'une des pistes que vous examinez, non ?

– N'allez pas…

– Je veux dire, la ville grouille d'étrangers.

– Nous ne privilégions aucune piste, répondit Albert. Tout est possible.

– J'ai discuté avec les employés du cinéma qui m'ont dit que, parmi les spectateurs, quatre ou cinq pouvaient très bien être étrangers. Vous avez réussi à retrouver tous ceux qui étaient dans la salle ?

– L'enquête suit son cours, éluda Albert. Je ne saurais vous en dire plus. Ravi de vous avoir croisé.

– En tout cas, vous n'excluez pas qu'il puisse s'agir d'étrangers, c'est bien ça ? s'entêta le journaliste.

– Tout cela est en cours d'examen, conclut Albert avant de disparaître, furieux d'avoir ouvert la bouche. Il savait qu'il aurait dû immédiatement couper court en disant ne pouvoir communiquer aucune information.

L'un des deux concessionnaires Ford du pays se trouvait à Skeifan où Albert se rendit avec le signalement que Konni avait fourni quant à cette Cortina bleue au volant de laquelle le buveur de rhum du Hafnarbio était reparti, à en croire son témoignage. Albert parvint à attraper le chef des ventes au terme d'un jeu de cache-cache assez long car les clients ne manquaient pas. Presque une voiture sur quatre vendues en Islande était une Ford, tant la marque avait du succès. La Cortina était en tête, mais la jeep Bronco et la Mustang se défendaient bien, expliqua le chef des ventes. Albert aurait bien voulu s'offrir une nouvelle Ford, mais n'en avait pas les moyens et, avec Gudny, ils devraient se contenter encore un moment de leur Escort orange qui tombait constamment en panne.

Il parvint enfin à mettre la main sur le directeur, lui aussi débordé, se présenta et déclara qu'il était à la recherche de gens ayant acheté une Cortina de couleur bleue. La description fournie par Konni n'était pas très précise : un homme âgé d'une petite cinquantaine d'années, chauve et sans doute alcoolique.

— Une Cortina bleue, vous dites ? répéta le directeur. Ça remonte à combien de temps ?

— Disons un an. La voiture en question est très récente.

— Et qui est-ce ? Qu'a-t-il fait ?

— Rien. Nous voulons simplement l'interroger.

— Je vais devoir éplucher tout notre registre de ventes.

— Je peux attendre, répondit Albert.

— C'est que la Cortina a beaucoup de succès. Je vais être obligé de parcourir un tas de paperasses.

— Et la bleue, plus précisément ?

— Je dois vous avouer que c'est la couleur qui se vend le moins.

— Je ne suis pas pressé, dit Albert.

À peine avait-il eu le temps de s'installer à l'avant d'une Bronco rouge vif qui sentait encore l'usine, et dont le volant était équipé d'un levier de vitesses, que le directeur revint accompagné d'un vendeur, un échalas âgé d'une petite trentaine d'années.

– Est-ce que l'homme que vous recherchez conduisait ivre ? s'enquit le directeur.

– Je ne peux pas vous donner ce genre de détails, répondit Albert en descendant de la Ford Bronco. Pourquoi cette question ?

– Brynjar que voici m'a dit qu'il avait vendu à un homme chauve une Cortina bleue il y a environ un mois.

– Ah bon ?

– Et il sentait, observa Brynjar.

– Je vous pose cette question parce que vous êtes de la police. Je me suis dit que vous le recherchiez peut-être pour conduite en état d'ivresse, précisa le directeur.

– Il sentait quoi ? demanda Albert.

– L'alcool, répondit Brynjar. Je crois qu'il était ivre. J'ai refusé de lui donner les clefs de la voiture. Il l'avait pourtant réservée de longue date. Il en voulait une bleue. Je n'ai pas été impoli, je lui ai simplement dit qu'il devrait repasser plus tard.

– Et qu'a-t-il fait ?

– Il est revenu chercher la voiture le lendemain. Cela dit, il n'était pas tout à fait sobre non plus.

Marion Briem ne rentra que tard le soir après avoir fait une halte dans une boutique qui vendait des *smorrebrod* à emporter. Le traiteur de la rue Njalsgata avait pour nom Björninn et Marion le fréquentait régulièrement. Les restaurants étaient peu nombreux en ville si on excluait les très élégants Naustid et hôtel Holt. Quelques établissements récents proposaient de la restauration rapide à l'américaine : hamburgers, frites et milk-shakes, tandis que les plus traditionnels se cantonnaient à ces élégants canapés à la mode danoise, des tranches de pain surmontées de harengs et d'œufs mimosa, de rôti de bœuf ou de mouton fumé, et agrémentées de garnitures diverses. Tout cela lui plaisait beaucoup et la boutique était excellente.

De retour à son domicile, Marion alluma la radio et se régala. Un téléviseur récent, acheté peu après la création de la télévision islandaise, trônait dans le salon. Marion avait regardé la télé au début, surtout les émissions nationales, mais son intérêt s'était émoussé avec le temps et l'appareil était aujourd'hui presque toujours éteint. À la radio, on diffusait une émission sur le compositeur Jon Leifs, agrémentée de quelques extraits de ses œuvres : musique grandiose sur des thèmes sublimes. Marion s'installa au salon pour se plonger dans le dossier du meurtre, mais quelque chose dans la mélodie de Jon Leifs, comme un appel d'air froid, raviva des souvenirs du fjord de Kolding.

Il était de plus en plus rare que Marion sorte les vieilles lettres pour les feuilleter. Un petit nombre portait l'adresse du sanatorium de Kolding et toutes étaient de la main d'Athanasius qui lui posait des questions sur son séjour, sa santé, et lui donnait des nouvelles de la maison. Après avoir reçu cette carte, Marion avait relu les lettres et en avait même emporté quelques-unes au bureau. Postées quarante ans plus tôt, elles avaient jauni. Le papier était devenu fragile, l'écriture au crayon commençait à s'estomper, mais l'attitude de celui qui les avait écrites demeurait identique et gagnait en valeur à chaque relecture. Toutes débutaient par une jolie formule *Mon enfant* ou *Vie de mon cœur*. L'auteur lui souhaitait une pleine et entière guérison, formulait le vœu que les médecins et les infirmières de l'hôpital soient bienveillants et les amis nombreux. Si tel n'était pas le cas, il l'invitait à le prévenir au plus vite. Ensuite, il lui parlait de ces petits riens qui étaient le quotidien en Islande, de cette crise qui n'en finissait pas, lui donnait des nouvelles de la famille et des employées de maison, qui transmettaient leurs plus chaleureuses salutations. Les truites avaient été heureuses de retrouver leur liberté au lac de Thingvellir, écrivait Athanasius. La plus grosse avait disparu avec panache dans les profondeurs en l'espace d'un instant. Ces lettres s'achevaient toujours par un souhait renouvelé de pleine guérison.

Les courriers d'Athanasius avaient reçu des réponses, aujourd'hui perdues. La dernière avait été rédigée alors que Marion séjournait depuis quelque temps au Danemark. La mort d'Anton était encore récente et la situation au Sanatorium de Kolding lui avait inspiré bien des choses, résumées en quelques mots qui avaient constitué une véritable énigme pour Athanasius.

Il est plus facile de croire en Dieu
quand on sait qu'il n'existe pas.

15

Dans les journaux, une kyrielle d'articles traitaient du duel qui avait enfin débuté. Les passionnés d'échecs et bien d'autres remplissaient le palais des sports de Laugardalshöll où, après s'être serré la main face au monde entier, les deux plus grands champions du monde s'étaient assis l'un face à l'autre. Un échiquier fabriqué pour l'occasion avait été installé sur la scène et les spectateurs étaient tenus à distance respectable. Cela n'avait toutefois pas suffi à Fischer qui avait retardé le début de la partie en exigeant qu'on évacue les dix premiers rangs devant la scène. Un bel espace réservé à la presse avait été installé pour les journalistes islandais et étrangers qui traitaient du duel sous tous les angles et s'attachaient à rapporter les nombreux caprices de Fischer tandis qu'ils louaient l'imperturbable politesse de Spassky. On avait envoyé depuis New York à la demande expresse de Fischer le siège rembourré en cuir noir équipé de roulettes sur lequel il avait vaincu Petrosjan en Argentine, s'assurant ainsi le droit de défier le champion du monde en titre. Spassky n'avait formulé aucune exigence en termes de chaise ou de fauteuil. Il avait avancé son pion-dame de deux cases, c'était le premier mouvement de la partie.

Les gros titres du journal du soir n'étaient en revanche

nullement en rapport avec le duel. L'édition affirmait tenir son information principale de sources fiables au sein de la Criminelle. L'article suscitait l'émoi, la surprise et la colère dans les rangs de la police. Plusieurs personnes furent convoquées et priées de jurer sur l'honneur qu'elles n'avaient rien communiqué à la presse. Le texte n'était pas signé, mais Albert pensait connaître l'auteur. Il avait d'ailleurs également une idée quant aux dites sources fiables. Le journal arriva dans le bureau qu'il partageait avec Marion juste avant midi et il se mit à suer à grosses gouttes en lisant le titre : DES ÉTRANGERS IMPLIQUÉS DANS LE MEURTRE DU HAFNARBIO.

Il parcourut rapidement l'article et constata qu'il était impossible de faire le rapprochement entre sa personne et lesdites sources fiables. Peut-être la conversation qu'il avait eue avec ce journaliste à Laugardalshöll n'était-elle pas à l'origine de cet article. Il devait y avoir autre chose. La presse ne pouvait pas travailler ainsi, en ignorant toute déontologie. Et il n'avait rien dit au sujet des étrangers. Bien au contraire, il avait catégoriquement nié que la police enquêtait sur cette piste. À moins que son hésitation et ses propos sur le fait que tout cela était en cours d'examen n'aient laissé planer un doute.

– Bravo, ils nous échappent définitivement ! s'emporta Marion, qui balança d'un geste rageur l'exemplaire du journal sur son bureau avant d'allumer une cigarette. Qui sont les imbéciles qui parlent à cette bande-là ?!

– C'est de la pure irresponsabilité de publier une chose pareille, observa Albert, s'efforçant d'adopter le ton et la mine de circonstance.

Sa consternation était toutefois un peu trop palpable

aux oreilles de Marion qui, sensible à ce genre de
choses, leva les yeux vers son collègue.

– C'est toi ?

– Moi ?

– Avec qui as-tu parlé ?

– Je n'ai parlé à personne, se défendit Albert. Je…

– Oui ?

– J'ai tout nié en bloc, j'ai dit que ce n'était pas
notre piste privilégiée.

– Et tu as raconté ça à l'un des journalistes de ce
torchon ?

– Hier, je suis passé à Laugardalshöll, juste pour
voir. Et j'ai dit à ce type que tout cela était en cours
d'examen.

– Il t'a posé des questions sur la piste des étrangers ?

– Oui.

– Et tu lui as répondu que tout cela était en cours
d'examen ?

– Exactement.

– Pourquoi tu as fait ça ?

– Mais je ne lui ai rien dit, murmura Albert. Je suppose qu'il tient ça d'une autre source. J'en suis presque
sûr. Je n'ai rien dit, je n'ai rien laissé entendre. Je me
suis contenté de lui répondre que nous examinions tout
cela et que l'enquête suivait son cours.

– Si ce sont vraiment des étrangers qui ont assassiné
ce gamin, maintenant ils sont au courant que nous les
recherchons. Pour autant qu'ils n'aient pas déjà quitté
le pays. Tu as retrouvé l'homme à la Cortina ?

– Je m'en suis occupé ce matin, répondit Albert. Il
avait obtenu le nom et l'adresse auprès du concession-
naire, s'était rendu à son domicile, mais il était absent.
Je sais où il travaille, je vais aller le voir.

– Préviens-moi si ça donne quelque chose, pria Marion.

– Je n'ai rien dit à ce journaliste qui puisse justifier ce gros titre, reprit Albert, abattu. Rien du tout. Je ne ferais jamais une chose pareille. Je ne mettrais jamais l'enquête en péril.

– Très bien, répondit Marion en écrasant sa cigarette. C'est déjà assez compliqué comme ça.

L'homme à la Cortina bleue dirigeait une petite société d'import-export et employait quelques personnes, rue Grensasvegur. Son bureau était installé au-dessus de l'entrepôt, lequel se trouvait à la cave du bâtiment. Albert demanda à le voir. On lui indiqua le bureau du fond sur la porte duquel était collée une plaque en laiton à son nom. Albert frappa. Un instant s'écoula, il frappa une seconde fois, puis se résolut à ouvrir. L'homme se rasseyait, débraillé, chemise ouverte et cravate desserrée. Gras et chauve, conformément à la description fournie par Konni, il était mal rasé, avait les yeux rouges et semblait fatigué.

– Que puis-je pour vous ? demanda-t-il en se laissant tomber sur son fauteuil.

– Vous êtes bien Hinrik ?

– Oui, répondit-il tout en dépliant l'emballage d'un chewing-gum Wrigley's qu'il se mit dans la bouche.

Albert entra et referma la porte. L'homme le toisait d'un air inquisiteur. Le bureau était plutôt mal tenu, des piles de papiers encombraient les étagères poussiéreuses, un cendrier débordait de mégots et les rideaux n'avaient jamais été lavés.

– Que voulez-vous, mon ami ? interrogea Hinrik.

– C'est en rapport avec le drame du Hafnarbio, répondit Albert, remarquant que son interlocuteur avait une barbe de plusieurs jours. Vous savez, l'assassinat de ce jeune homme, vous en avez sans doute entendu parler. Je suis de la police. Nous avons toutes les raisons de croire que vous avez assisté à la séance de cinq heures ce jour-là. Pouvez-vous nous le confirmer ?

L'homme oublia un instant de mâcher son chewing-gum, les yeux rivés sur son interlocuteur.

– C'est faux, répondit-il. Je ne vois pas de quoi vous parlez.

– Nous avons trouvé une bouteille de rhum dans la salle, observa Albert. Et nous pensons qu'elle vous appartient. Nous y avons relevé des empreintes. En outre, un homme a été vu, et tout porte à croire qu'il s'agit de vous.

– Je n'étais pas à cette séance, démentit Hinrik.

Albert prit place sur la chaise devant le bureau.

– Nous avons un témoin, reprit-il. Et nous avons les empreintes présentes sur cette bouteille. Nous pouvons convoquer notre témoin et procéder à un relevé de vos empreintes digitales. Tout cela ne ferait que nous retarder. Je me permets donc de répéter ma question : étiez-vous à la séance de cinq heures ce jour-là ?

L'homme lança quelques regards furtifs en direction du placard à côté de la fenêtre. Une légère odeur d'alcool flottait dans la pièce, si discrète qu'on la percevait à peine. Albert ne l'aurait sans doute pas remarquée non plus s'il n'avait pas été doté d'un odorat exceptionnel qui s'expliquait peut-être par la longueur et la finesse de son nez.

– Nous avons demandé aux spectateurs de cette séance de se faire connaître, poursuivit-il. Pourquoi n'êtes-vous pas venu nous voir ?

Hinrik fit machine arrière. La perspective d'un relevé d'empreintes digitales et l'existence de ce témoin ne l'enchantaient guère.

– Je n'ai rien vu, répondit-il. Vous n'apprendrez rien en m'interrogeant.

– Vous souvenez-vous de ce jeune homme ?

– Non.

– Vous en êtes sûr ?

– Pourquoi venez-vous m'interroger ? Je n'ai rien fait.

– Avez-vous…

– Ce sont pourtant des étrangers qui ont fait ça, non ? Je l'ai lu dans la presse.

Albert grimaça.

– Il ne faut pas croire ce que disent les journaux, rétorqua-t-il, exaspéré. Ils écrivent ce qu'ils veulent. Avez-vous consommé de l'alcool pendant la séance ?

Hinrik ne répondit rien. Albert attendait. Peut-être son interlocuteur trouvait-il la question déplacée, voire insultante.

– Cette bouteille de rhum est à vous ?

– C'est possible, répondit l'homme en hochant la tête.

Albert se détendit et se recula sur sa chaise.

– Pourquoi ne pas nous avoir contactés ? Vous savez que nous sommes à la recherche des spectateurs présents à cette séance.

– Je… je l'ignorais. Je n'étais pas au courant.

– Mais vous savez ce qui s'est passé ?

– Oui, évidemment. Comme tout le monde.

– Vous rappelez-vous avoir vu ce jeune homme dans la salle ?

– Je n'ai rien remarqué de particulier, répondit l'homme, s'efforçant de retrouver sa dignité. Je…

– Oui ?

– Je ne suis pas… pas certain que c'était bien la séance dont vous parlez. Voilà pourquoi je ne me suis pas manifesté. Je me suis dit que j'étais peut-être allé à une autre séance que celle-là. Je n'étais pas sûr.

– Si cette bouteille de rhum est à vous, alors, vous étiez dans la salle à ce moment-là. L'un de nos témoins le confirme. Vous aviez ingurgité tellement d'alcool que vous aviez plus ou moins perdus vos repères spatiotemporels ?

– J'ai l'impression d'avoir dormi pendant la majeure partie du film, répondit Hinrik. Je ne me souviens pratiquement pas de l'histoire.

– Allez-vous en général au cinéma pour dormir ? Ou plutôt pour boire ?

– Je préférerais qu'on parle d'autre chose que de moi, si ça ne vous dérange pas.

– Avez-vous remarqué des détails susceptibles de nous aider ? Vous souvenez-vous de l'endroit où était le petit ? De ceux qui étaient assis à côté de lui ?

– Non. Pour tout vous dire, je ne l'ai même pas vu.

– Vous rappelez-vous la place que vous occupiez ?

– Pas précisément, répondit Hinrik.

– Vous souvenez-vous d'autres personnes présentes dans la salle ?

– En réalité, non.

– Vraiment aucune ?

– Non.

– Je vais devoir examiner votre voiture, annonça Albert. Elle est ici ?

– Oui, elle est garée devant. Pourquoi voulez-vous la voir ?

– Nous cherchons un certain nombre de choses provenant du cinéma.

– Du cinéma ?

Albert se leva. Hinrik le regarda sans bouger. Le policier attendait.

– Tout de suite ? s'enquit Hinrik.

– Oui, confirma Albert, tout de suite.

Hinrik se leva, regarda à nouveau l'armoire, rentra les pans de sa chemise dans son pantalon, toussota et attrapa la veste sur le dossier de son fauteuil. Il inspira profondément, puis ouvrit la porte et sortit. Albert le suivit vers le parking à l'arrière du bâtiment, sous les regards des employés. Albert n'avait pas précisé qu'il était policier quand il avait demandé à parler au patron, mais le personnel avait sans doute senti qu'il y avait un problème.

Les deux hommes s'approchèrent de la Cortina quatre portes. Albert demanda à son propriétaire s'il avait les clefs.

– Elle est ouverte, répondit Hinrik. Je ne la ferme jamais. Les clefs sont là-haut.

Le policier ouvrit la portière du conducteur et passa la tête dans l'habitacle. Il y régnait un désordre comparable à celui du bureau. Le tableau de bord était couvert de poussière, des journaux jonchaient le plancher et les sièges, une chaussure de sport orpheline dépassait de celui du passager, une serviette de toilette sale reposait sur l'un des dossiers et toutes sortes de papiers s'entassaient çà et là. Albert huma l'air qui sentait la cigarette et l'alcool. Il regarda alentour, tout était noyé sous les paperasses et des tas de vêtements, puis il ferma la portière du conducteur pour ouvrir celle de l'arrière.

– Je ne comprends pas pourquoi vous faites tout ça, observa Hinrik, un nouveau paquet de chewing-gums à la main. Que cherchez-vous donc ?

– Vous n'avez pas ouvert la porte arrière depuis que vous êtes allé à cette séance ? demanda Albert, les yeux rivés sur le plancher de la Cortina.

– Non, répondit Hinrik.

– Vous en êtes certain ?

– Oui, il n'y a que des saletés.

Deux ou trois des employés de la société d'import-export s'étaient discrètement avancés jusqu'à la fenêtre donnant sur le parking. Depuis longtemps, ils s'inquiétaient pour leur patron, qui semblait inexorablement sombrer dans l'alcoolisme sans que personne puisse y remédier. Ils virent Albert sortir un mouchoir de sa poche et s'incliner pour fouiller un moment à l'arrière de la Cortina bleue. Il attrapa un objet, se redressa et montra à Hinrik ce qu'il venait de trouver.

Les employés virent leur patron secouer la tête.

– Ça vous dit quelque chose ? interrogea Albert.

– Non, je n'ai jamais vu cet objet, répondit Hinrik, affolé. Il fixa un moment le cartable taché de sang que le policier tenait à la main et s'enfuit à toutes jambes du parking.

16

Sa première nuit au sanatorium de Kolding, Marion peina à trouver le sommeil suite à la visite d'une jeune fille de son âge, venue l'aider à tromper la solitude qui l'envahissait déjà. Cette dernière lui avait demandé si son pays d'origine était bien l'Islande.

Le voyage, plutôt éprouvant, avait duré une semaine. Le paquebot baptisé *Gullfoss*, qui appartenait à la compagnie maritime Eimskip, transportait aussi bien des passagers que du fret entre l'Islande et le continent. La mer avait été mauvaise une bonne partie de la traversée, surtout après l'habituelle escale au port de Leith, le navire avait tangué sans cesse du matin au soir. Seul un petit nombre de voyageurs échappèrent au mal de mer et Marion, qui n'eut pas cette chance, passa son temps à vomir, à suffoquer, à souffrir de nausées et à souhaiter ardemment que la terre apparaisse à l'horizon. Marion ne connaissant personne à bord, Athanasius avait demandé à un jeune couple de s'en occuper et de veiller à ce que l'enfant prenne le train pour Kolding lorsque le navire atteindrait le quai d'Islandsbrygge, à Copenhague.

L'homme et la femme avaient accepté et veillé sur Marion avec gentillesse, mais en s'armant de précautions. Ils étaient au courant de sa maladie et redoutaient d'être contaminés. On avait attribué à l'enfant une cabine en première classe. Celle du couple se trouvait dans le même couloir, à proximité de la salle à manger. Le mal de mer n'incommodait en rien le mari qui, encombrant dans tous les sens du terme, mangeait comme un ogre, fumait comme un pompier et ne rechignait pas à s'offrir un petit verre. Il passait le plus clair de son temps au fumoir, au-dessus de la salle à manger, à jouer aux cartes, au jeu de l'Hombre ou au bridge. L'épouse, petite et maigre, était aussi discrète que son mari était exubérant. Elle avait confié à Marion qu'il était un oiseau de nuit doublé d'un boute-en-train et qu'il ne rentrait à leur cabine qu'au petit matin, en général copieusement aviné. Le couple faisait route vers l'Italie où le mari étudierait le chant lyrique. Pour sa part, elle rêvait d'apprendre la peinture et affirmait que ce pays était l'endroit idéal pour le faire.

– Allez, chante-nous quelque chose, à moi et à Marion, avait-elle prié son époux un jour où la mer était calme et où il faisait beau. Le *Gullfoss* entrait dans le port de Copenhague quand l'homme était arrivé sur le pont où sa femme prenait le soleil avec l'enfant.

– Tu le sais bien, ma chérie, avait-il répondu de sa grosse voix de baryton un peu rouillée après toutes les parties de jeu de l'Hombre qu'il avait jouées au fumoir. Je ne chante jamais comme ça, spontanément.

Le couple n'avait dit au revoir à la jeune âme dont ils étaient en charge qu'après lui avoir trouvé une place dans le train adéquat à la Gare centrale de Copenhague. Il n'y eut ni poignée de main ni embrassades lorsqu'ils se quittèrent sur le quai. Ils se contentèrent de lui souhaiter un prompt rétablissement et s'en allèrent. Ils prévoyaient de passer quelques jours à Copenhague avant de poursuivre leur périple vers le sud de l'Europe.

L'homme avançait d'un pas pressé, pensant sans doute déjà à la prochaine taverne qui croiserait sa route, et la femme le suivait, silencieuse et douce, impatiente de connaître un peu mieux la peinture italienne.

Certains des enfants à bord du train allaient au même endroit que Marion. Ceux qui n'étaient pas accompagnés avaient autour du cou une étiquette avec le nom du sanatorium. Le voyage durait six heures. Le train s'était arrêté à Korsor, dans la province du Sjælland. On avait pris un ferry pour traverser le détroit du Grand Bælt et rejoindre Nyborg, en Fionie. Là, Marion avait repris le train qui traversait la Fionie jusqu'à Middelfart où un autre ferry avait embarqué les passagers pour leur faire franchir le Petit Bælt avant de les déposer à Fredericia, sur la péninsule du Jutland. Lorsque le train en provenance de Fredericia était arrivé en gare de Kolding, on avait rassemblé les enfants et Marion avait imité les autres, descendant sur le quai. Une infirmière et un homme habillé tout en noir venu l'assister avaient fait l'appel. Après le départ du train, les enfants et les parents qui les accompagnaient étaient montés dans un autocar qui les avait conduits à destination.

Pendant la traversée maritime, la quantité d'air insufflé dans la poitrine de Marion avait commencé à diminuer. Lorsque le groupe avait été accueilli dans le grand salon à l'entrée de l'hôpital, Marion avait réussi à attirer l'attention de l'infirmière qui, comprenant la situation, lui avait fait monter un escalier, puis traverser un couloir au bout duquel se trouvait un cabinet. Le médecin lui avait ausculté la poitrine et aussitôt préparé l'insufflation. Marion lui avait tendu la copie de son dossier, que l'hôpital de Vifilsstadir lui avait confiée. Le médecin l'avait prise avec un sourire et s'était mis à parcourir les feuillets.

– Tu as fait tout ce voyage depuis l'Islande, avait-il commenté dans un danois simple et lent que Marion n'avait aucune difficulté à comprendre après avoir appris cette langue avec Athanasius.

– Et avec un seul poumon, avait répondu Marion en hochant la tête.

Le médecin avait souri de plus belle. L'intervention s'était correctement déroulée. Le matériel était semblable à celui utilisé à Vifilsstadur. Marion avait à peine senti l'aiguille entrer dans sa poitrine pour y injecter l'air.

L'enfant ne semblait pas à l'aise dans ce nouvel environnement, le médecin lui avait donc raconté l'histoire du sanatorium à des fins de distraction. L'hôpital avait été construit grâce à une collecte de fonds organisée par les postes danoises et pouvait accueillir jusqu'à cent vingt jeunes malades. Son signe distinctif était cette longue et magnifique véranda en arc de cercle à l'avant du bâtiment, où les malades pouvaient profiter du plein air à proximité immédiate de la mer.

– Et voilà, avait conclu le médecin en retirant doucement l'aiguille de son petit corps. Si tu sens la pression diminuer, n'hésite pas à nous le dire tout de suite. Pour le reste, ce sanatorium ressemble à tous les autres. Le traitement consiste surtout à se détendre et à se reposer, à prendre un peu d'exercice physique, à s'alimenter correctement, à respirer du bon air et à recevoir les soins adéquats.

Puis il avait raccompagné Marion dans le couloir.

– Il y a ici beaucoup de patients très sympathiques, avait-il ajouté, des enfants qui ne laissent pas la tuberculose empoisonner leur vie quotidienne. Le pire qui puisse t'arriver, ce serait de t'ennuyer à Kolding.

Le gigantesque bâtiment principal du sanatorium était équipé d'une cuisine moderne, de réfectoires séparés pour les malades et le personnel, d'un atelier de menuiserie et d'un grand espace réservé aux bains de soleil. L'étage supérieur abritait les blocs de chirurgie et un cabinet dentaire. Les enfants occupaient à plusieurs des chambres spacieuses et lumineuses équipées de grandes fenêtres qu'on veillait à ouvrir pour aérer, comme à Vifilsstadir. Le toit était surmonté par une tourelle dont la base était ornée d'un bas-relief tourné vers le fjord de Kolding qui montrait huit anges autour d'un château de sable portant l'inscription *Sundhed* – Santé.

Peinant à trouver le sommeil dans son lit, Marion repensait à ses adieux avec Athanasius à bord du *Gullfoss* avant que le paquebot ne quitte le port de Reykjavik. Inquiet, Athanasius piétinait dans la cabine et avait vérifié plusieurs fois que rien n'avait été oublié, que tout était en ordre en lui répétant qu'il fallait aller directement à la gare dès que le navire aurait accosté à Copenhague et qu'il importait de faire preuve de bonne éducation en suivant à la lettre toutes les recommandations prescrites par le sanatorium. Le paquebot s'apprêtait à larguer les amarres quand il était enfin descendu à terre. Posté sur le quai, il était resté longtemps à lui adresser des signes de la main.

– Je t'écrirai, avait-il promis. Et si quelque chose ne va pas, préviens-moi tout de suite.

Marion avait enfoncé sa tête dans l'oreiller. Une jeune fille de son âge était arrivée à pas de loup dans sa chambre et s'était approchée du lit.

– Tu dors ? lui avait demandé la gamine en islandais.

Marion avait du mal à la distinguer dans la pénombre, mais se souvenait l'avoir aperçue dans le hall en compagnie d'autres enfants, plus tôt dans la journée. Les autres pensionnaires étaient endormis. La jeune fille avait longuement fixé le drapeau islandais qu'elle avait vu sur la valise offerte par Athanasius. Elle avait de longs cheveux roux et son visage au teint clair n'était que pureté.

– Non, avait répondu Marion.

– Ça ne va pas ?

– Si.

– J'ai compris que tu arrivais d'Islande, avait murmuré la jeune fille après s'être assise sur le tabouret blanc à côté du lit. J'ai vu le drapeau sur ta valise.

– Oui.

– Moi aussi, je suis islandaise, mais j'habite à Århus. Je crois qu'il n'y a pas d'autres Islandais ici. Je suis déjà venue en cure l'an dernier et, là, il y avait deux autres Islandais. Tu sais, c'est un endroit très bien.

– Tout est tellement grand, avait répondu Marion en reniflant.

– Tu veux parler de la véranda ?

– Ça oui, elle est gigantesque. Comment tu t'appelles ?

– Katrin, avait répondu la jeune fille.

– Moi, c'est Marion.

– Marion ? Quel drôle de nom. C'est un prénom de fille ou de garçon ?

– C'est celui que m'a donné ma mère. Elle avait des origines ici, au Danemark.

– Et tu n'as pas d'autre nom ?

– D'autre nom ?

– Eh bien, oui.

– Athanasius m'appelle parfois Marion Briem. C'est un grand ami. Il m'a expliqué que Briem est un vieux nom de famille qui me vient de mon grand-père maternel. Ces gens vivaient dans le fjord de Skagafjördur. Athanasius en connaît un rayon en généalogie.

– Et tu n'as pas de père ?

– Bien sûr que si, mais il ne veut même pas savoir que j'existe. Les gamins d'Olafsvik m'appelaient l'enfant de la bonne. Athanasius dit que je suis un enfant à problèmes et qu'il vaut donc mieux m'appeler Marion Briem.

– Mais ta mère ?

– Elle est morte.

– Comment ?

– Elle s'est noyée quand j'avais deux ans.

Katrin s'était tue un long moment.

– Et maintenant te voilà ici, avait-elle repris.

– La tuberculose s'est déclarée à la maison. Elle sévissait partout dans la région. Dans l'une des fermes, tout le monde est mort, sauf la mère et l'une des filles.

– C'est affreux, tu ne trouves pas ?

– C'est la première fois que je viens à l'étranger, avait observé Marion qui aimait discuter avec cette jeune fille inconnue. La traversée a été terrible, mais ça m'a fait plaisir de voir Copenhague. Les bâtiments sont tellement grands et il y a tellement de voitures. Et de bruit. Quant au train, ça fait une drôle d'impression. Je crois que je n'ai jamais roulé aussi vite de ma vie. Même pas quand j'accompagne Athanasius jusqu'à Kringlumyri.

– Tu connais Vifilsstadir ? avait chuchoté Katrin.

– Oui, j'y ai séjourné. Et toi ?

– Non, je n'y suis jamais allée, mais je voulais te poser une question… j'avais un cousin qui était là-bas.

– Comment il s'appelait ?

– Anton, avait répondu Katrin.

Marion l'avait dévisagée.

– Anton ?

– C'est ça.

– Anton était ton cousin ?

– Tu l'as connu ?

– C'était un ami, avait répondu Marion. Il occupait la chambre à côté de la mienne. Je... Il est mort tellement vite.

– Il était gravement malade, tu sais.

– Oui.

– Anton était le fils du frère de ma mère, avait précisé la jeune fille. Nous venons des fjords de l'Ouest. Nous habitions à Isafjördur, mais la crise est arrivée et mon père a cru que nous serions plus heureux ici. Nous avons déménagé à Århus. Il est maçon. Je me rappelle lorsque Anton était à l'hôpital d'Isafjördur. Il nous rendait parfois visite, je me souviens comme il faisait peine à voir. Il essayait de rester chez lui autant que possible. Mon père avait percé une fenêtre dans les combles pour qu'il puisse voir l'extérieur depuis sa chambre, mais après on l'a envoyé à Vifilsstadir.

– Il est venu me voir le dernier soir, avait répondu Marion. À mon réveil, le lendemain, il était mort. En allant dans sa chambre, j'ai vu son corps qui reposait sous un drap.

– Pauvre Anton !

– La veille au soir, il a regardé le lac par la fenêtre de ma chambre et il a dit ça : quelle journée !

– Puis il est mort ?

– Oui, pendant la nuit.

Katrin se taisait. On entendait la respiration lente des autres enfants de la chambre plongée dans la nuit.

– Maman m'a dit que c'est lui qui m'a contaminée, avait murmuré Katrin. Elle s'en veut. Elle répète que jamais mon père et elle n'auraient dû le laisser m'approcher.

17

Le cartable de Ragnar reposait sur une table, face au chef de la Scientifique. C'était un sac des plus banals, comme ceux qu'un tas de gamins prenaient pour aller à l'école. En cuir marron, avec deux poches sur le devant, sur lesquelles étaient fixés des systèmes de fermeture en laiton, on pouvait le verrouiller grâce à une minuscule clef. Divisé en deux soufflets, il était muni d'une poignée et, à l'arrière, deux fixations permettaient d'attacher des bretelles dont Ragnar ne se servait pas. Le sang qui avait coulé sur le dos du vieux cartable usé avait imbibé le cuir qui, à cet endroit, s'était teinté d'une couleur noire. Et le sac était vide.

Albert avait arrêté Hinrik sans problème après avoir découvert l'objet sur la banquette arrière de la Ford Cortina. Il avait poursuivi et rattrapé le fuyard juste avant que ce dernier ne passe sous un véhicule qui roulait à vive allure. Hinrik était tombé à plat ventre sur l'asphalte et gardait de sa chute quelques égratignures aux mains et au visage. Le cartable à la main, Albert l'avait aidé à se relever en lui demandant de l'accompagner à Borgartun sans faire d'histoires. Dans le cas contraire, il se verrait contraint d'appeler des renforts et préférait éviter d'en arriver là. Hinrik s'était contenté de hocher la tête.

– Je n'ai rien à voir avec ce cartable ! s'était-il exclamé, hors d'haleine.

– Non, je sais bien qu'il n'est pas à vous, avait répondu Albert.

– Je veux dire que j'ignore comment il a pu atterrir dans ma voiture.

– Vous avez pourtant pris la fuite dès que vous l'avez vu.

– Je viens de vous dire que je ne sais pas pourquoi il était dans ma voiture.

– Cela vous reviendra peut-être, avait rétorqué Albert en le ramenant sur le parking.

Plus tard dans la journée, on avait placé Hinrik en détention provisoire à la maison d'arrêt de Sidumuli où il serait ensuite interrogé. Il avait été facile de convaincre le juge de la légitimité de cette requête : on avait trouvé l'une des pièces à conviction principales sur la banquette arrière de sa voiture. On avait relevé les empreintes du suspect avant de lui retirer sa ceinture et ses lacets afin qu'il ne commette pas d'acte irréparable sur sa personne. Hinrik s'était laissé faire. Il avait contacté son avocat, un homme de sa connaissance qui s'occupait des déclarations fiscales de sa société. La Ford Cortina fut remorquée jusqu'à un atelier que la police avait à sa disposition et la Scientifique allait l'examiner sous toutes les coutures à la recherche de traces de sang. Elle procéderait également à des relevés d'empreintes.

– Comme ça, il a essayé de filer ? interrogea le chef de la Scientifique quand Albert arriva pour prendre des nouvelles.

– Oui, dès qu'il a vu le cartable, confirma-t-il. Il a lu tout ça dans la presse. Il reconnaît que cette bouteille de rhum lui appartient. Vous pourrez comparer les empreintes que vous y avez trouvées avec celles qui sont sur ce sac.

– Laisse-nous donc faire notre travail, s'agaça le chef de la Scientifique, fort peu patient quand il était confronté à de jeunes flics qui croyaient tout savoir.

– Tu peux m'en dire un peu plus à propos de la pièce à conviction ?

– Pour l'instant, rien du tout. Il y a beaucoup de sang. Nous allons bien sûr comparer les empreintes que nous y trouverons à celles de la bouteille. On dirait que quelqu'un a plongé sa main pleine de sang dans le cartable. Il y en a partout sur la face interne du cuir. Cette main cherchait quelque chose, sans doute les cassettes dont vous parlez, toi et Marion.

– Je suppose que la plupart des empreintes sont celles de la victime, observa Albert. Nous avons besoin de savoir si les assassins étaient plusieurs, si plusieurs inconnus ont manipulé ce cartable. Ça nous aiderait beaucoup si vous pouviez nous le dire.

Plus tard dans la journée, l'une des six personnes recherchées par la police vint faire sa déposition à Borgartun. Valdimar Masson était un marin âgé d'une bonne quarantaine d'années qui venait de rentrer à terre et avait appris que la police cherchait les spectateurs présents au Hafnarbio lorsque le jeune homme avait été poignardé. Petit et maigre, presque fluet, vêtu d'une chemise à col pelle à tarte et d'une veste de costume marron, il semblait s'être endimanché pour venir voir la police.

– Il m'a fallu un moment pour réaliser que j'étais à cette séance, déclara-t-il.

– Ça ne vous dérange pas qu'on prenne vos empreintes ? demanda Marion.

– Je vous en prie, faites.

– Avez-vous remarqué ce jeune homme dans la salle ?

– J'ai vu sa photo dans les journaux, mais je ne l'ai pas aperçu dans le cinéma.

– Vous ne le connaissiez pas ?

– Non, je ne l'ai jamais vu.

– Connaissez-vous un certain Hinrik ? demanda Marion.

– Hinrik ? Je ne crois pas. Qui est-ce ?

– Vous n'étiez pas assis à côté de lui au Hafnarbio ?

– Non.

– Avez-vous en mémoire certains détails de cette séance ?

– Très peu, répondit Valdimar. Je vais au cinéma pour voir les films, pas les gens qui sont dans la salle. Il y en avait un qui picolait dans l'une des rangées de devant. À part ça, j'ai vu des garçons et un couple d'amoureux quelques rangs derrière moi.

– Pouvez-vous nous décrire le couple en question ?

– Non, je les ai juste entrevus dans la pénombre. Et je suis sorti aussitôt après la fin du film qui, d'ailleurs n'était pas un chef-d'œuvre. Je les ai regardés une fois ou deux, et j'ai vu qu'ils… disons… qu'ils s'entendaient bien.

– À la fin du film, vous étiez peut-être le premier à quitter la salle ?

– En tout cas, j'étais parmi les premiers, c'est sûr.

– Par quelle porte êtes-vous sorti ? Celle de gauche ou celle de droite ?

– Celle de droite.

– Auriez-vous vu un homme sortir par là, un cartable à la main ?

La Ford Cortina était garée de ce côté-là. Hinrik était

sorti par cette porte, de même que Konni, qui l'avait ensuite vu monter dans sa voiture.

– Non, répondit Valdimar. Je n'ai vu personne avec un cartable.

– Peut-être était-il dissimulé sous ses vêtements.

– Je n'ai rien remarqué, non.

– Vous n'étiez pas assis à côté de Hinrik dans la salle ?

– Non, je ne connaissais personne. Je vous l'ai déjà dit. Qui est donc ce Hinrik ?

– Et vous n'étiez pas non plus assis à côté du jeune homme ?

– Non, je n'ai pas vu ce gamin. Je viens de vous le dire. Je ne l'ai même pas aperçu.

– La salle n'est pourtant pas si grande.

– D'accord, ce n'est qu'une espèce de hangar, mais peu importe, je ne l'ai pas vu.

– Avez-vous remarqué des spectateurs qui auraient pu être étrangers ? s'enquit Marion.

– C'est donc vrai ! Vous pensez vraiment que c'est un étranger qui a fait ça ?

– Nous n'en pensons rien.

– Non, je n'ai rien remarqué de ce genre. Rien du tout. Un noir aurait bien pu se trouver là que je ne l'aurais pas vu.

Dans la soirée, Albert et Marion se rendirent à la maison d'arrêt de Sidumuli. Il y avait là une petite salle d'interrogatoire où on conduisit Hinrik. Il n'avait pas demandé à être assisté par son avocat, c'était inutile, d'après lui, puisqu'il était innocent. Visiblement mal en point, débraillé, il avait beaucoup sué, surtout sous les aisselles, et les regardait avec un air de chien battu.

– Y aurait-il moyen qu'on m'apporte un petit coup ?

demanda-t-il immédiatement. Juste un petit verre. Je ne me sens pas bien. Je me sens vraiment très mal.

– Si vous le désirez, nous pouvons appeler un médecin, répondit Marion. Mais le seul petit coup que nous pourrions vous apporter ici serait un verre d'eau. Vous le savez très bien.

– Que diable voulez-vous qu'un médecin puisse faire pour moi ? Vous ne pouvez pas vous arranger pour m'apporter un verre ? Je me sens très mal.

– Nous allons voir, répondit Marion. Est-ce vrai que vous aviez une bouteille de rhum sur vous dans la salle de cinéma le jour où Ragnar a été poignardé ?

– C'est…

Hinrik s'interrompit, ayant apparemment déjà oublié la question.

– Vous êtes alcoolique ? interrogea Albert.

Le prévenu le toisa en silence, puis dévisagea longuement Marion sans répondre à sa question. Albert avait appris par les employés de Hinrik que ce dernier était divorcé. Il avait été marié pendant de longues années à la même femme, avec qui il avait eu trois enfants. Cette dernière avait décidé de le quitter, avait demandé le divorce et obtenu la garde des enfants. Les employés ne s'étaient nullement plaints de leur patron qui était aussi le propriétaire de l'entreprise, mais avaient précisé que, depuis, Hinrik faisait face à bien des difficultés. La raison probable du divorce était son alcoolisme et le personnel savait qu'il avait emmené ses enfants en voiture au moins une fois alors qu'il était complètement ivre.

– Vous avez un problème avec l'alcool ? reprit Marion.

– Ça ne vous regarde pas, rétorqua Hinrik.

– Cette bouteille de rhum était-elle à vous ? poursuivit Marion. Nous sommes en train de comparer les empreintes qui s'y trouvent avec les vôtres et nous aurons bientôt la réponse. Vous pourriez accélérer les choses en vous montrant un peu plus coopératif.

— D'accord, il est possible que je boive un peu, consentit Hinrik, mais ce ne sont pas vos affaires.

— Donc, c'est bien votre bouteille, reprit Albert. Étiez-vous ivre pendant la séance ?

— Non, je ne l'étais pas.

— Vous arrive-t-il de perdre la mémoire quand vous buvez ? demanda Marion.

— Hein ?

— Perdez-vous parfois la mémoire lorsque vous buvez ? Vous arrive-t-il de ne plus savoir où vous êtes ou ce que vous faites ? Vous souvenez-vous facilement des événements qui ont lieu quand vous avez bu ?

— Euh, oui, répondit Hinrik, fort peu convaincant.

— Dans ce cas, vous pouvez peut-être nous dire pour quelle raison le cartable de ce jeune homme se trouvait dans votre voiture.

— Je ne sais rien de ce cartable !

— Si vous n'en savez rien, pourquoi vous être enfui dès que vous l'avez vu ?

— J'ai suivi l'enquête, répondit Hinrik. Et je savais que vous étiez à la recherche d'un cartable.

— Est-ce vous qui avez pris les cassettes qui s'y trouvaient ?

— Je n'ai jamais vu ce machin. Quelqu'un a dû le mettre dans ma voiture. Elle est toujours ouverte, je ne la ferme jamais à clef. Je vous l'ai déjà expliqué.

— Pourquoi laissez-vous votre voiture ouverte ?

— En général, j'oublie de la fermer ou j'ai la flemme. Et on ne m'a jamais rien volé.

– Mais certains s'en servent comme d'une poubelle, n'est-ce pas ?

Hinrik défia Marion du regard. Manifestement, il n'appréciait guère son humour.

– Vous rappelez-vous quoi que ce soit de votre passage dans ce cinéma ? reprit Albert.

– Oui.

– Vous vous souvenez avoir vu un western ?

– Oui, avec Gregory Peck. Je me rappelle très bien ce genre de choses. Je ne suis pas un âne bâté, contrairement à ce que vous croyez. Je me souviens de certains détails, mais j'aimerais bien que vous soyez un peu plus polis avec moi.

– Et quels sont ces détails ?

– Ça ne fait pas de mal de respecter un peu les autres.

– En effet, et nous nous y employons, répondit Albert.

– De quels autres détails vous souvenez-vous ? reprit Marion.

– De l'Amerloque.

Les deux collègues se turent.

– Puisque je vous dis que je me souviens de lui, s'entêta Hinrik.

– L'Amerloque ? interrogea Marion. Dans le film ? Les acteurs sont tous américains, non ?

– Non, pas dans le film. Je sais que vous êtes à la recherche d'étrangers.

– De quel Amerloque parlez-vous donc ?

– De celui qui m'a bousculé dans l'obscurité. Quand je suis entré dans la salle, je n'y voyais rien et…

– Le film avait déjà commencé ?

Hinrik s'accorda un instant de réflexion.

– Oui, il commençait tout juste. Je n'y voyais rien et je n'ai pas été le seul à arriver en retard. Il y avait du mouvement à l'une des entrées. Cet homme m'a bousculé, puis il a disparu dans l'allée.

— Vous voulez parler de l'entrée située à droite ?

— Exactement.

— Et que vous a-t-il dit ?

— *Squiouzmi*. Il était très poli.

— Qu'est-ce qui vous fait penser que c'était, comme vous dites un Amerloque ? interrogea Albert. Je suppose que vous voulez dire qu'il était américain, citoyen des États-Unis.

— C'est la manière dont il a prononcé le mot. Il avait un accent américain.

— *Squiouzmi ?*

— C'est ça. *Squiouzmi.*

18

Marion et Albert s'attardèrent dans la salle d'interrogatoire après qu'on eut reconduit Hinrik à sa cellule. Consterné par la manière dont on le traitait, ce dernier avait clamé son innocence et supplié une fois encore qu'on lui apporte son "petit coup". Marion avait quitté la salle quelques instants pour aller discuter avec le directeur de la maison d'arrêt. Une nuit longue et difficile attendait Hinrik dans sa cellule et il allait être en manque, tant il buvait depuis longtemps. Marion proposa qu'on appelle un médecin, peut-être cela permettrait-il d'adoucir ses souffrances.

On avait fouillé son domicile sans y trouver quoi que ce soit qui permît d'établir un lien avec le meurtre du Hafnarbio.

Albert avait apporté avec lui un magnétophone semblable à celui de Ragnar ainsi que des cassettes. Il les avait placés sur la table. Le prisonnier avait nié avec obstination avoir déjà vu ce genre de matériel, et encore moins au Hafnarbio. Albert avait passé le temps et tripoté l'appareil en l'absence de Marion. Il y avait inséré une cassette et appuyé sur la touche lecture. Le magnétophone émettait un léger souffle, si discret qu'on l'entendait à peine.

– *Squiouzmi?* déclara Marion.

– Il a dit *Excuse me*, précisa Albert.

– Avec un accent américain, d'après Hinrik. Un accent qui n'était ni britannique, ni français, ni allemand, mais typique d'un authentique Américain.

– Serait-ce l'étranger que tu cherches depuis tout ce temps ? s'enquit Albert.

– Il correspond indéniablement.

– Toujours est-il qu'il me semble bien que ce Hinrik n'est pas notre homme.

– Loin s'en faut.

– Bon, reprit Albert, la projection dure cent dix minutes et Ragnar est poignardé pendant ce laps de temps. Que se passe-t-il ensuite ? Sans doute le film en est-il environ à la moitié au moment du meurtre. Les assassins attrapent le cartable, le magnétophone et les cassettes.

– Ils attendent, poursuivit Marion. Ils attendent la fin de la séance.

– Ils réfléchissent, n'osent pas se risquer à passer par le hall d'entrée, voient la porte surmontée par le voyant lumineux *Exit*, mais se disent qu'ils ne manqueront pas d'attirer l'attention s'ils sortent par là au beau milieu de la séance.

– L'un d'eux a sans doute du sang sur ses vêtements.

– Peut-être même les deux.

– On peut imaginer qu'ils se séparent, observa Marion. L'un se déplace de quelques sièges pour s'éloigner de la scène de crime, peut-être même qu'il enjambe une ou deux rangées de fauteuils. Ce n'est pas la place qui manque dans la salle.

– Ils enlèvent les vestes ou les imperméables qu'ils ont sur le dos et s'en servent pour dissimuler le matériel et le sang.

– Et ils attendent la fin du film.

– Avec le cadavre de Ragnar dans le fauteuil derrière eux.

– Ils ne peuvent pas faire grand-chose, coincés dans la salle.

– Celui qui emporte le cartable s'empresse de quitter les lieux dès le générique, peut-être est-il le premier à sortir, dit Albert. Il attend quand même que les autres spectateurs commencent à se lever. Ensuite, il se dépêche. Il a le cartable avec lui, aperçoit la voiture de Hinrik, balance le sac à l'intérieur et continue sa route. L'autre est plus calme, il sort en même temps que le reste de l'assistance et s'arrange pour être discret.

– Puis il disparaît vers le haut de la rue Baronsstígur ou descend vers Skúlagata.

– Tandis que Ragnar baigne dans son sang.

– Oui, Ragnar reste immobile dans son fauteuil.

– Personne ne remarque rien.

– Les gens n'accordent aucune attention à leur environnement. C'est une séance de cinéma à cinq heures de l'après-midi, une séance tout ce qu'il y a de plus banal.

– Deux étrangers, répéta Albert, pensif.

– Sont-ils en Islande pour le duel d'échecs ? C'est la première question qui vient à l'esprit.

– Leur présence est-elle liée à l'événement ? Échangent-ils des informations ?

– L'un pour le compte des Américains et l'autre pour celui des Russes.

– Le duel est sur le point de débuter au moment des faits. Bobby est encore à New York et Spassky est déjà en Islande.

– Que disent-ils ? Quelle est cette conversation que Ragnar enregistre sur cassette ?

– Qui sont ces hommes ?

Marion garda un moment le silence, les yeux fixés sur le magnétophone qui chuintait doucement sur la table. Pensif, Albert méditait sur l'enchaînement des événements qu'ils venaient de reconstruire ensemble, et qui n'était pas plus improbable qu'un autre. Il pensa à Gudny et à ses filles. L'aînée venait de subir son premier test tuberculinique et les deux pansements collés sur sa poitrine la gênaient.

– Ils m'ont dit que tu as eu la tuberculose autrefois, déclara-t-il à brûle-pourpoint. Il voulait depuis longtemps interroger Marion sur la question, mais n'en avait jamais eu le courage.

– Qui ça, ils ?

– Les collègues de Borgartun.

– Ah oui, eux.

– C'est pour ça que tu exiges d'avoir un canapé dans ton bureau ? Pour pouvoir te reposer ?

– J'avais un poumon gravement atteint, répondit Marion. On a limité la progression du mal grâce à la méthode dite des insufflations. Plus tard, des traitements sont apparus. On a découvert la *streptomycine* à la fin de la Seconde Guerre mondiale, puis l'*isoniazide*, il y a juste vingt ans. Et aujourd'hui presque plus personne en Islande ne connaît la tuberculose.

– C'était une véritable endémie.

– Oui, répondit Marion d'un ton sec qui suggérait que tout ce qu'Albert pourrait lui dire sur la tuberculose n'avait aucun intérêt.

– C'est juste que je pensais à ma fille, reprit-il, embarrassé. Pala a subi un test tuberculinique. Aujourd'hui, on en fait à tous les gamins une fois par an, je ne t'apprends rien. Et ça m'a rappelé ce qu'ont dit les collègues. Je suppose que c'était très difficile d'être confronté à cette maladie.

– Ta fille s'appelle Pala ?

– Oui, comme sa grand-mère.

– Vous avez bien fait ta femme et toi, observa Marion avant de s'intéresser à nouveau au drame du Hafnarbio. Comment les deux hommes ont-ils remarqué la présence de Ragnar ?

– Tu veux dire, comment ils ont pu le voir dans l'obscurité ?

Un long silence suivit les paroles d'Albert, brutalement rompu par le clic sonore du magnétophone et du bouton lecture lorsque la bande arriva à son terme.

Marion sursauta et regarda Albert, dont les yeux étaient rivés sur l'appareil.

– Voici au moins une réponse à nos questions.

On entendit dans la cellule de Hinrik une longue plainte qui se transformait graduellement en cri sonore. C'était le seul prisonnier en détention provisoire à la maison d'arrêt de Sidumuli. Bientôt, des hurlements se mirent à résonner dans le couloir.

– Nous devrions vraiment appeler un médecin, déclara Marion en se levant. Le pauvre, le sevrage va être difficile.

19

Les jours devinrent des semaines, ponctuées par une quantité d'articles couvrant le duel du siècle à Laugardalshöll. Et il y avait beaucoup à dire. La première partie s'était soldée par la victoire de Spassky après un ajournement. Le stress de Fischer, toutes griffes dehors, était encore monté d'un cran après le début du duel. Au cours de cette première partie, Fischer avait quitté la scène pendant une demi-heure et s'était plaint des caméras placées sur les murs. En outre, l'éclairage n'était pas convenable. Il avait fini par abandonner au cinquante-sixième coup, puis tenté d'invalider la partie, affirmant qu'il s'agissait d'un simple échauffement auquel il s'était prêté à son corps défendant. Les médias étrangers se montraient de plus en plus critiques face à son attitude. Spassky avait également remporté la deuxième partie pour la bonne et simple raison que Fischer ne s'y était pas présenté. Un spécialiste était venu mesurer les décibels émis par les caméras, lesquelles étaient parfaitement silencieuses. On avait redouté un temps que Fischer ne jette l'éponge et ne reprenne l'avion pour New York, mais on avait fini par trouver un accord. La troisième partie se déroula dans une arrière-salle fermée, habituellement dévolue à la pratique du tennis de table. Les spectateurs n'y assistèrent que grâce au grand écran installé dans la salle principale. Fischer avait obtenu ce qu'il voulait : il n'était plus dérangé par les caméras ni par le public et avait vaincu Spassky pour la première fois au cours du duel. Le Russe avait exigé que les parties suivantes aient lieu sur la grande scène en précisant que cette demande n'était pas négociable.

Marion stationnait à proximité du Café Napoléon et attendait Konni. Ses copains lui avaient dit qu'il était là-bas, mais il demeurait pour l'instant invisible. On ignorait où Konni habitait, il avait une vie plutôt nomade. Les lieux étaient tranquilles, il y avait très peu de circulation. C'était le soir. Le soleil intense de l'été se reflétait sur les vitres des bâtiments alentour. Marion avait baissé le pare-soleil, mis ses lunettes noires tant la lumière l'éblouissait. La chanson qui parlait de la mère de Sylvia avait une fois de plus été diffusée à la radio qu'il avait fallu éteindre.

Quand le soleil eut atteint l'est du glacier de Snaefellsjökull et pris la direction des massifs de Helgrindur et Ljosufjöll, on distingua du mouvement aux abords du bar. Trois hommes sortirent de Polinn et, parmi eux, Konni.

– Y aurait-il une porte de service dans ce boui-boui ?

Marion descendit de voiture et pressa le pas vers l'indicateur qui allumait sa cigarette en protégeant la flamme dans le creux de sa paume tandis que ses deux copains fixaient la silhouette qui approchait.

– Tiens, quand on parle du loup, déclara l'un d'eux.

Konni leva les yeux.

– Que… ?

– Vous êtes plutôt doué pour parler à la presse, déclara Marion en l'attrapant par le bras. Ça ne vous dérange pas que je vous l'emprunte un moment, les gars ?

Les deux hommes hochèrent la tête, comme s'ils disposaient de l'entière autorité sur la personne de leur copain. Konni se brûla le doigt, poussa un gémissement et se débarrassa de l'allumette, sa cigarette toujours éteinte au coin de la bouche.

– C'est quoi, ce cirque ? s'emporta-t-il. On n'a même plus le droit de s'allumer une clope, ou quoi ?

– Je vous invite pour une petite promenade, répondit Marion en ouvrant la portière de sa voiture.

Dès que Konni se fut installé sur le siège du passager, ils prirent la direction de la rue Baronsstigur et du cinéma Hafnarbio. Konni alluma sa cigarette, toisa Marion d'un air méprisant et hautain sans dire un mot, mais, n'y tenant plus, ne tarda pas à rompre le silence.

– Vous n'avez pas le droit de me ramasser comme ça dans la rue !

– C'est vrai, veuillez-m'en excuser, mais j'ai besoin de votre aide et je sais que je peux compter sur vous.

– Que les choses soient bien claires, reprit Konni, comme s'il avait retrouvé une partie de sa dignité déchue. Vous ne me ramassez pas comme ça !

L'ouvreur du cinéma s'apprêtait à fermer. La séance de onze heures venait de s'achever et il était resté seul sur les lieux. Marion frappa à la porte vitrée du petit hall d'entrée et l'employé ouvrit.

– Nous permettez-vous d'aller jeter un coup d'œil dans la salle ? demanda Marion en faisant avancer Konni à petites tapes dans le dos.

– Ça va de soi, répondit l'ouvreur.

– Nous n'en avons pas pour longtemps, si vous voulez bien nous attendre.

L'employé hocha la tête et leur ouvrit la porte de

la salle en s'excusant du désordre, on n'y ferait le ménage que le lendemain. Marion demanda à Konni quel fauteuil il avait occupé. Il n'était pas certain à cent pour cent, mais descendit jusqu'au siège en question. Marion s'installa sur le fauteuil voisin et l'ouvreur retourna dans le hall.

— Je voudrais que vous m'en disiez un peu plus sur cette femme.

— Laquelle ? demanda Konni.

— Celle qui était dans la salle quand vous êtes venu. Où était-elle assise ?

— Elle était là-bas, répondit Konni, l'index pointé vers l'avant. Disons, à trois rangées d'ici. Vous allez me ramener en ville, hein ?

— Vous m'avez dit que c'était une vraie bombe. Comment avez-vous pu la voir ?

— Ben, je la voyais depuis ma place.

— Soyez un peu plus précis, répondit Marion qui avait déjà par le passé tenté de soutirer des informations à Konni, mais sans grands résultats. Cette femme et l'homme qui l'accompagnait étaient les deux seules personnes que la police devait encore interroger si on excluait ceux que Marion pensait être les auteurs du crime.

— Je ne peux pas vous en dire plus. Il faisait noir, objecta Konni.

— Elle était plutôt grosse ? Plutôt mince ?

— Mince, mais je ne la voyais que de profil. Et elle était blonde, ça je l'ai remarqué en quittant la salle. Ils étaient assis tous les deux le long de l'allée, comme moi, et je suis passé devant eux quand je suis sorti. Ils étaient en train de se lever.

— L'homme est venu s'asseoir à côté d'elle alors que le film avait débuté ?

– Exactement.

– Elle était donc sur le deuxième siège en partant de l'allée ?

– Oui.

– Et elle lui avait gardé le premier fauteuil ?

– Sans doute. Qu'est-ce que vous voulez que j'en sache ? Ils ont passé leur temps à chuchoter, puis il s'est mis à l'embrasser et elle était consentante. Voilà, et ça a continué comme ça presque tout le film. On aurait dit que leurs bouches étaient collées l'une à l'autre.

– Et vous êtes sorti en vitesse à la fin de la séance ?

– Oui.

– Auriez-vous vu un homme traîner avec un cartable à côté de la Cortina ? Un étranger, peut-être ?

– Non, je n'ai vu que cet ivrogne monter dedans et démarrer, répondit Konni, comme s'il n'avait jamais lui-même bu la moindre goutte d'alcool.

– Et vous n'avez pas remarqué la présence de spectateurs qui auraient pu venir des États-Unis, des autres pays nordiques, de Grande-Bretagne, de Russie ou même d'ailleurs ?

Marion préférait poser des questions assez floues à propos des étrangers. Konni était probablement la source du journal du soir, même s'il n'était pas cité. Ainsi, un article assez long avait été publié par le journal à propos de la Cortina bleue recherchée par la police le lendemain du jour où Marion en avait discuté avec Konni.

– Non, vraiment pas. Par contre...

Konni sembla tout à coup pensif.

– Oui ?

– Cette femme. Pourquoi me posez-vous toutes ces questions sur elle ? Qu'est-ce qu'elle a fait ? Elle n'a quand même pas assassiné ce gamin ?

– Eh bien, répondit Marion. C'est bien le problème. Elle ne s'est pas manifestée. L'homme non plus, d'ailleurs. Par conséquent...

– Ils se comportaient plutôt comme des amants.

– C'est vous qui le dites, Konni. Je ne les ai pas vus, je n'étais pas ici.

– Mais je pensais que les assassins étaient étrangers. Je l'ai lu dans le journal.

– Oui. Ou plutôt non, c'est un malentendu, répondit Marion. À dire vrai, il y a toutes les chances pour que ce soit cette femme. Voilà pourquoi nous nous intéressons tellement à elle. Je vous fais entièrement confiance, gardez ça pour vous, Konni. C'est aussi pour cette raison qu'il est capital que vous essayiez de vous souvenir de ce que vous avez vu. Tout a son importance, jusqu'au moindre détail.

Konni se redressa sur son fauteuil.

– C'est peut-être arrivé pendant que je dormais.

– Vous avez dormi ?

– Oui, une demi-heure, environ.

– Vous ne me l'aviez pas dit.

– Non, je ne pensais pas que c'était important.

– C'est sans doute à ce moment-là que c'est arrivé, confirma Marion.

– Je... Et dire que je suis passé devant eux. Je me souviens qu'elle était blonde et rudement jolie.

– Et l'homme, à quoi ressemblait-il ?

– Vous pensez qu'ils étaient complices ?

– Nous examinons cette hypothèse.

– Je l'ai à peine regardé. Je suppose qu'ils ont le même âge, la trentaine, guère plus. Elle avait quelque chose de...

– De ?

– D'une hôtesse de l'air, précisa Konni.

– D'une hôtesse de l'air ?!

– Oui, enfin, dans la manière dont elle se tenait, son port de tête, vous voyez…

– Dites-moi, Konni, vous prenez souvent l'avion ?

– J'ai deux cousines qui sont hôtesses de l'air. L'une d'elles est venue avec Bobby Fischer en Islande. Y'avait du boulot ! Bref, cette femme m'a fait penser à mes cousines.

– Elle est venue avec Bobby Fischer, comment ça ?

– Eh bien, elle travaillait.

– Mais revenons à cet homme.

– Il était plutôt élégant. Enfin, ses fringues.

– Il portait un costume ?

– Oui, sans doute.

– Konni, soit il portait un costume, soit il était habillé autrement.

– Il avait un imperméable noir. Mais il avait sans doute aussi un costume en dessous.

– Pensez-vous que vous pourriez reconnaître cette femme ou cet homme si vous les aperceviez ?

– Sûrement. C'était une belle fille. Je la reconnaîtrais sans doute. Est-ce que vous allez me donner quelque chose pour le déplacement ?

– Le déplacement ?

– Oui, vous ne devriez pas me payer pour tout ça ?

– Non, Konni, je ne crois pas. Il y a des gens qui vous paient en échange de renseignements ?

Konni leva les yeux.

– Bah, ça ne coûte rien d'essayer, répondit-il, l'air abattu, dès qu'il eut compris que Marion n'avait pas l'intention de mettre la main à la poche. Mais, voyez-vous, c'est que tout ça me prend pas mal de temps.

Ils en avaient fini. Marion raccompagna Konni dans le hall, le pria de patienter quelques instants et alla discuter un moment avec l'ouvreur avant de retourner dans la salle, une lampe de poche à la main. On ne voyait plus aucune trace de sang à l'endroit où Ragnar était mort, mais Marion s'intéressait surtout aux rangées voisines. La Scientifique avait passé au peigne fin cette partie de la salle, mais il était toujours possible qu'un détail lui ait échappé.

C'était d'ailleurs le cas. À deux rangées du fauteuil occupé par Ragnar, en descendant vers l'écran, Marion découvrit une petite tache noire sur l'accoudoir d'un des sièges du milieu et une autre sous l'assise. Il eût été facile de confondre ces taches discrètes avec du chocolat, du caramel ou des sucreries, mais il lui semblait qu'elles étaient d'une tout autre nature.

– Ils ont donc effectivement changé de place, murmura Marion en éclairant la tache sous l'assise. Les salauds !

Le lendemain, mettant toujours en avant la fiabilité de ses sources, le journal du soir claironnait : ASSASSINAT DE RAGNAR : LE SUSPECT NUMÉRO UN EST LA FEMME.

20

Le gros titre sema un trouble aussi violent dans les rangs de la Criminelle que l'avait fait le précédent coup d'éclat du journal à propos des étrangers. Tout le monde fut convoqué à une réunion où il fut rappelé aux policiers et aux autres fonctionnaires que les enquêtes pour meurtre étaient des dossiers sensibles et qu'on devait éviter toute fuite. Les sanctions pour ce genre de fautes allaient jusqu'au licenciement. Seuls quelques membres de la police étaient habilités à communiquer avec les journalistes. Leurs propos étaient soigneusement contrôlés afin de préserver les fameux intérêts de l'enquête. Or, les articles publiés par le journal du soir étaient de nature à les menacer gravement.

Toutefois, les avis différaient. Quelqu'un fit remarquer qu'un grand nombre de gens qui n'appartenaient pas à la police s'étaient exprimés sur cette affaire, de manière anonyme ou non. Cela, la Criminelle n'y pouvait pas grand-chose. En outre, le fait de communiquer un maximum d'informations sur le cheminement mental des enquêteurs était susceptible de faire avancer, voire de débloquer une enquête qui piétinait, comme c'était le cas de celle-ci. Ni Albert ni Marion ne prirent la parole.

Le chef de la Criminelle, un géant prénommé

Johannes et proche de la retraite, convoqua Marion dans son bureau et n'y alla pas par quatre chemins.

– Dis-moi, c'est toi ?

– Moi ?

– C'est toi qui parles aux journaleux de ce torchon ?

– Pas du tout ! Je déteste les journalistes. Tu le sais très bien. Je ne leur adresse jamais la parole.

Le patron demeura un moment perplexe.

– C'est un dossier sensible, nous devons prendre toutes les précautions, précisa-t-il.

– Ce n'est quand même pas si grave que ça.

– C'est-à-dire ? s'enquit Johannes.

– L'article qui vient de paraître dément le précédent concernant les étrangers. Et maintenant, plus personne ne sait où nous en sommes dans l'enquête.

– À propos de ces étrangers, on ne pourrait pas essayer de concentrer nos efforts sur un angle précis ? S'agit-il de simples touristes ? De personnes domiciliées en Islande ? De gens venus pour assister au match du siècle ? Qui sont-ils ?

– C'est difficile à dire, répondit Marion. Des milliers de touristes viennent visiter l'Islande tous les étés et le duel en attire encore plus. Je ne vois pas où nous pourrions commencer. Il y a d'un côté l'aristocratie et de l'autre les chasseurs de primes et chercheurs d'or, le bas de l'échelle. Et on peut trouver toutes sortes de gens entre les deux extrêmes. Ministre des Sports d'Union soviétique, journalistes célèbres comme Arthur Koestler et les plus grands critiques d'échecs de la presse internationale, le magazine *Time* et le *New York Times*. Avec sans doute parmi tous ces gens quelques brebis galeuses.

– Nous savons que les ambassades des camps Est et Ouest emploient un certain nombre de prétendus attachés commerciaux. Vous n'avez rien trouvé de ce côté-là ?

– Pas pour l'instant, répondit Marion. Nous pensons que les agresseurs ont violemment réagi en voyant le magnétophone, c'est ce qui a causé la mort du petit. Voilà pourquoi, à notre avis, les auteurs manigançaient quelque chose. C'était sans doute un rendez-vous secret. L'un d'eux est certainement américain, un témoin l'a entendu dire *excuse me*. L'autre est peut-être russe : au moment du crime, quelqu'un a fumé des cigarettes de marque soviétique à proximité du cinéma.

Pendant qu'Albert se rendait dans les quincailleries Brynja et Ellingsen pour se renseigner sur les divers types de couteaux et de canifs, Marion devait, une fois de plus, aller voir leur collègue de la Scientifique. Une foule d'empreintes digitales avait été relevée sur la scène de crime, la Cortina, le paquet de Belomorkanal, le cartable et le siège où Marion avait découvert les deux taches qui s'étaient avérées être du sang.

– Celles du gamin sont partout, bien sûr, commença son collègue, assis à son bureau, le cartable posé devant lui. On en a trouvé sur le cuir, l'accoudoir du fauteuil de la victime, la bouteille de soda… partout. Nous en avons également relevé un certain nombre sur son siège et sur ceux d'à côté. Tu penses que les agresseurs étaient deux ?

– Il nous reste encore à identifier deux personnes. Les autres ne nous posent pas de problème, même si nous ne les avons pas toutes trouvées.

– Oui, cette mystérieuse femme et son, comment dirai-je… son amant ?

Marion afficha un sourire. Konni avait sans doute été grassement payé pour les renseignements. L'article à sensation publié par le journal du soir était un modèle du genre. Konni avait rapporté les propos de Marion sur le fait que les soupçons portaient sur la femme et il avait ajouté sa touche personnelle en précisant que cette dernière était venue au cinéma avec son amant. Le couple, très mystérieux, avait passé son temps à s'embrasser.

– Eh bien, si on peut dire, répondit Marion.

– Nous sommes parvenus à isoler une empreinte assez lisible sur le paquet de cigarettes, reprit le collègue de la Scientifique. Conservée dans les plis du papier, elle est presque entière et nous avons déjà envoyé une copie en Grande-Bretagne au cas où elle appartiendrait à un étranger présent dans leurs fichiers. Celles trouvées dans la salle sont plus problématiques. On trouve sur le cartable celles de Ragnar et de sa famille, mais il y en a d'autres que nous n'avons pas identifiées pour l'instant. Tu as sans doute raison quand tu dis que l'un des agresseurs a changé de place après le meurtre. Nous avons trouvé une empreinte correcte sous l'accoudoir du siège où tu as découvert cette tache de sang. Apparemment, le sang est celui de la victime. Nous sommes en train de comparer l'empreinte en question avec celles de nos fichiers, mais nous allons sans doute devoir l'envoyer à l'étranger pour examen. Il n'y en a pas d'identiques sur le cartable, mais ces hommes portaient peut-être des gants. Et sur le paquet de cigarettes non plus.

– En résumé, tout ce que nous avons, c'est cette unique empreinte trouvée dans le cinéma.

– Oui, elle appartient probablement à celui qui a changé de place.

– Ce qui signifie qu'il n'était pas le propriétaire des cigarettes.

– En effet.

– Mais le mégot qu'on a trouvé à côté du cinéma ?

– Ce paquet et cette cigarette ont été retrouvés

dans la rue et ne permettent donc pas de placer leur propriétaire à l'intérieur de la salle, c'est tout ce que je peux te dire. En tout cas, à ce stade. L'empreinte relevée sur le paquet n'est ni sur le cartable, ni sur les deux fauteuils devant Ragnar, ni sur celui où l'homme qui a changé de place est allé s'asseoir.

– Ce qui impliquerait... l'existence d'un troisième homme ? À l'extérieur du cinéma ?

– Marion, il n'y a pas de troisième homme. Ton paquet de cigarettes n'a simplement rien à voir avec cette affaire.

– Et qu'en est-il de Hinrik ?

– Lui non plus. Et si jamais tu avais l'intention de le coffrer à cause du cartable, sache qu'il apparaît clairement qu'il n'y a pas touché. Nous n'avons pas relevé ses empreintes dessus. On peut imaginer qu'il portait des gants, mais c'est tout aussi plausible qu'il dise tout simplement la vérité et que le cartable ait été mis dans sa voiture à son insu. D'ailleurs, quelle raison aurait-il eu de s'en prendre à ce gamin ? Les témoins affirment qu'il a passé l'ensemble de la séance assis sans bouger dans la salle, non ?

– Les témoins ne sont jamais entièrement fiables. Je ne t'apprends rien. Je viens d'en interroger un qui s'est endormi pendant le film.

– Oui, je vois bien ce que tu veux dire.

– Et la Ford Cortina ?

– Nous n'avons trouvé aucune empreinte semblable à celle trouvée dans le cinéma, ni sur la poignée de la portière ni autour.

– Les agresseurs ont voulu se débarrasser du cartable lorsqu'ils ont quitté la salle et ils l'ont simplement balancé dans la première voiture qu'ils ont trouvée, c'est ça ?

– Exact, ce qui présentait en outre l'avantage de faire porter le chapeau à quelqu'un d'autre.

Comme bien souvent, Marion Briem était encore à son bureau, tard le soir, lorsque le téléphone sonna. On avait libéré Hinrik qui était rentré chez lui, très abattu, au terme d'un sevrage de plusieurs jours sous surveillance médicale. À l'autre bout de la ligne se trouvait une femme qui avait bien tardé à se manifester.

– Ce journal ment de façon éhontée ! s'exclamat-elle sans préambule, hors d'elle.

– À qui ai-je l'honneur ? s'enquit Marion.

– Vous êtes bien la personne chargée d'enquêter sur le meurtre du Hafnarbio ?

– Oui, avec quelques collègues.

– De quel droit publie-t-on de telles horreurs ?

– De quoi parlez-vous ?

– Je ne comprends pas comment ils osent écrire ça sur moi ! C'est un tissu de mensonges ! Je n'y suis pour rien. Pourquoi font-ils ça ?

– Vous étiez au Hafnarbio quand le jeune homme a été poignardé ? s'enquit Marion.

Sa correspondante eut un moment d'hésitation.

– J'étais dans la salle, oui, confirma-t-elle, plus calme.

– Dans ce cas, il faut qu'on ait une discussion, répondit Marion.

– Pourquoi publient-ils ce tissu de mensonges ? répéta la femme à mi-voix. Ces satanés fouille-merdes !

– Pourquoi ne pas vous être manifestée plus tôt ? interrogea Marion.

La femme resta un instant silencieuse.

– Il faut que je vous voie, répondit-elle. Et je n'ai rien fait à ce garçon. Absolument rien !

21

La jeune femme refusait de venir au commissariat de Borgartun et voulait encore moins qu'on l'interroge à la maison d'arrêt de Sidumuli. Une rencontre à son domicile était exclue pour des raisons qu'elle disait évidentes et elle ne souhaitait pas non plus avoir la police sur son lieu de travail. Marion respecta ses réticences et l'écouta sans formuler aucune remarque. Il importait surtout que cette femme se dévoile et s'il fallait dans un premier temps la prendre avec des pincettes, eh bien, soit.

Marion suggéra finalement une entrevue à Skulakaffi, un lieu neutre qui convenait à son interlocutrice. Albert l'accompagna, ils s'installèrent à une petite table dans un coin discret. Ce restaurant tout en simplicité, situé à la frange de la ville, proposait des plats typiquement islandais. Il était surtout fréquenté par des ouvriers, des artisans et des chauffeurs routiers qui appréciaient de pouvoir manger à leur pause de midi des boulettes de viande en sauce brune, accompagnées de purée de pommes de terre sucrée.

– Quel âge a ta fille Pala ? demanda Marion à Albert quand il revint à la table avec leurs tasses.

– Huit ans.

– Huit ans ? Tu étais un gamin à sa naissance.

– Oui. J'ai aussi une fille âgée de cinq ans et une autre de deux...

– Et le quatrième enfant est prévu pour l'an prochain, c'est ça ? Enfin, si tu t'en tiens à la règle.

– Possible.

– Et ce sera une fille.

– Ou peut-être un garçon.

– Tu aimerais avoir un fils ?

– Je m'en fiche pas mal, c'est surtout Gudny qui serait contente.

– Ta femme ?

– Oui.

– Bon, déclara Marion en avalant une gorgée, le regard fixé sur la porte. Ils attendaient depuis maintenant dix minutes cette femme qui n'arrivait pas et n'avait pas voulu lui communiquer son nom au téléphone. Donc, Gudny est mère au foyer ?

– Oui, pour le moment, cela dit elle prévoit de reprendre des études. Le lycée de Hamrahlid ouvre une section de formation continue cet automne, elle va s'y inscrire et terminer son bac. Ensuite, elle compte entreprendre des études de droit. Elle a arrêté le lycée quand elle est tombée enceinte.

– Cette grossesse n'était pas programmée, c'est ça ?

– Non, elle s'est trouvée enceinte, c'est tout. Elle a deux ans de moins que moi. J'avais déjà mon bac en poche et j'ai décroché un boulot dans la police par l'intermédiaire d'un cousin.

– Tu as suivi ce stage en Grande-Bretagne quand tu es entré à la Criminelle ?

– Oui, à Scotland Yard. C'était très sympa et très intéressant.

– Tu crois qu'ils diraient quoi de ce déclic qu'on a entendu à la fin de la cassette ? Celui sur l'appareil de Ragnar a suffi à attirer l'attention de ses agresseurs sur lui ?

– C'est très probable.

– Rappelle-moi combien de temps durent ces cassettes.

– Quarante-cinq minutes sur chaque face, répondit Albert.

– Ce qui implique que le déclic s'est produit alors que la projection était commencée depuis quarante-cinq minutes environ, non ?

– Et ils l'ont entendu très clairement s'ils étaient assis juste devant Ragnar.

Sur la table voisine, les journaux du matin affichaient des articles à propos du match du siècle. L'un d'eux rappelait des propos que Bobby Fischer avait tenus à la télévision américaine avant de venir en Islande. Le journaliste lui avait demandé ce qui lui plaisait le plus dans les échecs et quel était le moment le plus intense quand il se trouvait face à un adversaire à sa mesure. Fischer avait répondu : *When you break his ego*. Quand vous brisez son ego.

– Des nouvelles fraîches de ton ami ? interrogea Marion, l'index pointé sur la photo de Fischer en couverture du magazine *Vikan*.

– Il nage de nuit, répondit Albert.

– Ah bon ?

– La grande piscine de Laugardalslaug est ouverte spécialement pour lui toute la nuit. Il peut aller quand il veut y faire quelques longueurs.

– Et il le fait ?

– Oui, il en a profité plusieurs fois. Il a le bassin pour lui tout seul. Il est ravi.

– Et il mange du skyr islandais ?

– C'est tout simplement son aliment préféré.

Une femme d'une trentaine d'années entra dans Skulakaffi en jetant quelques regards furtifs alentour. Vêtue d'un tailleur bleu, d'un chemisier blanc et de chaussures à talons hauts, elle correspondait trait pour trait à la description qu'en avait faite Konni et Marion lui trouva tout de suite un air d'hôtesse de l'air. Mince et plutôt petite, même si ses chaussures lui faisaient gagner quelques centimètres, elle avait attaché ses cheveux blonds en chignon. En voyant ses traits fins et sa petite bouche, Albert pensa au mannequin Twiggy. La jeune femme fixait Marion de ses grands yeux.

– Vous êtes bien Marion ? s'enquit-elle en arrivant à leur table.

– C'est moi.

– Et vous, qui êtes-vous ? demanda-t-elle à Albert.

– Mon collègue, répondit Marion. Il travaille avec moi sur cette enquête. Vous prendrez un café ?

– Non, je ne prendrai rien, répondit la femme qui continuait de jeter autour d'elle des regards inquiets. Vous avez trouvé l'endroit idéal. J'ignorais l'existence de ce restaurant.

Marion s'apprêta à lui dire qu'elle ignorait sans doute un certain nombre d'autres choses, mais préféra s'en abstenir. Le plus important était de s'assurer qu'elle collaborerait avec la police. Elle posa sur la table le petit sac à main qu'elle portait à l'épaule, sortit ses cigarettes mentholées et en alluma une à la flamme d'un élégant briquet. Elle rejeta la fumée, regarda Albert et Marion à tour de rôle et se présenta : Viktoria.

– L'agression de ce gamin au Hafnarbio est simplement terrifiante, déclara-t-elle.

– En effet, convint Marion. Vous auriez pu vous manifester un peu plus tôt. Il y a un certain temps que nous vous recherchons.

– C'est que je n'ai, hélas, pas grand-chose d'intéressant à vous dire. N'ayant pas vu ce qui s'est passé ni entendu quoi que ce soit, je n'ai pas jugé nécessaire de courir au commissariat. Et voilà que ce… cette feuille de chou se met à parler de moi et à m'accuser du crime ! C'est n'importe quoi. Je ne connaissais absolument pas ce gamin. C'est insupportable !

Viktoria regarda à nouveau les deux policiers tour à tour.

– C'est vous qui avez raconté ces histoires à la presse ? Ça vient de vous ?

– Nous n'avons rien dit aux journaux, répondit Albert. Ce n'est pas de nous qu'ils tiennent cette information et nous déplorons le fait qu'ils publient de telles élucubrations. Ce n'est pas comme ça qu'ils vont nous aider.

Marion toussota.

– Tout à fait. Pourquoi êtes-vous allée au cinéma ? Vous aimez les westerns ?

– Non, répondit Viktoria en esquissant un sourire, même s'ils ne sont pas pires que les autres films.

– Une femme seule qui vient voir un western éveille nécessairement la curiosité. Seriez-vous amoureuse de Gregory Peck ?

– J'aimerais que les choses soient aussi simples. Et toute cette histoire est devenue bien trop compliquée pour moi.

– Cette histoire ? Laquelle ?

La jeune femme ne répondit rien.

– Vous voulez parler de cet homme qui vous accompagnait ? avança Marion.

Viktoria hocha la tête.

– Vous le voyez en secret ? En tout cas, c'est ce que pense un de nos témoins.

– En secret ? Vos témoins ? Dans quoi je suis tombée ? C'est vraiment ridicule.

– Je crois que vous feriez mieux de tout nous raconter, conseilla Marion. Commencez par le commencement.

– Pourquoi a-t-il fallu que ça arrive ? Justement pendant cette séance ? Pourquoi ce n'est pas arrivé le lendemain ? Ou le surlendemain ? Il n'y a pas moyen de tenir tout cela secret ? Je veux dire… évidemment, ce qui est arrivé à ce gamin est affreux…

– Racontez-nous ce qui s'est passé, ensuite, nous verrons bien, répondit Marion. Qu'en dites-vous ?

Viktoria écrasa sa cigarette dans le cendrier, regarda à nouveau alentour comme dans la crainte d'être surveillée, puis commença à raconter. Son mari était pilote d'avion. Il avait un ami également pilote. Les deux hommes ne travaillaient jamais ensemble. C'était pour eux comme une sorte de superstition. Le mari de Viktoria officiait sur les vols en partance vers l'Amérique alors que son ami partait vers les pays nordiques et l'Europe. Les deux hommes se trouvaient rarement en Islande au même moment. Viktoria s'était mise à fréquenter l'ami de son époux, marié et père de deux enfants. Pour sa part, elle n'avait pas d'enfant et soupçonnait son mari, capitaine, de la tromper avec les hôtesses de l'air. Elle pensait le connaître assez bien et avait fini par entendre des rumeurs à son sujet. Elle lui avait posé des questions insistantes, mais il avait nié en bloc. Elle avait toutefois obtenu confirmation de ses doutes le jour où une hôtesse de l'air ivre s'était enhardie au point d'appeler à son domicile en demandant à parler à son mari. Au lieu de se mettre en colère, elle avait décidé de s'adonner au même jeu et trouvé en la personne de l'ami de son époux un amant disponible.

– Ces fichus pilotes, il n'y en a pas un pour racheter

l'autre, précisa-t-elle, le regard plongé dans les yeux candides d'Albert.

Ces derniers mois, leur relation avait évolué pour se transformer en une véritable histoire d'amour que l'homme tenait absolument à garder secrète par égard pour sa famille, mais aussi pour le mari de sa maîtresse, qui était tout de même son ami.

– Donc, nous nous voyons dans des chambres d'hôtel en dehors de Reykjavik. Nous allons souvent à Valhöll, à Thingvellir, mais aussi à Selfoss. Il connaît les habitudes de mon mari quand il est en escale à l'étranger, il me l'a dit, je n'ai donc pas à avoir mauvaise conscience. Cela dit, cet homme se montre extrêmement prudent.

– Et il vous arrive de vous rencontrer dans les salles obscures ? demanda Marion Briem.

– Oui, nous allons parfois au cinéma. Aux séances les moins fréquentées, celles de cinq heures. Il n'y a pas grand monde, personne ne nous connaît et nous ne dérangeons pas les autres spectateurs. On ne regarde pas vraiment les films. C'est surtout un moyen de passer du temps... ensemble, vous comprenez ? Nous nous voyons sans aller forcément au lit.

Marion leva les yeux vers Albert tandis que leur interlocutrice surveillait la rue du regard.

– Vous craignez que quelqu'un vous ait suivie ? s'enquit Marion.

– Mon mari en est bien capable, répondit Viktoria. Je crains qu'il ne soupçonne quelque chose et il est affreusement jaloux. C'est un vrai imbécile, quand on y pense. Il a le droit de coucher avec qui bon lui semble, mais l'idée que je puisse l'imiter le rend fou.

– Pourquoi ne le quittez-vous pas ?

– Cette question concernerait-elle la police ? rétorqua sèchement Viktoria.

– En aucun cas, convint Marion.

– Auriez-vous remarqué quelque chose de suspect dans la salle ou sur le chemin du cinéma ? demanda Albert. Des détails qui pourraient nous être utiles.

Viktoria fixa Marion avec intensité.

– Vous croyez que je vous mens ?

– Pas du tout, répondit Marion. Il est difficile d'imaginer que quelqu'un puisse inventer tout ça sur lui-même.

– Vous me jugez ?

– Loin de moi cette idée.

– Je rasais les murs, reprit Viktoria, s'adressant à Albert. Je n'ai rien noté de particulier. J'ai aperçu ce gars qui présente la météo à la télé. Celui qui ne sourit jamais.

– Je ne savais pas qu'il y en avait qui souriaient, ironisa Marion afin de détendre un peu l'atmosphère. Ils annoncent tous l'arrivée d'une nouvelle perturbation, non ?

Viktoria ne lui répondit pas. Tournée vers Albert, elle l'ignorait superbement.

– Vous travaillez comme hôtesse de l'air ? s'enquit Marion en se demandant si Konni avait visé juste.

– Non, je n'ai jamais navigué, répondit Viktoria, une fois encore à l'intention d'Albert. Je n'aime pas prendre l'avion.

– Eh bien, j'aurais imaginé le contraire. Avec ces deux hommes dans votre vie.

– Vous savez, j'ai une peur bleue des avions. Je suppose que vous trouvez ça assez drôle.

– Donc, vous n'accompagnez que très rarement votre époux ? interrogea Albert, compatissant.

– Et je souffre aussi du mal de l'air.

– Que faites-vous ? demanda Albert. Quel emploi occupez-vous ?

– Je travaille à l'hôtel Loftleidir, je suis hôtesse au sol, répondit Viktoria. Et je suis certaine de l'avoir aperçu là-bas.

– De qui parlez-vous ?

– C'est la folie au boulot à cause de la présence de Bobby Fischer. Il occupe une suite chez nous, comme vous savez. La chambre 470. L'hôtel affiche complet tous les jours, comme tous ceux de Reykjavik. Il y a des étrangers partout à cause de ce fameux duel. Et je crois bien l'avoir déjà vu chez nous.

– Enfin, qui donc ? répéta Albert

– Cet homme qui était au cinéma, répondit Viktoria. J'ai trouvé ça très bizarre.

– Comment ça ?

– J'ai regardé par-dessus mon épaule et il n'y avait personne sur le fauteuil derrière moi. Plus tard, j'ai à nouveau jeté un œil vers l'arrière, je suis incapable de vous dire pour quelle raison, peut-être que j'avais perçu une présence et, tout à coup, cet homme était assis là. Il était seul et je suis certaine de l'avoir croisé ailleurs.

– À l'hôtel Loftleidir ?

– Oui, j'en ai bien l'impression. Je pourrais presque jurer que c'était là.

22

Le bruit de vaisselle qui s'entrechoquait leur parvenait depuis la cuisine. La circulation de la fin d'après-midi se faisait plus dense. Les chauffeurs routiers, les ouvriers et les artisans prenaient leur pause, s'offraient un café, accompagné de *kleinur*, ces beignets typiquement islandais, ou de *vinarbraud*, des pâtisseries danoises. Ils discutaient tout en lisant des journaux et des magazines plus ou moins récents. À la radio, une voix lisait le roman *Indigence* d'Arnthor Christiansen, mais l'histoire peinait à se frayer un chemin jusqu'aux oreilles des auditeurs, plongés dans le brouhaha.

– Vous voulez dire que l'homme que vous avez vu au Hafnarbio est descendu à l'hôtel Loftleidir où réside également Bobby Fischer ? s'enquit Marion.

– Il me semble bien. Je ne saurais dire s'il a une chambre dans notre établissement, mais c'est bien là que je l'ai vu. J'en suis certaine.

– Pouvez-vous nous donner un peu plus de précisions ?

– Eh bien, j'avais l'impression que quelqu'un nous fixait avec insistance, répondit Viktoria. Marion repensa à Konni qui était assis juste derrière la jeune femme qu'il n'avait sans doute pas quittée des yeux. Je me suis donc retournée deux fois. La première, je n'ai vu personne, mais la deuxième, j'ai vu cet homme que j'avais déjà aperçu à l'hôtel.

– Vous suggérez qu'il avait changé de place ? Ou peut-être qu'il était arrivé en retard à la séance ?

– Je n'en sais rien. En tout cas, il était tout à coup assis là, derrière moi. Peut-être avait-il changé de place. Le film devait être commencé depuis, disons, une heure.

– Avez-vous vu quelqu'un derrière lui, un peu plus à droite, à l'endroit où était assis le gamin ?

– Non, le reste de la salle était plongé dans le noir.

– Nous savons qu'un homme était assis droit derrière vous, précisa Marion. Il devait se trouver trois rangées plus haut. Ce n'était pas lui ?

– Non, celui dont je vous parle était plutôt vers le centre de la salle.

– Notre homme a plutôt l'air d'un clochard : crasseux, les joues creuses, les yeux globuleux et tout le monde l'appelle Konni.

– Non, il ne correspond pas à celui dont je vous parle. Je vois très bien qui est l'autre. Il est passé devant nous en quittant la salle, les yeux rivés sur ma poitrine. C'est un clochard ?

– À quoi ressemblait l'autre ? demanda Albert.

– C'est lui qui a fait ça ? éluda Viktoria.

– Nous l'ignorons, répondit Marion.

– Je ne l'ai aperçu qu'un bref instant, mais je suis sûre que c'est bien le même homme. Comment pourrais-je vous le décrire ? Disons qu'il doit avoir la bonne soixantaine, les cheveux gris et courts, et il porte la barbe. Il n'avait pas de chapeau, c'était un homme de taille moyenne, et au visage assez large. Je le reconnaîtrais tout de suite si je le revoyais. À l'hôtel, il portait un trois-quarts beige. Mais je ne sais pas comment il était habillé au cinéma. Je suis pourtant habituée à remarquer ce genre de détails.

– L'avez-vous vu quitter la salle à la fin du film ?

– Non, je ne m'intéressais pas à lui.

– Que fait-il à l'hôtel ? demanda Marion.

– Je n'en sais rien, je l'ai vu là-bas, c'est tout.

– Une seule fois ou plusieurs ? Fait-il partie de vos clients ?

– Je ne l'ai vu qu'une seule fois, répondit Victoria.

– Y a-t-il chez lui un détail qui attire l'attention ? Pourquoi vous souvenez-vous si clairement de lui ?

– J'ai toujours été très physionomiste, répondit Viktoria, balayant à nouveau la salle de Skulakaffi comme dans l'attente du pire. J'ai trouvé que… que c'était un bel homme, je ne saurais vous en dire plus. Pourquoi remarque-t-on ce genre d'homme ? Bien qu'âgé, il était toujours beau.

– Pourquoi n'être pas venue immédiatement nous voir pour nous communiquer ces informations ? répéta Albert.

– Je ne savais pas… disons que je ne vais pas crier mon infidélité sur les toits. Pourquoi est-ce si important ? C'est lui, le coupable ? C'est lui qui a poignardé ce gamin ?

– Vous savez s'il était seul ? reprit Marion.

– J'en ai bien l'impression. Que ce soit au cinéma ou à l'hôtel, il était seul.

– À quel moment l'avez-vous vu et dans quelles circonstances ?

– Eh bien, il traversait le lobby. Je travaille à l'antenne de la compagnie aérienne Loftleidir dans l'hôtel du même nom, je passais dans le hall et je l'ai remarqué.

– Ce n'est qu'ensuite que vous l'avez vu au cinéma ?

– Oui. Nous en avons encore pour longtemps ? Il va falloir que je rentre.

– Vous l'avez revu depuis ? À l'hôtel ?

– Non. Mais je promets de vous prévenir si cela se produit. Je vous appellerai immédiatement.

– Diriez-vous qu'il est islandais ou étranger ?

– Étranger, répondit Viktoria sans hésiter.

– Qu'est-ce qui vous fait dire ça ?

– Ça saute aux yeux : il a la peau mate et les sourcils bruns. C'est à coup sûr un étranger.

– De quelle nationalité ?

– Aucune idée.

– Si on vous demandait de choisir entre deux options : russe ou américain, que diriez-vous ?

– Franchement, je ne sais pas trop. Il était très élégant. Allez, disons américain. Ses vêtements étaient de belle qualité, ce qui n'est vraiment pas l'apanage des Russes. En tout cas, ça vaut pour ceux qui descendent à l'hôtel Loftleidir. Ils ont plutôt l'air de campagnards, un peu comme nous.

Viktoria sourit aux deux policiers.

– Nous en avons terminé ? Je dois vraiment y aller. Mon mari est à la maison. Son vol a été annulé. Je suis sûre qu'il me soupçonne de quelque chose et… je vous l'ai déjà dit… il est terriblement jaloux. Terriblement.

– N'est-ce pas le but ? renvoya Marion. Vous souhaitiez vous venger de lui ?

– Oui, répondit Viktoria. Et il ne l'a pas volé !

– Encore une chose, vous devez nous prévenir immédiatement si vous apercevez à nouveau cet homme à l'hôtel.

– Je le ferai. Pouvez-vous demander à ce torchon d'arrêter d'écrire sur moi comme sur une vulgaire catin ?

Vous devez leur dire que ce sont des mensonges, que ce n'est qu'un tissu de bêtises. Vous devez arrêter ça.

Viktoria se leva.

– Nous ferons de notre mieux, promit Albert qui avait de la presse à scandale une mauvaise expérience. Mais vous savez comment sont ces journaux, ils interprètent de travers tout ce que vous leur dites et en font des articles pour gonfler les ventes.

Marion se leva également.

– Une dernière chose, Viktoria. Vous pensez qu'il vous a vue ?

– Qu'il m'a vue ? Qui donc ?

– Cet homme. Vous pensez qu'il vous a vue ?

– Non.

– Ni à l'hôtel, ni au cinéma ?

– Non, je ne le crois vraiment pas. Pourquoi ? Il ne m'a pas vue. Je ne pense pas. J'ai tourné la tête et je l'ai aperçu, mais lui, il fixait l'écran. Et je ne l'ai pas vu quitter la salle. Non, il ne m'a pas remarquée. Je ne pense vraiment pas.

Le soir, peinant à trouver le sommeil, Marion se plongea dans le dossier de Ragnar et lut la déposition de ses parents où il apparaissait que, suite à son traumatisme crânien, le jeune homme avait longuement séjourné à l'hôpital durant sa tendre enfance. Il lui était facile de s'identifier à l'expérience vécue par ce gamin. Son esprit fut bientôt envahi par le souvenir d'enfants dans les sanatoriums, les souffrances endurées par Anton, le long calvaire de Katrin, l'incompréhensible cruauté de cette maladie envers les plus jeunes. Tout comme ces gamins dont Marion avait fait la connaissance au fil du temps, parfois brièvement, parfois plus longuement, Ragnar n'avait pas eu la moindre prise sur son destin.

Dans l'esprit de Marion, tout cela se confondait en une seule et même absurdité.

Une cruauté grotesque.

Une terrifiante agonie.

23

Les visites avaient lieu tôt le matin au sanatorium
de Kolding. Médecins et internes en blouses blanches
venaient voir les patients, suivis par les infirmières,
leur coiffe sur la tête et leur petite montre épinglée à la
poitrine. Tous s'abstenaient d'afficher une trop grande
gravité. Ils s'efforçaient d'être enjoués, de sourire, et
tapotaient gentiment les gamins sur la tête. Marion
n'avait pas tardé à parler couramment le danois et à
comprendre chaque mot qu'on lui adressait.

On se sentait bien au sanatorium, on se liait facilement d'amitié avec les autres. L'atmosphère calme des
lieux était agréable et il y avait la beauté de la nature
et du fjord de Kolding. Alimentation équilibrée, bonne
hygiène de vie, détente, jeux et travaux manuels permettaient d'oublier la maladie qui rôdait constamment.
Marion devait régulièrement subir des insufflations et
des radiographies destinées à surveiller ses poumons.
Rien de tout cela n'était bien effrayant. Le moment
le plus désagréable fut son passage chez le dentiste,
à l'étage supérieur. Il lui avait découvert trois caries
qu'il avait soignées sans pitié avec son assourdissante
roulette. Le bâtiment de l'hôpital en lui-même constituait un terrain de jeux fascinant avec ses nombreux
étages, ses longs et mystérieux couloirs et le dédale

qu'on trouvait sous les combles. Là-haut, l'enfilade de grosses poutres formait une allée aux allures de navire échoué.

La présence dans l'établissement de deux malades originaires d'Islande ne manquait pas de susciter la curiosité des jeunes patients. Ces derniers leur posaient une foule de questions qui attestaient le plus souvent de connaissances très approximatives. Marion avait répondu à celles concernant les esquimaux et les igloos avec beaucoup de tact et de politesse tout en abordant le sujet des ours polaires qui débarquaient parfois sur les côtes islandaises après avoir dérivé sur des plaques de glace depuis le Groenland. Les animaux effectuaient la dernière partie du voyage à la nage et, quand ils arrivaient à terre, on les abattait systématiquement au fusil. L'un des enfants avait demandé s'il était vrai que le volcan Hekla était l'une des portes de l'enfer. Un autre s'était inquiété de savoir si, en partant du glacier de Snaefellsjökull, on pouvait atteindre le centre de la Terre. Un troisième avait entendu dire que le père Noël habitait en Islande. Marion lui avait rétorqué que les pères Noël étaient au moins treize, que leurs parents s'appelaient Gryla et Leppaludi, qu'ils n'apportaient pas de cadeaux et qu'ils enlevaient les enfants quand ils n'étaient pas sages. Les hivers n'étaient-ils pas longs et sombres ? Le soleil se couchait-il en été ? Et comment fait-on pour dormir alors qu'il fait grand jour au beau milieu de la nuit ? Y avait-il beaucoup de cas de tuberculose aussi en Islande ? Marion avait répondu que la maladie était une plaie nationale. Mais l'Islande nous appartient, n'est-ce pas ? avait fanfaronné un grand gaillard originaire des landes de la péninsule de Jutland, prénommé Casper et quelque peu arrogant. Non, avait répondu Marion, mais nous avons le même roi.

Tôt le matin, après le passage des médecins, Marion avait demandé à Katrin de l'accompagner jusqu'à la mer. Son amie était allongée dans la grande salle de repos au rez-de-chaussée de l'hôpital. Il faisait chaud, le soleil scintillait sur le fjord dans la quiétude matinale. La rive n'était pas bien loin et il y avait là une petite jetée. Le personnel de la cuisine y était descendu pour réceptionner le poisson. Leurs rires montaient jusqu'à la salle de repos.

– Qu'est-ce que tu lis ?

Allongée sur un transat, Katrin tenait dans ses mains quelques feuilles dactylographiées qu'elle avait reposées à l'arrivée de Marion.

Ils voudraient que je joue le rôle du Petit Chaperon rouge, avait-elle répondu. Je suppose que c'est à cause de mes cheveux roux presque orange. J'aimerais bien, mais je suis trop timide. Je ne suis pas sûre d'en être capable.

– Tu devrais y arriver, tu ne crois pas ? avait encouragé Marion. Tu as beaucoup de texte à apprendre ?

Le soir, les enfants s'adonnaient à toutes sortes de jeux et d'activités. Entre autres, on montait de petites pièces de théâtre dont ils assuraient une grande partie de la mise en scène, des décors et des costumes, et qu'ils interprétaient eux-mêmes. Le Petit Chaperon rouge, monté quelques années plus tôt par un médecin, était toujours très prisé. Le rôle du grand méchant loup allait comme un gant au grand Casper et la grand-mère était incarnée par une petite fille originaire de la ville d'Odense. Un garçon britannique qui ne comprenait pas un traître mot de danois et avait le même âge que Marion jouait le chasseur. Cette pièce avait été mise en scène bien des fois au sanatorium. Les jeunes malades s'étaient pris de passion pour l'histoire qu'ils connaissaient par cœur et dont la narration leur rappelait leur condition : le grand méchant loup était la maladie avec laquelle ils devaient vivre, et il disparaissait à la fin de l'histoire.

– Non, avait répondu Katrin, mais je n'ai jamais joué dans aucune pièce de théâtre et je ne sais pas si je saurais le faire.

– Tu as déjà joué à *On fait mine que...* n'est-ce pas ? Eh bien, c'est pareil.

– Mais tout le monde va me regarder. Je risque de trébucher, d'oublier mon texte et on va se moquer de moi, avait objecté Katrin.

– Ça te gênera tant que ça ?

– Tu peux parler, ce n'est pas toi qui seras sur scène.

Marion n'avait rien trouvé à répondre à cette dernière objection.

– Dans ce cas, tu n'as qu'à refuser.

– Mais j'ai envie.

– Eh bien, vas-y.

– Je suis tellement timide.

– Allez viens, allons faire une promenade au bord de la mer.

– Il ne faut pas que je marche trop aujourd'hui. Le médecin m'a dit…

– Le médecin ? Que t'a-t-il dit ?

– Rien, avait répondu Katrin, maussade.

Ses cheveux étaient en effet d'un roux flamboyant, sa peau pâle, fragile, prenait facilement des coups de soleil. Une aide-soignante lui avait donné un vieux chapeau de paille afin qu'elle puisse se protéger des rayons et elle portait toujours des corsages à manches longues. Elle avait mis son couvre-chef en répétant que le médecin lui avait ordonné de rester allongée le plus possible en évitant tout effort. Mais elle était quand même descendue jusqu'à la mer avant de longer le sentier côtier avec Marion. Août touchait à sa fin, l'air salin se mêlait au parfum des arbres. Marion prenait garde à ne pas marcher trop vite pour ne pas la fatiguer. Un peu plus loin, vers l'intérieur du fjord, de l'autre côté du sanatorium, on apercevait un village qu'il lui faudrait un jour aller explorer ainsi que quelques fermes qui somnolaient dans la chaleur de cette journée d'été.

– Marion, on ne peut pas aller plus loin, avait déclaré Katrin en s'asseyant au bord du chemin. On doit retourner vers l'hôpital.

– Quelque chose ne va pas ?

– Je me sens un peu fatiguée. Restons ici un moment.

– D'accord, on rentre.

– Pas tout de suite, reposons-nous d'abord.

Katrin s'était allongée dans un creux tapissé d'herbe, le visage couvert par son chapeau de paille. Une brise légère et rafraîchissante soufflait de la mer. Marion avait pris place à côté de Katrin et observait un petit voilier qui passait dans le fjord tout en pensant à Athanasius et en se demandant à quoi il occupait ses journées. Sans doute s'inquiétait-il déjà de sa récolte de pommes de terre à Kringlumyri. Et il ne tarderait plus à aller relâcher les truites au lac de Thingvellir. Marion avait commencé à lui écrire une lettre dans la matinée.

Cher Athanasius !
Je vais très bien. Le sanatorium est tellement grand que j'aurais peine à vous le décrire correctement. La salle de repos est sans doute la plus grande qui existe dans le monde entier, enfin, je pense. Le médecin qui s'occupe de moi m'a expliqué que la tuberculose n'a pas progressé et qu'on dirait au contraire qu'elle régresse. Il dit que les insufflations sont efficaces.

C'est une bonne nouvelle. Les autres enfants sont très sympathiques et on ne s'ennuie pas. Une Islandaise séjourne ici en même temps que moi, elle s'appelle Katrin et c'est mon amie. C'est la cousine d'Anton qui était avec moi à Vifilsstadir. Elle souffre, elle aussi, d'une tuberculose pulmonaire, mais son cas est plus grave que le mien.

La lettre s'arrêtait là. Katrin somnolait sous son chapeau tandis que le voilier passait lentement, porté par la brise estivale. Marion avait un jour interrogé Athanasius à propos de Dieu. Il avait fait de grands gestes en lui disant qu'il était inutile de lui poser ce genre de questions. Je suis depuis toujours un athée de la plus pure espèce, tout cela n'est à mon avis qu'un ramassis de balivernes, s'était-il enflammé. Tant qu'à croire à quelque chose, je croirais plutôt aux elfes et aux trolls ! S'il y avait véritablement un Bon Dieu, la tuberculose n'existerait pas. Tu ne crois pas ? Sans parler des autres maladies. Tout un cortège de souffrance afflige notre monde. L'injustice ! La cruauté ! Qui est-il donc, ce Dieu qui entend régner sur tous les maux de la Terre ? Enfin, qu'est-ce que j'en sais ? Rien du tout. Il est évident qu'il faut croire qu'une force veille sur nous et nous accompagne même si je ne crois en rien. C'est évident, mon cœur. Que veux-tu que je te dise ?

Katrin s'était assise et avait longuement fixé le fjord.

– Je veux rentrer, avait-elle déclaré, en suivant le voilier du regard.

– D'accord, avait répondu Marion. Allons-y !

– Non, je ne parlais pas de l'hôpital. Je veux rentrer chez moi. À la maison. Ici, ce n'est pas chez moi et je n'ai pas envie d'y rester. Je veux rentrer chez moi.

– Personne n'a envie d'être là, avait répondu Marion, déjà debout. Ni moi, ni toi, ni personne.

– Je veux retourner chez moi, avait répété Katrin. Elle s'était mise à sangloter en silence. Ses épaules frêles tremblaient sous le chapeau de paille. Marion avait repris place sur l'herbe et l'avait serrée dans ses bras.

– Tu rentreras bientôt. Essaie de te concentrer sur des choses agréables. Évite de penser au reste. Ça t'aidera à te sentir mieux.

Katrin avait essuyé ses larmes d'un revers de main.

Il faut qu'ils ferment le poumon.

– Oui, tu me l'as déjà dit.

– Ils ne peuvent pas faire d'insufflation. Ils ne réussissent pas à retirer les adhérences.

– Donc, ils vont… ?

Katrin avait hoché la tête.

– Le médecin m'a dit qu'on ne pouvait plus attendre.

– Ils veulent le faire tout de suite ?

– Il vaut peut-être mieux mourir, avait déclaré Katrin.

– Ne dis pas ça !

– Tu ne sais pas à quel point c'est affreux. Tu ne sais pas à quoi on ressemble après.

– Si, je sais.

– Vraiment ?

– Quand j'étais à Vifilsstadir, un homme qui était rempailleur ou quelque chose comme ça passait parfois nous voir, avait expliqué Marion. Il nous a raconté qu'il y avait séjourné trois fois pour soigner sa tuberculose. La première, il était resté trois semaines et s'était remis. Quatre ans plus tard, il était à nouveau tombé malade, avait passé quelques mois au sanatorium, puis était reparti. À son troisième séjour, il se croyait mourant. La tuberculose revenait à la charge, une fois encore. Il n'y avait pas d'autre solution que l'ablation des côtes.

L'opération avait réussi et, même s'il lui avait fallu longtemps pour se remettre, il avait survécu et n'avait jamais plus souffert de cette maladie.

– C'est vrai ?

– On ne peut plus vrai. Il s'en fichait qu'on lui ait pris quelques côtes. Il était simplement heureux d'être en vie.

– J'ai vu comment on devient après l'opération, avait observé Katrin. Je l'ai vu de mes yeux et je ne veux pas ressembler à ça.

Le voilier avait disparu à l'embouchure du fjord. Katrin s'était levée, elle marchait à pas lents vers le sanatorium et Marion se disait qu'aucun mot n'avait le pouvoir de la réconforter ou d'apaiser son infinie tristesse.

Le soir, Katrin avait joué le rôle du Petit Chaperon rouge. Elle avait souri face aux compliments des autres : tout s'était bien passé, elle s'était rappelé tout son texte. Le lendemain matin, on l'avait transférée à l'étage du bloc opératoire. Elle avait passé la nuit à pleurer en silence et avait continué pendant qu'on la préparait pour l'intervention. Les docteurs avaient fait ce qu'il fallait faire. C'était le médecin-chef du sanatorium qui avait pratiqué l'incision et découpé les côtes afin de pouvoir fermer le poumon aux attaques du monstre.

Marion avait accompagné son amie jusqu'au moment où les médecins avaient dû les séparer, à la porte du bloc. Puis, il y avait eu cette attente angoissée. L'intervention n'en finissait pas. À bout de patience, Marion avait franchi la porte pour entrer dans le sas entre le couloir et le bloc. La vitre donnant sur la table d'opération offrait une vision d'horreur : les médecins et leurs ustensiles scintillants, le thorax ouvert de Katrin et les côtes pleines de sang dans le récipient sur la table d'à côté.

– Que fait donc l'enfant ici ?! s'était écriée une voix à l'intérieur du bloc. Marion avait senti un courant d'air froid l'envelopper, puis avait rejoint le couloir pour y vomir. Une infirmière était venue à la rescousse et avait demandé à ce qu'on raccompagne l'enfant jusqu'à sa chambre.

Plus tard dans la journée, Marion avait fini cette lettre à son ami de Reykjavik, une lettre qui se concluait par cette étrange formule, si complexe à saisir qu'il eût fallu qu'Athanasius y consacre une vie entière.

Il est plus facile de croire en Dieu
quand on sait qu'il n'existe pas.

24

La nuit qui suivit l'entrevue à Skulakaffi, le téléphone sonna chez Marion qui dormait à poings fermés en rêvant des truites du lac de Thingvellir. La première tentative de son correspondant échoua. Marion dormait d'un profond sommeil et il lui fallut un certain temps pour remonter des profondeurs glacées du lac. Après un bref silence, le téléphone se remit à sonner dans l'entrée. Marion quitta son lit et alla répondre à cette voix familière qui ne s'était pas manifestée depuis un certain temps.

– Eh bien, c'est le moment ! s'exclama sans préambule son correspondant, aussi enjoué qu'à son habitude.

– Le moment de quoi ?

– Enfin, du lompe !

– Ça ne pouvait pas attendre jusqu'au matin ? répondit Marion qui ne comprenait pas où son interlocuteur voulait en venir, mais ce n'était nouveau en rien.

– Jusqu'au matin ? Qu'est-ce que tu appelles le matin ? Le soleil brille ! Le café est déjà dans le thermos. Qu'est-ce que tu attends de plus ?

– Où tu veux m'emmener ?

– Enfin, au lompe ! Évidemment ! Tu n'as quand même pas oublié ?

– Au lompe ?!

– Je lève l'ancre dans vingt minutes. S'il te plaît, ne me fais pas attendre.

L'homme raccrocha, Marion alla regarder son réveil. Dehors, il faisait grand jour en dépit de ce qu'indiquait le cadran. L'étrange conversation continuait de résonner à ses oreilles. C'était Josef qui venait d'appeler, un ancien de la Criminelle aujourd'hui retraité. Il avait un temps étudié le droit en Écosse et s'était intéressé aux méthodes d'investigation. Il avait travaillé dans la police de Glasgow parallèlement à ses études, s'était détourné du droit et avait trouvé un emploi chez le procureur à son retour en Islande.

Contrairement à ce que prétendait Josef, Marion n'avait jamais parlé de l'accompagner à la pêche au lompe et se demandait ce que son ancien collègue pouvait bien manigancer. Ils s'étaient toujours bien entendu. Josef était un enquêteur hors pair qui n'hésitait pas à recourir à des méthodes inhabituelles, travaillait le plus souvent en solitaire et ne manquait pas d'imagination pour résoudre les énigmes les plus tordues. Et s'il appelait Marion en pleine nuit pour l'inviter à la pêche au lompe, il valait mieux obtempérer. Josef n'entreprenait jamais rien sans avoir mûrement réfléchi.

Son frère pêchait le lompe et amarrait son bateau à proximité des abris de la brèche de Grimsstadavör sur la rive d'Aegisida, au bout du quartier ouest. Josef l'accompagnait régulièrement depuis qu'il avait pris sa retraite, mais l'avait aussi fait à l'époque où il était encore en activité ; rien de tel pour vous aérer le cerveau qu'une bonne sortie en mer, disait-il. Marion avait garé sa voiture à côté des abris où on entreposait les lignes, les filets, les vêtements et tout le matériel nécessaire à la pêche. Il y avait aussi là un hangar à claires-voies où était entreposé le poisson et de hauts tréteaux qui servaient à faire sécher les prises et dégageaient une forte odeur de lompe faisandé. Josef maintenait le bateau sur la rampe qui descendait vers la mer et appela Marion à l'aide dès qu'il l'aperçut. Vêtu d'un pull islandais, un sixpence crasseux sur la tête, il toisa Marion d'un air consterné à la vue de sa tenue peu adaptée.

— Qu'est-ce que c'est que ça ? Je t'ai pourtant dit que je t'emmenais au lompe !

— Je ne me souviens pas avoir accepté cette sortie en mer avec toi, répondit Marion, aimable. Je ne comprends pas du tout de quoi tu parles. Jamais nous ne sommes allés pêcher ensemble. Quand avons-nous dit que nous irions à la pêche au lompe ?

— Allons, Marion, accepte. Ce n'est pas encore tout à fait sûr que je sois entièrement givré et je dois te parler de quelque chose en rapport avec ton enquête.

— Celle du Hafnarbio ?

— Oui.

— Et tu ne pouvais pas me raconter ça au téléphone ?

— Non.

— Ou venir me voir à Dorgartun ?

— Non plus.

Marion observa longuement son ancien collègue. Encore bel homme, il mesurait un mètre quatre-vingt-dix, avait un peu maigri, vieilli un peu plus vite que ne le font certains à la retraite, mais conservé son énergie et son entrain d'autrefois. Le geste vif, les idées toujours claires, il ne supportait pas les jérémiades. Marion se disait que jamais un homme en pleine forme comme Josef n'aurait dû quitter la police.

— Attrape une vareuse là-dedans et viens m'aider à le mettre à l'eau, commanda Josef en lui montrant l'un des abris. Marion s'exécuta après un bref moment d'hésitation. On ne pouvait pas refuser quoi que ce soit à ce bonhomme, surtout quand il était de cette humeur. Le bateau glissait le long de la rampe, posé sur un traîneau attaché par un câble à une poulie fixée à terre. Josef sauta à bord au moment où l'embarcation atteignait l'eau dans un claquement et aida Marion à le rejoindre. Quelques instants plus tard, le bateau voguait à vive allure sur la zone de pêche dans la douce brise du matin. Le soleil qui surplombait la montagne d'Ulfarsfell réchauffait Marion, debout à la proue. Courbé dans la petite cabine de pilotage, Josef contournait les écueils de Löngusker par l'ouest avant d'entrer dans le golfe de Faxafloi où son frère avec jeté ses filets. De toute façon, il devait aller les vérifier, alors autant tirer le meilleur parti de cette sortie, avait-il ajouté. Il éteignit le moteur et le calme s'abattit sur eux. Quelques mouettes volaient au-dessus de leur tête, comme dans l'attente d'une pitance et un phoque pointa le bout de son nez à la surface avant de replonger dans les profondeurs.

– Qu'est-ce qui t'empêchait de me parler au téléphone ? demanda Marion. Et où veux-tu en venir quand tu dis qu'il faut tirer le meilleur parti de cette sortie ? Enfin, que se passe-t-il ?

Josef ôta son sixpence, se gratta la tête, plissa les yeux face au soleil et remit son couvre-chef.

– Ah, c'est vrai, je t'avais promis un café.

Il retourna à la cabine de pilotage pour y chercher son thermos à double gobelet. Il remplit les deux, lui en tendit un, puis ouvrit un paquet de biscuits aux figues pris dans la poche arrière de son pantalon pour lui en offrir. Il s'installa enfin à ses côtés, croqua son gâteau sec, avala quelques gorgées, tout heureux d'être en mer par cette belle matinée d'été.

– Cette tuberculose n'est pas revenue à la charge ? demanda-t-il.

– Non, tu me poses toujours la même question. Il y a longtemps qu'elle est partie et elle ne reviendra pas. Et si c'était le cas, il existe tout un arsenal de médicaments pour la soigner.

– C'est tant mieux, répondit Josef sans se laisser décontenancer par l'agacement qu'affichait Marion face à cette étrange sortie en mer. Dis-moi, ta première enquête, c'était la femme de la rue Unnarstigur ?

– Oui, c'est bien ça, répondit Marion. Mais c'était ton enquête à toi. Je n'ai fait que t'observer. À l'époque, je travaillais aux archives.

– Et nous l'avons résolue avec panache.

– Ce n'était pas bien sorcier, observa Marion. La pauvre avait été étranglée par son mari. Il avait essayé de faire porter le chapeau à un voisin parce que le voisin en question avait eu une aventure avec elle. C'était le premier meurtre commis à Reykjavik en quatre ans. Dis-moi, que faisons-nous donc au large ?

Josef prit un autre biscuit qu'il accompagna d'une nouvelle gorgée de café brûlant et porta son regard vers la ville qui dormait encore profondément le long des détroits bleus.

– Je te fais confiance, je sais que tu vas garder pour toi ce que je vais te dire, mais sache que certaines lignes téléphoniques sont régulièrement placées sur écoute à Reykjavik et sans doute ailleurs.

– Tu ne m'apprends pas grand-chose, répondit Marion. Quand nous avons besoin de surveiller les criminels, nous n'hésitons pas à le faire.

– Je sais, mais je te parle d'un autre type d'écoute.

– Comment ça ?

– De nature politique.

– Politique ?

– Je suis au courant de leur existence depuis un certain temps, mais j'ignore exactement qui s'en occupe et qui délivre les autorisations. La plupart d'entre elles sont liées à la base américaine sur la lande de Midnesheidi, aux éventuelles manifestations, aux actes de sabotage commis par l'extrême gauche, à l'activité des opposants à la présence de l'armée américaine en Islande et ce genre de choses. En résumé, il s'agit de surveillance politique. Et je crois savoir que cela dure depuis un bon moment. Certains dirigeants des partis de gauche et même des partis de droite sont sur écoute. Je ne saurais dire exactement qui, je n'ai jamais eu aucune liste en main. Il s'agit évidemment d'une affaire très sérieuse qu'il convient de ne pas ébruiter. Je pense que ces écoutes feront bientôt partie de l'histoire et qu'on en effacera toute trace.

– Nous sommes un pays un peu trop petit pour ce genre de choses, non ? rétorqua Marion, incrédule. Ici, tout le monde se connaît et est au courant de ce que font les autres.

– Toujours est-il que quelqu'un juge la chose nécessaire. Peut-être pour des raisons de sécurité. Je ne suis pas compétent en la matière. En tout cas, il s'agit de surveillance de personnes, ce sont des écoutes de nature politique et elles sont assez répandues. Voilà pourquoi il aurait été imprudent de te parler d'autre chose que de pêche au lompe quand j'ai appelé.

– Ta ligne serait sur écoute ?!

Josef haussa les épaules.

– Il y a ensuite un autre type de surveillance, reprit-il. Nous savons depuis un certain temps que les Russes utilisent des émetteurs…

– Nous ? C'est-à-dire ?

– Peu importe, répondit Josef. Quelqu'un m'a contacté et me l'a dit.

– Au contraire, c'est important.

– Marion, écoute d'abord ce que j'ai à te dire, ensuite tu pourras parler. Nous savons depuis un moment que les Russes se servent à grande échelle d'émetteurs-récepteurs afin de surveiller l'activité de l'aéroport de Keflavik, de la base américaine, les transports de marchandises depuis et jusqu'à la base, le matériel, le personnel, les patrouilles aériennes, les sous-marins et j'en passe.

– Les Américains font sans doute le même genre de choses pour les espionner où qu'ils soient dans le monde, nota Marion.

– Évidemment, convint Josef. On ne va pas se chamailler pour savoir lesquels sont les pires, ils sont tous du même tonneau. Nous savons que quand les Russes renouvellent leur matériel, ils se débarrassent de leurs vieilleries dans le lac de Kleifarvatn. Ils le font depuis des années et nous ne disons rien. À cause du hareng, tu comprends. Ce sont nos plus gros acheteurs de harengs. Du coup, nous tâchons de garder notre calme en ce qui concerne Kleifarvatn.

– Ils jettent vraiment leurs vieux appareils dans le lac ?

– Nous avons des photos qui le prouvent.

– Et ils ne risquent pas de nous entendre jusqu'au milieu du golfe de Faxofloi ? Avec leurs satanés engins ?

– On ne prend jamais assez de précautions et j'avais envie d'un peu de lompe. Je me suis dit qu'une petite sortie en mer te plairait.

– Je me demande bien pourquoi, rétorqua Marion. Il y a vraiment malentendu.

– En tout cas, pour ce qui est de la surveillance pratiquée par l'Islande, tout est consigné, on dresse un rapport de chaque opération et les conversations enregistrées sont retranscrites sur papier. Il se trouve qu'à un moment, elles passent entre les mains de cet homme qui m'en a parlé. Il sait que je te connais et il sait aussi que c'est toi qui diriges l'enquête sur le meurtre du gamin au Hafnarbio.

– Ah bon ?

– Ces enregistrements y font référence d'une manière assez surprenante.

– Référence à quoi ? Au meurtre ?

– Non, au cinéma. L'enregistrement a été pris juste avant le drame, mais le cinéma y est mentionné. Je pense qu'il s'agit du Hafnarbio.

– En quels termes est-il mentionné ?

– Ils ont rendez-vous là-bas.

– Ils ? Qui ça ?

– C'est une phrase de l'enregistrement. Ils ont rendez-vous au cinéma. Cette phrase est en anglais sur la bande : *They'll meet in the cinema.* Nous ignorons le nom de celui qui a passé l'appel, il provenait d'une cabine téléphonique dans la gare routière de la rue Kalkofnsvegur. L'accent n'est pas vraiment identifiable. En revanche, nous connaissons celui qui a reçu le coup de fil. C'était une conversation très brève. Il y a juste cette phrase. Aucune réponse. Celui qui reçoit l'appel raccroche immédiatement et son correspondant fait la même chose. C'est tout ce qu'on entend : *Ils ont rendez-vous au cinéma.*

– Quel est son nom ?

– Vidar Eyjolfsson. Lié à l'ancien parti socialiste. Communiste.

Marion fixa longuement Josef. Assis avec sa tasse de café, son sixpence et son pull islandais, le vieil homme regardait la mer scintiller au soleil du matin.

– C'est troublant que tu me parles d'écoutes, déclara Marion au bout d'un long moment. Nous sommes presque certains que le gamin du Hafnarbio a été assassiné parce que ses agresseurs ont cru qu'il écoutait leur conversation.

25

Marion résuma à Josef le fil de l'enquête, lui parla de Ragnar, de cette famille qui venait d'emménager dans le nouveau quartier encore en construction sur la colline de Breidholt, de ses sœurs, de sa mère et du magnétophone dont il se servait pour enregistrer sur cassettes la bande-son des films qu'il allait voir au cinéma, habitude qui lui avait, une fois au moins, occasionné des problèmes. Il ne fallait pas oublier les spectateurs de la séance de cinq heures, Konni l'indigent, le présentateur du bulletin météo, l'alcoolique à la bouteille de rhum relâché au terme de quelques jours de détention provisoire, la femme infidèle et les deux pilotes d'avion qu'elle avait dans sa vie : pendant la séance, cette dernière avait remarqué la présence d'un homme qu'elle était certaine d'avoir aperçu à l'hôtel Loftleidir où elle travaillait. Dès qu'il entendit le nom de l'établissement, Josef prit la parole.

– L'hôtel Loftleidir ? C'est celui de Bobby Fischer.

– Exact. Avec Albert que tu connais, nous pensons que Ragnar n'a pas été poignardé par un ou des Islandais, mais plutôt par des étrangers. Un certain nombre d'éléments tendent à étayer cette hypothèse.

Marion mentionna le paquet de Belomorkanal retrouvé à deux pas du cinéma sans oublier l'accent américain d'un spectateur qui avait présenté ses excuses à l'un des témoins.

– Nous pensons qu'ils étaient deux et que le gamin a enregistré par hasard leur conversation, qui devait impérativement demeurer confidentielle. On peut difficilement envisager d'autres hypothèses. Celle-ci explique la disparition du magnétophone et des enregistrements, ainsi que celle du cartable qui contenait d'autres cassettes. Plusieurs éléments nous suggèrent que l'un des agresseurs a changé de place juste après le meurtre afin de se protéger et de brouiller les pistes alors qu'ils étaient deux.

– Un Russe et un Amerloque ? avança Josef.

Marion haussa les épaules.

– Probablement, mais rien ne permet de l'affirmer avec certitude. Les pièces à conviction ne sont pas suffisamment parlantes. Cela dit, nous n'avons pas mieux et nous devons tenter de tirer cette affaire au clair.

Josef garda le silence, les yeux fixés sur le fulmar boréal effronté qui s'était posé sur la cabine de pilotage et observait les alentours. L'oiseau ne semblait pas franchement séduit par ce qu'il voyait. Le bruit discret du moteur troublait la quiétude matinale, une odeur de mazout se mêlait à celle du poisson déversé sur le pont au fil des ans. À l'est, le soleil était déjà au-dessus des montagnes. Marion mit sa main en visière, le regard fixé dans cette direction. Le nouveau quartier de Breidholt gravissait les pentes en surplomb de la ville et semblait déborder sur un lointain inconcevable, un avenir incompréhensible, annonçant une Islande autre et tellement différente.

– Il est clair que les Russes veulent absolument voir Spassky remporter la victoire, observa Josef. Le contraire serait une contre-publicité pour le paradis soviétique.

Inutile de préciser que Fischer les soupçonne de toutes sortes de coups fourrés et de manipulations psychologiques. Le Soviet suprême déclare que Bobby met à mal le monde des échecs par son comportement et qu'il n'ose pas se mesurer à Spassky sans soulever tout un nuage de fumée à chaque fois qu'ils se rencontrent.

— Il faut avouer qu'il s'est passé de drôles de choses pendant les préparatifs, convint Marion.

— C'est le moins qu'on puisse dire. La suspicion règne à tous les étages. Quant à nous, qui ne voyons les choses que de loin, que comprenons-nous à tout ça ? Que savons-nous vraiment de ce duel ? Que dire des tergiversations incessantes de Bobby ? Ou encore de l'exquise politesse de Spassky ? L'issue serait-elle décidée d'avance ? Qu'en savons-nous ?

— Tu aurais entendu ce genre de choses ?

— Mesurons-nous vraiment les enjeux de ce duel ? poursuivit Josef.

— Que veux-tu dire ?

— Prenons par exemple cette troisième partie. C'est à ce moment-là que le délire était à son comble.

— Celle qui s'est déroulée dans la salle réservée au tennis de table ?

— Exactement.

— Et alors ?

— Tu ne trouves pas étrange de voir toute une partie de coupe du monde se jouer à huis clos ? Cette troisième manche, qui peut nous assurer qu'elle a vraiment eu lieu ?

— Comment ça ? Elle a été diffusée sur l'écran de la grande salle. Plus de mille personnes y ont assisté.

— Mais où étaient Fischer et Spassky ? On les a vus ? N'est-ce pas simplement un montage à partir d'images où ils étaient devant l'échiquier, des images auxquelles on aurait ensuite ajouté celles de mains qui auraient déplacé les pièces selon un schéma préétabli ? Tu as vu les enregistrements de cette partie ? Il est impossible d'y avoir accès. Bobby et Spassky étaient-ils présents au palais des sports de Laugardalshöll ce jour-là ? La question se pose.

– C'était la première partie remportée par Fischer, observa Marion.

– Lui aurait-elle été offerte sur un plateau ? Qu'est-ce qui les empêchait de jouer en public ? Pourquoi les Russes acceptent-ils de jouer ailleurs que sur la grande scène ? Pourquoi ne gardent-ils pas la tête haute ? Qu'obtiennent-ils en échange ?

– Mais il faudrait pour ça que des dizaines de personnes acceptent la combine, non ? Ce genre de choses finit toujours par s'ébruiter.

Josef esquissa un sourire.

– Je n'affirme rien. Je me borne à souligner l'atmosphère qui règne autour de ce fameux match. L'événement s'est transformé en une véritable folie qui échappe à tout le monde. On parle de complots et de coups bas de toutes sortes : ronronnements des caméras, rayonnements émis par les lampes, gaz nocifs provenant des fauteuils, voire hypnotiseurs russes assis aux premiers rangs. Et il y a les écoutes.

– Ah ? fit Marion, qui continuait de méditer les propos de Josef sur cette troisième manche.

– Il faut absolument que tu voies ce Vidar. Il travaille dans les bureaux de la compagnie d'électricité de Reykjavik. Il a aussi été l'un des deux trésoriers de l'ancien parti socialiste. Tu dois l'interroger en faisant attention à ne pas éveiller ses soupçons au sujet de ces écoutes. Le mieux serait qu'il te dise qui l'a appelé, bien sûr.

– J'en ai parfaitement conscience, répondit Marion.

– Il y a autre chose dont je dois te mettre au courant. J'ai appris ça hier et c'est intéressant que tu aies mentionné l'hôtel Loftleidir, précisa Josef. Mes interlocuteurs pensent que les Russes se servent de leur matériel d'espionnage au Loftleidir.

Tu veux dire la chambre 470 ?

– Ils en ont les moyens. Reste à savoir s'ils peuvent s'en approcher suffisamment. L'équipe de Bobby fouille régulièrement sa suite à la recherche de micros, mais on peut aussi espionner les lieux depuis l'extérieur avec le matériel adéquat. Un véhicule en stationnement au bon endroit peut suffire.

– Mais dans quel but ? Pour connaître les prochains coups qu'il prévoit sur l'échiquier ? Prévoir la stratégie qu'il va adopter ?

– Je n'en ai pas la moindre idée.

– Laisse-moi un peu de temps pour reprendre mes esprits, demanda Marion. Peut-on imaginer que l'un des hommes du Hafnarbio travaille pour les Russes et qu'il écoute tout ce qui se dit dans la suite occupée par Bobby Fischer ?

– Je n'en sais rien, répondit Josef. C'est ton enquête. Je ne peux pas affirmer qu'il y a un lien entre ces deux choses. Je te répète simplement ce que j'ai entendu. Comme je viens de le dire : que diable savons-nous vraiment des coulisses de ce duel au sommet ? Nous vivons sur une île perdue dans la mer loin au nord et nous sommes tout à coup le centre du monde.

Le fulmar avait enfin compris qu'il ne trouverait rien à manger ici. Il s'envola de la cabine de pilotage et prit la direction de la terre en rasant l'eau. Le phoque pointa à nouveau la tête à la surface à une centaine de mètres de la proue, regarda Josef et Marion de ses yeux humides, avant de disparaître en une pirouette qui fit scintiller son pelage au soleil du matin.

Josef consulta sa montre et commença à remonter le filet à bord avec l'aide de Marion. Ils ne tardèrent pas à voir les lompes se débattre, piégés dans les mailles. La pêche était bonne. Pendant que Marion rangeait le matériel, Josef vidait et nettoyait les prises sous les cris des goélands. Il récolta les œufs et les mit de côté dans un récipient, puis rejoignit la cabine à grandes enjambées et fonça vers la terre. Il plaça le bateau sur le traîneau en bas de la rampe, attacha le câble d'acier à la poulie et remonta l'embarcation sur la brèche. Il alla ensuite pendre les lompes sur les tréteaux où ils allaient sécher et les couvrit de filets pour tenir les oiseaux à l'écart. Son frère se chargerait de vendre le produit de la pêche chez les poissonniers de la ville, qui offraient un bon prix pour les œufs.

Marion observait Josef en se demandant combien de temps encore les Islandais consommeraient cette friandise. Ce mets ancestral n'était pas dans l'air du temps, le poisson faisandé n'avait plus sa place dans ce présent qui chassait toutes les vieilles habitudes, désormais supplantées par des conceptions nouvelles : la mode, la musique, les films et la prospérité générale. Il n'y en avait plus que pour les valeurs matérielles, l'électroménager, les voitures et les nouveaux quartiers ultramodernes.

— Tu crois sérieusement que l'issue du duel est déjà réglée ? demanda Marion en retirant sa vareuse pour la remettre à l'intérieur de l'abri.

— Je l'ignore, répondit Josef. Tout ce que je sais, c'est qu'on en a vu d'autres pendant cette guerre froide.

— Et ces écoutes islandaises ? Ce n'est pas délirant

d'imaginer que les quelques âmes qui vivent ici passent leur temps à s'espionner ?

– Ce ne serait pas nouveau ! Ici, le téléphone est presque érigé en sport national.

Josef afficha un sourire.

– En repensant à cette histoire du Hafnarbio, ces deux hommes dont tu parles… reprit-il.

– Oui ?

– Tu crois qu'ils étaient deux dans la salle et qu'ils ont tué le gamin, c'est ça ?

– Exactement.

– Mais il y a ce paquet de cigarettes trouvé devant le cinéma et c'est une marque russe, d'accord ?

– Oui.

– Tu as envisagé l'hypothèse qu'il puisse exister un troisième homme ?

– Nous l'avons vaguement évoquée.

– Deux hommes dans la salle. Un à l'extérieur, celui du paquet de cigarettes.

Et il aurait surveillé les deux autres ?

– Probablement, répondit Josef.

– Par conséquent, deux hommes ont rendez-vous dans un cinéma et un troisième les surveille ?

– Peut-être qu'il en suit un, peut-être même les deux. Peut-être que c'est lui qui a appelé le téléphone placé sur écoute.

– Et il fumerait des cigarettes russes ?

– Ce n'est pas exclu.

– Pour quelle raison ce Vidar est-il sous surveillance ? demanda Marion.

– Je ne suis pas sûr.

– C'est lié au parti socialiste ? À la compagnie d'électricité de Reykjavik ? Qui est cet homme ?

– Je n'ai aucune idée de la manière dont il pourrait être lié à toute cette histoire.

– Vidar Eyjolfsson, tu dis ? Pourrais-tu me contacter si ceux qui le surveillent entendent autre chose ?

– Pas de problème. Cette théorie du troisième homme est plutôt intéressante, tu ne trouves pas ? Certes, Reykjavik n'est pas Vienne, mais l'idée est tout de même séduisante.

– Elle compliquerait indéniablement les choses, convint Marion, les yeux perdus loin sur les eaux de la baie qui miroitaient au soleil. Comme cela lui arrivait parfois, lorsque le monde scintillait de tous ses feux, de vieilles paroles, entendues un jour au sanatorium de Vifilsstadir lui revenaient en mémoire : quelle journée.

Albert leva les yeux du journal du soir quand, juste avant midi, il vit Marion entrer dans leur bureau de Borgartun, s'allonger directement sur le canapé et pousser un profond soupir.

– Mais où étais-tu donc ? lui demanda-t-il.

La réponse à sa question était aussi laconique qu'incompréhensible.

– Au lompe !

26

Désirant s'entretenir au plus vite avec Vidar Eyjolfsson, comptable et ancien trésorier au parti socialiste, Marion s'efforça de rassembler à son sujet autant d'informations que possible. Il fallait prendre en compte un certain nombre de contraintes. La police ne pouvait interroger ses collègues et amis sans que cela lui parvienne. Albert fut tenu en dehors de ces manigances. Marion préférait attendre le moment adéquat pour lui relater sa sortie en mer avec Josef. Ce dernier n'avait fourni que des réponses évasives à ses questions sur les raisons pour lesquelles Vidar était placé sur écoute, il lui avait raconté des histoires de manipulateurs qui avaient leurs entrées au Fylkingin, le Rassemblement de la gauche, avait parlé de jeunes communistes radicaux et d'activistes, opposés à la présence américaine.

Marion avait découvert que Vidar avait été très influent au sein du parti socialiste des années durant, même s'il était toujours resté discret. Peu de gens le connaissaient en dehors du Parti. Il appartenait pourtant à la classe dirigeante. Quatre ans plus tôt, la formation politique avait été rebaptisée Althydubandalag, Rassemblement populaire, la ligne générale avait évolué avec l'arrivée de nouveaux membres, beaucoup moins serviles face à l'Union soviétique, et Vidar s'était de moins en moins impliqué, cessant même d'assister aux réunions. Il jouissait toutefois d'une certaine influence, surtout auprès des éléphants du Parti. Il était difficile de connaître ses véritables positions sur la politique russe, certains le disaient stalinien enragé, d'autres affirmaient qu'avec les années, il avait mis un peu d'eau dans son vin.

La majeure partie de la journée de Marion fut consacrée à collecter ces informations, en empruntant parfois des chemins tortueux. Josef lui avait bien précisé qu'il ne fallait surtout pas dévoiler l'existence des écoutes : que cela lui plaise ou non, il était impératif d'agir en conséquence. Ce ne fut qu'en tout début de soirée que Marion eut enfin l'idée de contacter sa demi-sœur Dagny, qui connaissait bien le parti socialiste et le Rassemblement populaire, la formation qui avait pris sa suite.

– Tu veux savoir quoi sur Vidar ? lui demanda Dagny à l'autre bout du fil.

– Rien de spécial, répondit Marion qui avait justement appelé sa demi-sœur, connaissant son impeccable discrétion.

– La police s'intéresse à lui ?

– Tu aurais le temps de me voir ?

– Tu n'as qu'à passer, je ne bouge pas de la maison ce soir. Je vais essayer de trouver tout ce que je peux sur le bonhomme.

Dans la soirée, Marion se gara devant un immeuble du quartier des Melar et alla sonner à l'un des appartements du deuxième étage. De l'autre côté de la rue, une palissade en tôle ondulée jaune clôturait le stade de Melavöllur. Un match opposait deux équipes de foot en première division. Ce type de rencontres avait généralement lieu au stade national de Laugardalur, pour l'instant en travaux : il fallait y poser de nouvelles plaques de gazon. On entendait les encouragements depuis le vieux terrain en gravier autour duquel les voitures occupaient chaque place, y compris celles qui se trouvaient au pied des immeubles. Il était presque impossible de trouver à se garer.

L'interphone grésilla, Marion ouvrit, monta à pas lents jusqu'au deuxième et frappa à la porte entrebâillée de l'appartement de Dagny.

– Entre ! lui cria une voix depuis la cuisine. Et referme derrière toi. Je suis en train de faire un café. Je ne t'attendais pas si tôt, mais si tu veux, tu peux regarder le match avec moi.

Marion referma la porte. Les cris et les sifflets du stade de Melavöllur montaient jusqu'au petit appartement chaleureux au sol tapissé d'une épaisse moquette. D'innombrables livres emplissaient les étagères, des tableaux et des dessins décoraient les murs et une très belle vitrine occupait la place d'honneur. Une grande affiche de Fidel Castro était accrochée sur l'un des murs de la salle à manger, pas très loin d'une autre, plus discrète, de Ludvik Josepsson. Situé à l'angle de l'immeuble, l'appartement de Dagny offrait une vue plongeante sur le stade de Melavöllur. Elle pouvait suivre les matchs par la grande baie vitrée et ne s'en privait pas. Ayant autrefois pratiqué l'athlétisme, elle s'intéressait à un certain nombre de sports.

Dagny sortit de la cuisine et l'embrassa sur la joue.

– Ça ne t'embête pas de regarder le match avec moi ? lui demanda-t-elle. C'est bientôt la fin de la première mi-temps. C'est le Fram qui mène face au KR. On dirait bien qu'ils vont gagner.

– C'était à prévoir, observa Marion en s'asseyant

sur la chaise que son hôte avait installée devant la baie vitrée.

– Je n'aime pas trop manquer un match, ajouta-t-elle. Ne m'en veux pas.

– Ne t'inquiète pas, la rassura Marion qui connaissait la passion de sa demi-sœur pour le sport.

Dagny lui adressa un sourire. Un peu plus jeune que Marion, franche et directe, elle n'hésitait jamais à dire son opinion et n'y allait pas par quatre chemins. Très engagée politiquement, elle consacrait désormais toute son énergie à défendre la cause féminine, sujet qu'elle abordait abondamment avec Marion : ce qu'elle redoutait le plus, c'étaient les extrémistes de gauche qui s'employaient à saper la cohésion unissant les femmes au risque de réduire leur lutte à des querelles de chapelle.

Dagny suivait le match avec intérêt. Marion préférait ne pas la déranger et admirait la vue depuis la fenêtre qui donnait vers l'est : les ombres du massif de Blafjöll dans le soleil du soir, le cap de Reykjanes dans le lointain et, un peu plus près, la colline d'Öskjuhlid et la petite crique de Nautholtsvik. On apercevait l'aéroport et ses pistes jouxtant l'hôtel Loftleidir, où Bobby Fischer résidait avec ses conseillers, sans doute occupé à réfléchir aux prochaines parties du duel. En fin d'après-midi, Marion avait fait un tour à l'hôtel pour inspecter discrètement l'intérieur des quelques voitures garées dans les environs et arpenter les lieux sans parler à quiconque, mais n'avait aperçu ni Viktoria qui y était employée, ni le champion d'échecs qui occupait la suite 470. Pas plus qu'il n'y avait trace de l'homme à la peau mate et vêtu d'un trois-quarts beige, sans doute originaire des États-Unis.

– J'ai appelé mon amie Hrefna, déclara Dagny avec

un soupir agacé au moment où le Fram marqua son troisième but, sonnant le glas pour l'autre équipe. Je me suis souvenue qu'elle connaissait ce Vidar auquel tu t'intéresses. Je ne lui ai donné aucune précision sur tes activités. En tout cas, elle était avec Vidar à Moscou durant les années 30 pour apprendre le russe. Elle n'y est restée qu'un seul hiver. Apparemment, elle sentait sa vie menacée.

– Cette crainte était justifiée ? s'enquit Marion.

– À l'époque, des personnes disparaissaient tous les jours sans explication, des étrangers comme Vera Hertzsch. Les gens quittaient le pays à toutes jambes. Hrefna ne m'a pas beaucoup parlé de ses années à Moscou. Comme moi et bien d'autres, elle en a eu assez de l'intérêt des Russes envers l'Islande après les événements de Hongrie en 1956 et surtout il y a quatre ans avec l'entrée des chars dans Prague.

– Qu'a-t-elle pu t'apprendre sur Vidar ?

– Pourquoi tu t'intéresses à lui ?

– Je me borne à rassembler des informations susceptibles d'être liées à une affaire dans laquelle j'ignore s'il joue un rôle important ou non. J'espérais que tu pourrais contacter de vieilles connaissances pour m'aider tout en faisant preuve de discrétion.

– C'est en rapport avec l'ancien parti socialiste ?

Marion haussa les épaules.

– Ou à cause de son poste de comptable à la Compagnie d'électricité de Reykjavik ? Serait-il à l'origine d'une escroquerie ?

– Si tu veux. Le jour où je pourrai t'en raconter un peu plus, je te promets de le faire.

– À ce que m'a dit Hrefna, on le trouvait assez mystérieux quand il était à Moscou. Elle m'a raconté qu'il était sacrément loyaliste et qu'il n'avait jamais dévié de la ligne du Parti, pas un instant. Le genre d'homme qui n'a pas beaucoup d'humour. Et il n'inspirait pas vraiment confiance.

– Comment ça ?

– Il était là-bas depuis un certain temps et avait ses entrées auprès des dirigeants. Hrefna pense qu'il a travaillé dans un service de l'École Lénine à Moscou. Le service en question rassemblait des informations sur les ressortissants étrangers. Évidemment, on n'obtenait pas de visa pour l'Union soviétique et on était encore moins admis à venir y étudier si les Russes ne savaient pas précisément à qui ils avaient affaire. Et, selon Hrefna, Vidar les assistait dans cette tâche.

– Pour qui travaillait-il exactement ?

– Hrefna n'est pas certaine de l'*apparat* auquel il appartenait. Mais il y avait des agents partout. Elle m'a dit que, plus tard, il l'a beaucoup aidée et qu'il était l'un des meilleurs représentants du mouvement socialiste. Hrefna ne parle jamais de partis, mais seulement de mouvements. Aujourd'hui, elle est dans le mouvement des femmes. Elle était très curieuse de savoir pourquoi je me renseignais sur Vidar, mais je crois que je me suis plutôt débrouillée.

– Nous aurions donc d'un côté un loyaliste dénué de sens de l'humour et, de l'autre, un homme affable pour ne pas dire exquis ?

– Elle dit qu'elle n'a rien à lui reprocher en dépit de ce que d'autres ont pu raconter sur lui.

Le match était fini. Les joueurs quittèrent le terrain et le public se dispersait peu à peu devant l'entrée du stade, sur la place Melatorg. Dagny et Marion restèrent à la fenêtre pour admirer la vue.

– J'aperçois Spassky parfois le matin quand il va à la boulangerie, nota Dagny. Il joue au tennis dans l'école de Melaskoli. On a installé un filet dans la cour de récréation spécialement pour lui. Il avait très envie de jouer et on s'est rendu compte que nous n'avions aucun court de tennis ici.

– Oui, j'ai vaguement lu ça dans les journaux, répondit Marion. On se plie en quatre pour les satisfaire. Pour ce qui est de Fischer, il nage à la piscine de Laugardalur au beau milieu de la nuit.

Dagny sourit.

– Mais toi, comment tu vas ? C'est bien la première fois que tu me rends visite dans le cadre d'une enquête.

– Vidar était au Parti, toi aussi, j'ai pensé me faciliter la tâche. En plus, j'avais envie de te voir.

– Quand je pense à ce meurtre au Hafnarbio, c'est vraiment affreux. C'est toi qui es chargée de l'enquête ?

– Toute la Criminelle y travaille, répondit Marion.

– C'est pour ça que tu me poses des questions sur Vidar ? C'est lié à cette enquête ?

– Tu es trop curieuse, Dagny. Tu l'as toujours été.

– Sans doute.

Dagny garda le silence un long moment.

– Tu as l'intention d'aller rendre visite à papa avant qu'il meure ? interrogea-t-elle subitement.

– Il m'a téléphoné deux fois en demandant à me voir, mais je n'ai rien répondu. J'aimerais bien qu'il arrête d'appeler. Ce serait mieux pour tout le monde. Je ne l'ai jamais connu, je ne le connais pas et il est trop tard pour y changer quoi que ce soit. Comment il va ?

– Il n'en a plus pour longtemps, répondit Dagny. Il regrette la manière dont il a agi avec toi, mais maman et grand-mère étaient aussi en partie responsables. Elles ne voulaient surtout pas que les gens apprennent l'existence de l'enfant de la bonne.

– Grand-mère a tout de même fait le nécessaire pour

moi. C'est elle qui a payé mon séjour au Danemark. Elle s'est adoucie avec le temps.

– C'est vrai, la vieille n'était pas entièrement mauvaise. Il y a des années que papa veut te voir. Il sait que nous sommes en contact. Il était incroyablement heureux quand il l'a appris.

– Nous ne le sommes que parce que tu as fait l'effort de me trouver, répondit Marion.

– Athanasius m'a ordonné de le faire. Il m'a dit que tout cela t'atteignait beaucoup, précisa Dagny.

– En réalité, c'était la seule personne dont j'avais vraiment besoin.

– C'est faux et tu le sais très bien, objecta Dagny. Tu souffres et je le comprends. Si ce n'était pas le cas, tu ne refuserais pas de rencontrer ton père.

Si Marion connaissait Dagny et sa sœur, c'est surtout parce que Athanasius leur avait régulièrement donné quelques nouvelles de l'enfant de la bonne. Puis, un jour, Dagny était venue à la bibliothèque municipale de Borgarbokasafn où Marion avait travaillé durant quelques années après la guerre. Elle s'était présentée et avait demandé à lui parler dans un endroit tranquille en ajoutant qu'Athanasius lui transmettait ses plus chaleureuses salutations. Marion l'avait emmenée à la cafétéria. Dagny lui avait alors expliqué avoir appris récemment que son père avait eu un enfant avec une domestique et que l'enfant en question avait lutté contre la tuberculose, maladie taboue dans un certain nombre de familles. La tuberculose avait servi de prétexte ; cela empêchait les deux sœurs de fréquenter Marion. Mais Dagny était convaincue que la famille avait décidé de taire l'affaire dès le début. Elle avait expliqué tout cela à Marion qui avait entendu la même chose de la bouche d'Athanasius. Dagny avait quitté le foyer familial, furieuse contre ses parents, et souhaitait, si possible, faire la connaissance de Marion.

– Un très brave homme, ce cher Athanasius, observa-t-elle en regardant le stade. Elle remplit la tasse de Marion. Tu sais, on nous a toujours dit qu'il était ton père.

Ça t'est arrivé d'aller chercher des truites avec lui ?

– Une seule fois, répondit Dagny. Puis il est parti. Il s'est disputé avec papa et il nous a quittés fâché.

– Il n'aurait pas dû faire ça, dit Marion.

– Ce n'est qu'à ce moment-là que j'ai compris qui tu étais et que je suis passée te voir à la bibliothèque. On m'avait caché toute la vérité. J'ai entendu toute leur dispute. Athanasius a fini par en avoir assez. Il me l'a dit. La famille aurait dû te reconnaître depuis longtemps et tu avais droit à ta part d'héritage.

– Ma part, répéta Marion. Ma part d'héritage, je m'en fiche. Et ce n'est pas nouveau.

– Ce n'est pas plus mal, tout a été englouti quand nous avons fait faillite.

– Tu sais, ça ne m'occupe pas beaucoup l'esprit. Je te le dis tout net. Tout cela remonte à tellement longtemps.

– Mais tu refuses quand même de rencontrer papa.

– Il n'a jamais été mon père. Il a été le tien, celui de ta sœur, mais pas le mien. Je ne le connais pas, pas du tout. Mais dis-moi donc, comment une riche héritière comme toi a-t-elle pu devenir une socialiste convaincue ?

– Je l'ignore, répondit Dagny en éclatant de rire. Ce n'est pas tout simplement une question de justice ? Et je suis opposée à la présence de ces militaires à Keflavik. Je suppose qu'il y a aussi une dose de révolte contre mes parents. Maman était encore plus snob que papa et grand-mère. Je crois qu'en réalité, c'est surtout à cause d'elle s'il n'a jamais essayé de te contacter avant ça.

Marion garda le silence.

– Je pense que cela te ferait du bien de le rencontrer, plaida Dagny.

Marion ne répondit ni par oui ni par non et tenta une nouvelle fois de changer de conversation.

– Pour revenir à ce Vidar, tu te souviens de lui ?

– Oui, répondit Dagny. Il venait à toutes les réunions, faisait des discours, c'était l'un des rouages principaux et il était très bien avec ceux qui avaient le pouvoir. Puis il s'est complètement retiré au moment de la fondation du Rassemblement populaire. Je ne l'ai pas revu depuis des années. Hrefna pense qu'il a conservé des liens avec Moscou.

– De quel genre ? Tu le sais ?

– Non, le plus simple serait que tu voies ça avec elle. Ce n'est pas très pratique de jouer les intermédiaires.

– Tu as sans doute raison, convint Marion. Mais c'est un sujet sensible, je veux pouvoir me fier à mes interlocuteurs. Il ne faudrait pas qu'ils aillent colporter ça partout en ville, cela risquerait de tout mettre en péril.

– Pendant son séjour à Moscou, il vivait avec une femme islandaise.

– Vidar ?

– Oui, et je crois qu'ils sont encore plus ou moins ensemble. Ils ont vécu sous le même toit à leur retour en Islande, mais ils habitent aujourd'hui chacun de leur côté, ce qui semble leur convenir. Il y a un certain nombre de gens qui fonctionnent comme ça, ajouta Dagny en regardant Marion.

– Et ils étaient amoureux ?

– Je crois savoir qu'ils le sont toujours.

– Cette femme, qui c'est ?

– Elle s'appelle Briet et il y a longtemps qu'elle ne s'occupe plus de politique. Je crois d'ailleurs que le sujet ne l'a jamais vraiment passionnée. C'est quelqu'un d'adorable. Elle travaille à l'hôpital national, comme infirmière. Pour notre part, nous préférons les appeler spécialistes en soins infirmiers.

Marion avala une gorgée de café et sortit son paquet de cigarettes.

– Tu fumes toujours, déclara Dagny.

– Oui. Et bien trop. J'essaie de m'en abstenir en dehors du travail.

– Est-ce bien raisonnable quand on pense à tes antécédents ?

Puisque j'ai survécu à la tuberculose, je devrais survivre à ça, répondit Marion en allumant sa cigarette. J'essaie de ne pas trop avaler la fumée.

– Hrefna m'a parlé des cigarettes qu'il fumait quand il vivait à Moscou, reprit Dagny. Elles empestaient.

– Qu'il fumait ? Qui donc ?

– Vidar. Des saloperies fabriquées en Russie. On les appelle *papiroska*, non ?

– *Papiroska ?*

– Eh bien oui, ce n'est presque rien d'autre que des tubes de papier. Hrefna m'a dit le nom de la marque. C'est celui d'un canal.

– Belomorkanal ?

– C'est ça ! Belomorkanal !

27

Albert avait promis à ses parents de les aider au jardin en bord de mer qu'ils avaient dans la petite ville de Kopavogur. Pendant que Marion s'entretenait avec Dagny, il coupait l'herbe derrière la maison avec une vieille tondeuse à essence qui calait constamment. Son père dirigeait une petite entreprise qui importait des fruits frais venus des pays chauds. Il lui semblait parfois, dans son souvenir, n'avoir rien mangé d'autre pendant toute son enfance que des pommes délicieuses, des oranges et des prunes bien juteuses.

La tondeuse cala une fois de plus. Il lui fallut un long moment pour la remettre en route. Elle redémarra finalement. Il finit de tondre ce qui restait de la pelouse en repensant à la conversation qu'il avait eue plus tôt dans la journée avec Klara, la mère de Ragnar.

Les parents du jeune homme avaient lu dans la presse cette histoire d'étrangers, ils étaient au courant de l'existence de la mystérieuse jeune femme et avaient appris que Hinrik avait été placé en détention provisoire avant d'être relâché quelques jours plus tard. Chaque fois que les journaux publiaient de nouvelles informations, ils avaient contacté la police par téléphone ou s'étaient rendus au commissariat de Borgartun. Albert et Marion s'étaient efforcés de les informer de la progression de l'enquête en leur demandant de ne surtout pas accorder trop d'attention ni de crédit à ce que racontaient les médias.

Albert était allé voir Klara à Breidholt. Il avait à nouveau enjambé le tas de planches et d'armatures en acier toutes rouillées au pied de l'immeuble. Le quartier s'accroissait à toute vitesse sur les collines voisines. Chaque jour, on perçait de nouvelles rues. La construction des immeubles avançait et les terrains de jeux s'emplissaient de gamins qui, à leur tour, bâtissaient des petites cabanes avec les planches qui traînaient ici et là. Les occupants ressemblaient à des pionniers venus prendre possession de ces lieux nouveaux, ces immeubles en béton brut qui s'étendaient dans toutes les directions et n'avaient pas encore reçu un coup de peinture.

Albert aurait tant voulu répondre aux questions de Klara, mais il n'avait pas grand-chose à lui dire qui lui eût apporté un peu de réconfort. Il préférait s'abstenir de lui exposer les hypothèses de Marion sur la présence d'un Russe et d'un Américain dans la salle du Hafnarbio. La police ne détenait pas les preuves suffisantes pour établir un lien entre ces deux hommes et le meurtre de Ragnar. Elle ignorait leur identité, ne voyait pas comment faire pour la découvrir et, en fin de compte, rien ne permettait d'affirmer qu'ils existaient réellement.

– Si je comprends bien, l'enquête est au point mort, avait-elle observé, polie et calme, comme toujours. Vous n'avez pas avancé, n'est-ce pas ?

– Nous y travaillons jour et nuit, avait répondu Albert, mais il semble que les choses soient plus complexes que nous ne l'avons cru au premier abord.

– Qui donc a bien pu vouloir lui faire ça ? avait répété Klara une fois encore.

– Je vous l'ai déjà dit, il s'agit manifestement d'un simple et terrible hasard. L'agression ne semble pas avoir été préméditée. Votre fils était au mauvais endroit au mauvais moment. C'est exactement pour cette raison que les choses sont aussi compliquées. Il s'est trouvé dans une situation sur laquelle il n'avait aucune prise, et qui a conduit à sa mort.

– À cause de ce magnétophone ?

– Pour l'instant, c'est le seul motif qui nous vienne à l'esprit.

– Il aurait enregistré une conversation confidentielle ?

– Oui.

Klara s'était tue un long moment. On n'entendait rien d'autre que des coups de marteau dans le lointain.

– C'est bien maigre, avait-elle observé.

– Nous vous préviendrons dès que nous aurons du nouveau, avait promis Albert.

– Je… Voyez-vous, c'est étrange. Ce matin, je suis allée dans sa chambre pour le réveiller.

Elle lui avait adressé un regard intense.

– Je me suis levée tôt, j'étais encore à moitié endormie, je ne savais pas trop ce que je faisais, et je me suis retrouvée dans sa chambre. Puis je me suis tout à coup souvenue qu'il n'était pas là. Je ne sais pas pourquoi j'ai fait ça. Peut-être parce que j'ai rêvé de lui toute la nuit. Un court moment, j'ai eu l'impression qu'il était encore là. Que tout était comme avant. Et puis…

– Nous vous contacterons dès que nous trouverons quelque chose, avait dit Albert après un long silence. Je vous le promets.

Il termina de tondre la pelouse, ratissa et mit l'herbe dans un sac avant d'aller rejoindre son père pour l'aider à installer sur une petite remorque des saletés qu'il avait triées dans son garage. Ses filles accoururent et montèrent dans la voiture en criant joyeusement après avoir bu un soda et mangé quelques gâteaux dans la cuisine de leur grand-mère. Puis il roula prudemment jusqu'aux tas d'ordures du cap de Gufunes où il commença à vider la remorque tandis que les petites le regardaient faire par la vitre arrière. Il s'empara d'un vieux traîneau et le garda un moment en main, hésitant. Pala ouvrit sa portière.

– À qui appartient ce traîneau ? demanda la gamine.

– Il était à moi, mais il est cassé.

– Pourquoi tu veux le jeter ?

– Parce qu'il est cassé, répondit Albert en lui montrant le patin brisé sous l'assise.

– Tu ne peux pas le réparer ?

– Non, répondit Albert avant de balancer l'objet sur le tas d'ordures.

– On pourrait le garder à la maison, suggéra Pala.

– Personne ne garde un traîneau chez soi, observa Albert, tandis qu'il attrapait une vieille valise pour la jeter, elle aussi.

– Je le mettrais dans le salon, il pourrait servir de siège pour les enfants, répondit Pala en regardant son père.

– Dans le salon ?

– Oui, ça serait bien pour les enfants.

– C'est vraiment pour te faire plaisir, dit-il à sa fille quand ils furent remontés en voiture avec le traîneau dans la remorque.

La radio diffusait une émission consacrée au rock américain. C'était des plus inhabituels. Les soirées étaient en général réservées aux concerts. Albert écoutait beaucoup de rock. Il avait admiré les Beatles dès leurs débuts et cette passion ne s'était jamais démentie. Il s'était précipité pour acheter *Sgt. Pepper's Lonely Hearts Club Band* et considérait qu'il s'agissait du meilleur disque de tous les temps. Il écoutait Cream, suivait Clapton, mais s'intéressait aussi à Hendrix et Neil Young, le troubadour folk. Il avait adoré lorsque Miles Davis avait introduit les instruments électriques dans le jazz, *Bitches Brew* était l'un de ses albums préférés. Il avait un peu appris la guitare et créé un groupe avec trois de ses amis, mais l'expérience avait vite tourné court.

C'est avec eux qu'il était allé en excursion à Thorsmörk, où il avait rencontré Gudny. Elle y était venue avec quelques copines qui avaient, comme elle, un travail pour l'été au Service des cimetières de Reykjavik et avait bu un peu trop de ce cocktail au gin qu'elles avaient préparé ensemble. On avait allumé un immense feu de camp, tout le monde s'était assis autour et elle lui était littéralement tombée dans les bras.

Le soir, lorsqu'il avait le temps, il grattait un peu sa guitare et composait des mélodies et des textes que personne n'entendait jamais, si ce n'était Gudny. Amateurs de chansons et de ballades islandaises, ils avaient des disques de groupes comme Hljomar et Trubrot. Ces derniers temps, Gudny fredonnait beaucoup *Au soleil et dans la chaleur de l'été*, la chanson que le groupe d'Ingimar Eydal venait juste de sortir. Et récemment, elle avait offert à Albert un disque datant du printemps qu'elle avait acheté par hasard à Bokasala Studenta, la Librairie des étudiants. Ils avaient écouté *Le Vieux Gris mal en point* et *Accompagne-moi au pays des fleurs, mère-grand*. Ils étaient d'accord pour dire que le chanteur, un certain Megas, était drôlement doué.

La radio diffusait les premières notes d'un autre

morceau de rock. Les deux cadettes s'étaient endormies sur la banquette arrière et Pala regardait la circulation par sa vitre. Lorsqu'il rentra chez lui, l'air était chargé d'humidité et le ciel, lourd de nuages. Gudny l'informa que Marion avait tenté de le joindre. Il téléphona immédiatement au commissariat, en vain. Il attendit une vingtaine de minutes avant de l'appeler à son domicile. Il était plus de onze heures du soir. Marion décrocha.

– Tu as essayé de me joindre ? s'enquit Albert.

– J'ai réfléchi à l'hypothèse d'un troisième homme, posté aux alentours du cinéma. Je ne me rappelle plus si nous en avons discuté, mais ça peut attendre demain. Je n'avais pas vu qu'il était aussi tard. Je voulais évoquer une ou deux questions avec toi.

– Ils auraient été trois ? répondit Albert. Je l'ai vaguement envisagé. Le troisième est sans doute russe, il suffit de penser à ce paquet de Belomor.

– Et s'il était islandais ? suggéra Marion. Il y a des gens qui fument ces cigarettes-là en Islande.

– Pourquoi il le serait ?

– Ce n'est qu'une idée et ce serait bête d'exclure cette hypothèse.

– Ça impliquerait qu'il avait connaissance de ce rendez-vous dans le cinéma, observa Albert. Quel moyen il avait d'être au courant ?

– Il est en contact avec l'une des deux personnes en question, répondit Marion, se refusant à mentionner le nom de Vidar. Ou alors, il a été informé de cette rencontre par un autre biais.

– Il sait de quoi les deux hommes vont parler ?

– C'est possible.

– Et il sait que le gamin a été assassiné pendant le rendez-vous ? Ou plutôt, suite à ce rendez-vous ?

– C'est certain.

– Et il connaît leur identité ?

– Eh bien, on peut en effet le supposer.

– Dans ce cas, pourquoi il ne vient pas tout nous raconter ?

– Telle est la question.

– Qu'est-ce qui te fait croire qu'il serait islandais ?

– Je suis incapable de te le dire. Je trouve juste idiot d'exclure cette possibilité.

– Et s'il l'est, à quel micmac il se livre ?

– Je me suis dit que j'allais te laisser la nuit pour méditer sur ça, conclut Marion. Transmets le bonjour de ma part à ta petite Pala.

Quand ils se furent mis au lit, Gudny prit Albert dans ses bras, l'embrassa et lui demanda ce qu'il comptait faire de ce traîneau qu'il venait de rapporter à la maison. Il lui répondit qu'il allait le réparer, gratter la rouille qui s'y était déposée et le repeindre avant de le donner à Pala. La petite voulait le mettre dans le salon, mais à son avis c'était peut-être aller un peu loin.

– Ce n'est pas une mauvaise idée, déclara Gudny en laissant sa main descendre sur le ventre de son époux.

– Je crois que Marion ne me dit pas tout dans l'enquête sur le gamin assassiné au Hafnarbio, observa Albert après un silence.

– Qu'est-ce qui te le fait croire ?

– C'est juste une impression, mais c'est insupportable.

– Pourquoi tu n'en parles pas à…

– Je vais le faire, répondit Albert. Si ça continue comme ça.

– Et ces cachoteries, en quoi elles consisteraient ?

– Il y a un truc. Notre conversation de tout à l'heure… Marion en sait plus que moi. Et ce n'est pas comme ça qu'on doit procéder dans une enquête.

– De quoi il s'agit ?

– Je n'en sais rien.

Gudny passa sa main sur le nombril d'Albert jusqu'à atteindre sa toison. Elle tira très doucement sur les poils.

– Je pourrais m'en servir pour mettre un pot de fleurs.

– Te servir de quoi ?

– Du traîneau.

– Ce serait sans doute joli, répondit Albert en l'embrassant.

– Les petites sont sûrement endormies, tu ne crois pas ? murmura-t-elle.

– Oui, sans doute.

Elle le sentait grossir dans sa main.

Albert poussa un petit gémissement.

– Je te fais mal ? demanda Gudny.

– Non, répondit-il en caressant ses cheveux qui avaient l'odeur de l'été. Ils s'embrassèrent avec gourmandise, elle descendit sa tête jusqu'à sa poitrine et à son ventre, il sentit sa langue brûlante l'embrasser, lui donner des baisers qui devenaient de plus en plus longs, de plus en plus profonds, humides et silencieux comme la nuit.

Marion se gara sur le parking de l'école de Laugarnesskoli, se dirigea vers la piscine de Laugardalur, contourna discrètement les trois voitures garées devant l'entrée et longea les imposants gradins.

Le périmètre de la piscine était grillagé à l'est. Marion trouva un endroit depuis lequel on pouvait observer les grands bassins, les bains d'eau chaude, les cabines extérieures et les entrées des douches. Quelques hommes emmitouflés se tenaient au bord du grand bain et discutaient. Certains fumaient, d'autres avaient les mains plongées dans les poches. Tranquilles, ils profitaient du calme de la nuit. Marion, qui suivait de près l'actualité du duel d'échecs, crut reconnaître l'un d'eux – un conseiller omniprésent – pour avoir déjà vu sa photo dans la presse.

La porte de la douche des hommes s'ouvrit et un grand échalas voûté en sortit, en maillot de bain. Il adressa quelques mots aux hommes qui lui répondirent en riant, longea le bord du bassin, étendit ses longs bras devant lui, courba le dos, plia les genoux et plongea.

Marion le reconnut immédiatement, ses gestes résolus, ses attitudes typiques, ses cheveux bruns. Albert disait vrai. Bobby Fischer nageait la nuit.

Les journaux racontaient qu'il tenait à se maintenir en forme. Il commença par effectuer quelques longueurs en nageant à toute vitesse, puis ralentit, se retourna, fit la planche et plongea, tranquille, détendu dans la quiétude nocturne, profitant de cette piscine pour lui tout seul, heureux d'être dans son monde, libéré de l'échiquier l'espace d'un instant peut-être.

À le voir se baigner ainsi, on n'aurait pas imaginé qu'il était au sommet de sa gloire, que la Terre entière était suspendue à chacun de ses mouvements, que les grandes puissances tremblaient et s'agitaient autour de lui. Rien ne disait que le monde connaîtrait un jour un autre joueur d'échecs de la trempe de Bobby Fischer. Un joueur qui tiendrait un rôle historique aussi important, un homme auquel on en demanderait tant, et qui plierait le monde des échecs à sa volonté. Seul face au pays qui détenait le monopole du titre depuis un quart de siècle, il allait peut-être devenir le premier Américain champion du monde dans cette discipline. Respecté par son adversaire. Admiré par des millions de gens.

Et il nageait là, dans le grand bassin de Laugardalur comme si tout cela ne le concernait en rien. Comme s'il était redevenu le Bobby que personne ne connaissait à l'époque où il s'amusait dans les rues de Brooklyn.

Au bout d'un long moment, il regagna le bord. Son corps fumait, la vapeur montait dans la fraîcheur de la nuit. Il lança quelques mots aux hommes tout en retournant vers les douches et avait disparu quand Marion s'éloigna.

28

Vidar arriva à la Compagnie d'électricité de Reykjavik à neuf heures précises le lendemain. Marion avait pris sa voiture pour aller surveiller discrètement son domicile dès six heures du matin. Vidar habitait une petite maison en ciment de la rue Skeggjagata, dans le quartier de Nordurmyri. Au bout d'un certain temps, on distingua du mouvement à l'intérieur : le maître des lieux était debout. Dagny avait affirmé que Vidar vivait seul. Même s'il ne s'était jamais marié, il formait sans doute encore un couple avec Briet, qu'il avait rencontrée à Moscou, mais dont il n'avait pas eu d'enfants.

Des lève-tôt habitaient dans le quartier. Un homme robuste porta quelques cannes à pêche dans une jeep, aidé par un gamin à lunettes qui lui servait d'aide. Ils s'installèrent dans la voiture, descendirent la rue et disparurent sans accorder à Marion la moindre attention.

À la radio, les informations parlaient une nouvelle fois du duel. La treizième partie se jouerait plus tard dans la journée. Le comportement tout à fait déplacé de Fischer devant l'échiquier alimentait les critiques. En proie à une agitation permanente, il se rongeait les ongles quand il ne se curait pas le nez ou les oreilles. Face à ce spectacle, le champion du monde restait de marbre. Marion se souvint qu'avant la septième partie, Spassky s'était procuré un fauteuil du même style que celui sur lequel son adversaire était assis depuis le début du duel. Les conseillers de Fischer avaient vigoureusement protesté. L'un d'eux avait même tenté de lancer ledit fauteuil dans la salle, mais le personnel de Laugardalshöll l'en avait empêché. Les paroles de Josef lui revinrent tout à coup à l'esprit : mesurons-nous vraiment les enjeux de ce duel ?

En cette heure matinale, le quartier de Nordurmyri était calme. Un homme passa à côté de la voiture sans prêter attention à la silhouette assise au volant et continua sa route d'un pas lourd vers le sud. C'était Ellidi, délinquant à la petite semaine et fumier notoire, bien connu des services de police. Râblé, vêtu d'un anorak vert, il avançait tête baissée en claudiquant légèrement, comme s'il avait une jambe plus courte que l'autre. Marion le suivit du regard et le vit tout à coup disparaître dans un escalier menant à un sous-sol.

Quelques minutes avant neuf heures, la porte du domicile de Vidar s'ouvrit. Un homme âgé d'une bonne soixantaine d'années, et qui semblait correspondre à la description fournie par Dagny, sortit sur le perron. Il ferma soigneusement à clef derrière lui, actionna deux fois la poignée, se dirigea vers sa Moskvits et s'installa au volant. La voiture démarra après quelques hoquets et remonta la rue Skeggjagata jusqu'à Raudararstigur en dépassant Marion qui se coucha presque sur le siège du passager. Vidar emprunta le chemin le plus court pour rejoindre le siège de la Compagnie d'électricité où il arriva à neuf heures précises.

Ne voyant aucune raison de traîner devant les bureaux, Marion se rendit au Skulakaffi pour prendre un bon petit-déjeuner, boire un café et jeter un œil aux journaux avant de rouler vers Borgartun. Son collègue étant absent, Marion s'allongea sur le canapé et, bientôt, une drôle d'idée lui vint à l'esprit. L'hypothèse du troisième homme dont Josef lui avait parlé n'était jamais bien loin. Plusieurs éléments indiquaient qu'il s'agissait de Vidar. Il avait étudié à Moscou et, à une période de sa vie, il avait fumé des cigarettes de la même marque que le paquet trouvé aux abords du Hafnarbio. L'appel téléphonique l'informant du rendez-vous dans la salle de cinéma établissait un lien direct entre lui et le meurtre. Vidar était au courant du rendez-vous entre l'Américain et le Russe, pour peu que le second ait vraiment été russe. Il était évident qu'il avait dû agir dans la plus totale discrétion. Sans doute un deuxième rendez-vous de ce type n'était-il absolument pas envisageable.

Dans des circonstances habituelles, Marion n'aurait pas hésité à se rendre chez lui, à le cuisiner, voire à exiger qu'il soit placé en garde à vue ou en préventive. Mais Josef lui avait dévoilé des informations confidentielles et il ne fallait pas trahir sa confiance. Il convenait de recourir à d'autres moyens pour se procurer sur Vidar des renseignements qui permettraient d'établir un lien entre lui et le meurtre du Hafnarbio.

La police disposait de l'empreinte d'un pouce presque entière, relevée sur le paquet de cigarettes. Marion allait s'endormir sur son canapé quand l'idée lui vint à l'esprit d'aller relever les empreintes digitales de Vidar à son insu.

Le chef de la Scientifique se montra des plus dubitatifs.

– Et où tu comptes les trouver ? lui demanda-t-il, l'air indifférent, devant sa tasse de café et sa viennoiserie.

– Il conduit une Moskvits assez neuve qui doit être couverte de ses empreintes.

– Pourquoi tu ne le convoques pas ici ?

– Un certain nombre de choses s'y oppose.

– Nous pourrions aussi aller chez lui.

– Même problème.

– Qu'est-ce qui nous empêche d'interroger ce bonhomme ?

– Pour l'instant, ce serait contraire aux intérêts de l'enquête.

– Les intérêts de l'enquête ! éclata le chef de la Scientifique, projetant quelques miettes dans sa tasse de café. Tu me prends pour qui ? Pour un de ces crétins de journalistes ? Qu'est-ce que tu me caches ? Nous n'avons pas le droit d'aller relever les empreintes des gens où bon nous semble, partout en ville sans autorisation ! Ton idée est ridicule et tu le sais très bien !

– C'est lié directement au paquet de cigarettes que j'ai trouvé, concéda Marion.

– À côté du Hafnarbio ?

– Oui.

Le chef de la Scientifique trempa sa pâtisserie dans son café.

– C'est possible que nous ayons les empreintes de cet homme ? Comment s'appelle-t-il ?

– Je ne peux même pas te dire son nom, répondit Marion. En tout cas, pour l'instant. J'ai parcouru nos fichiers d'empreintes digitales et il n'y figure pas.

– Marion, enfin ! Que signifient ces cachotteries ? Ça ne te ressemble vraiment pas.

– Cette affaire est très complexe. Je veux explorer cette piste et je préfère avoir des choses solides entre les mains. Je ne peux pas lui dire pour quelle raison nous nous intéressons à lui et j'imagine qu'il serait furieux. Il faut bien que je me fonde sur des éléments tangibles. J'ai besoin de ton matériel. Je te le rapporte d'ici une heure.

– Quel professionnalisme ! s'exclama son collègue.

– Comment ça ?

– Tu passes ton temps à nous rabâcher que nous devrions être plus professionnels et voilà que tu fais tes petits coups en douce.

– Cette enquête est d'une nature bien particulière.

– Ça ne nous donne pas le droit de nous comporter comme des rustres, des paysans islandais mal dégrossis !

– Eh bien, soit !

– Rappelle-moi la marque de son véhicule.

– C'est une voiture russe, une Moskvits.

– Tu as de la chance, observa le chef de la Scientifique. La poignée de la portière est presque aussi efficace pour retenir les empreintes que les tampons que nous utilisons. Tommi va t'expliquer comment on fait.

Une heure plus tard, Marion se trouvait à nouveau devant les bureaux de la Compagnie d'électricité avec une petite boîte de tabac à priser remplie de poudre, un pinceau, un rouleau d'adhésif et les explications de Tomas en tête. Une loupe peut être bien utile, lui avait dit son collègue. Marion n'avait jamais utilisé aucune loupe de toute sa carrière et refusa catégoriquement de le faire.

La Moskvits de Vidar était garée un peu à l'écart du bâtiment de la Compagnie d'électricité, à côté d'un buisson qui la mettait à l'abri des regards indiscrets. Comme son supérieur, Tomas avait dit à Marion qu'il était préférable de se concentrer sur la poignée de la portière, chromée et plate. Quand on l'ouvrait, quatre doigts se plaquaient sur la face arrière et tiraient tandis que le pouce appuyait sur le devant où il laissait sans doute des empreintes très lisibles.

Marion ne céda pas à la précipitation et surveilla les alentours pendant une demi-heure avant de se mettre au travail. Personne ne s'était intéressé au véhicule durant tout ce temps. Marion approcha, regarda la poignée et y repéra à l'œil nu des empreintes tout à fait visibles. Il fallait souffler sur la poudre afin d'en couvrir la surface. Les grains extrêmement fins venaient se déposer sur le chrome. Ensuite, il suffisait d'ôter le surplus à l'aide du pinceau, de placer l'adhésif sur la poignée, d'appuyer en douceur et de le décoller avant de le mettre dans un étui. L'opération dura à peine deux minutes.

Un peu plus tard, Marion remit l'étui au chef de la Scientifique et lui demanda de procéder à une analyse comparative avec l'empreinte relevée sur le paquet de cigarettes et celle trouvée dans la salle du cinéma. C'était extrêmement urgent.

Pendant que Marion commettait son forfait, Albert avait retrouvé la dernière personne que la police devait interroger parmi les spectateurs présents à la séance de cinq heures : l'amant de Viktoria. Il était en vol depuis que sa maîtresse avait rencontré les deux policiers à Skulakaffi et il venait de rentrer en Islande. Albert lui avait téléphoné et ils avaient opté pour une rencontre qui n'aurait lieu ni au domicile du pilote ni au commissariat de Borgartun.

– Vous n'avez pas trouvé mieux ? déclara l'homme, sarcastique, en s'installant face au policier à Skulakaffi, peu après le coup de feu de midi.

– Ils font un excellent café, répondit Albert, qui ne voulait pas se confondre en excuses. Et c'est un endroit tranquille.

Le pilote portait une tenue estivale, un coupe-vent

dans les tons clairs et un jean. Il était svelte et beau garçon, très beau garçon, aurait sans doute souligné Gudny. Il avait une barbe épaisse, mais soigneusement taillée, les cheveux longs, tout comme Albert, et arborait un air concentré, comme s'il était constamment en phase d'atterrissage. Viktoria avait manifestement eu le temps de lui relater son entrevue avec la police. Sachant de quoi il retournait, il en vint droit au fait.

— Je suis incapable de vous dire ce qui s'est passé dans ce cinéma, déclara-t-il. J'ai eu peine à le croire quand j'ai lu dans les journaux du lendemain que ce gamin avait été assassiné pendant la séance de cinq heures. C'est ahurissant. Quel que soit le gars qui a fait ça, il lui a réglé son compte en moins de deux et personne n'a rien vu. Vous avez une idée de l'identité de l'assassin ?

— Avez-vous remarqué cet homme que Viktoria dit avoir vu...

— Celui de l'hôtel Loftleidir ? coupa le pilote. Non, on peut dire que je rasais les murs. Je suis allé au cinéma uniquement pour voir Viktoria. Vous avez interrogé son mari ?

— Non.

— Vous allez devoir le faire ?

— Je n'en sais rien, répondit Albert.

— Et vous devrez mentionner mon nom ?

— Je n'en sais rien, répéta Albert.

— C'est mon ami, vous comprenez.

— Je ne pense pas que cela me concerne, observa Albert.

— Ok, dans ce cas, vous ne lui parlerez pas de moi.

— Je n'ai jamais dit ça.

— Viktoria veut tout lui dire, elle veut divorcer pour venir vivre avec moi. J'ai une famille...

– Cela ne me concerne pas, répéta Albert, qui n'avait pas envie d'écouter le récit des épreuves endurées par l'homme infidèle. Avez-vous remarqué la présence d'étrangers dans la salle ?

– Des étrangers ?

– Oui.

– Je ne vois pas, à part cet homme que Viktoria a vu au Loftleidir. Vous savez qui c'est ?

– L'avez-vous remarqué quand il a quitté la salle ?

– Non, je n'y ai pas fait attention, contrairement à Viktoria. Ça devrait vous suffire, non ? Si vous interrogez son mari, vous devrez aussi voir ma femme ?

– Personne n'a l'intention d'aller interroger le mari de Viktoria, répondit Albert.

– Tant mieux, soupira le pilote, comme si le policier venait de lui accorder une faveur personnelle.

29

Plus tard dans la journée, Marion se rendit chez Hrefna, qui avait connu Vidar à Moscou dans les années 30. Dagny l'avait prévenue de s'attendre à une visite de la police qui voulait se renseigner sur lui. Hrefna avait eu le temps d'aiguiser sa curiosité quand elle ouvrit sa porte.

– C'est vous qui êtes de la police ? interrogea-t-elle. Marion comprit immédiatement qu'il allait falloir redoubler de vigilance.

– Dagny vous a téléphoné ?

– Oui, elle m'a parlé, entrez, je vous en prie. Que désirez-vous savoir sur Vidar ? demanda-t-elle en refermant la porte. Installons-nous au salon, je vous en prie, répéta-t-elle. Puis-je vous offrir une tasse de café ?

Hrefna vivait avec son mari dans un appartement spacieux du quartier des Hlidar. Ce dernier n'était pas à la maison cet après-midi-là et elle ne mentionna pas son nom. C'était une petite femme légèrement enveloppée, aux cheveux mi-longs. Dagny avait précisé que Hrefna traduisait le russe et qu'elle était traductrice assermentée.

Comme toujours, Marion accepta la tasse de café qu'on lui offrait, puis s'installa dans l'un des fauteuils du salon.

– Dagny m'a dit qu'elle et vous étiez…

– Nous avons le même père, en effet, compléta Marion.

– Elle est toujours aussi adorable, observa Hrefna. Elle m'a raconté que vous aviez eu la tuberculose.

– Ah bon ?

– C'est que… Vous savez, j'ai un oncle qui a eu cette maladie et il a, comme vous, séjourné au sanatorium de Vifilsstadir.

– Ah bon ?

– Mais il était bien plus âgé que vous. Et il est mort. C'était le frère de mon père. Tous deux étaient très proches et je me souviens que papa allait souvent le voir à l'hôpital.

– Ce n'était pas si mal d'être là-bas, répondit Marion histoire d'alimenter la conversation tout en se demandant pourquoi Dagny avait parlé à Hrefna de sa maladie. Sans doute avait-elle voulu lui faciliter les choses et l'aider à briser la glace avec son interlocutrice.

– Il y a eu pas mal de cas de tuberculose dans la famille, mais nous y avons échappé. Cela dit, la maladie frappait sans discernement.

– En effet, elle n'épargnait personne, convint Marion. N'importe qui pouvait la contracter.

– Dites-moi, dans quelle histoire Vidar s'est-il fourré ? s'inquiéta Hrefna en allant chercher la cafetière dans la cuisine. Elle revint quelques instants plus tard au salon et Marion attendit pour lui répondre qu'elle se soit rassise et qu'elle ait rempli leurs tasses.

– Il s'agit, enfin, c'est ce que nous pensons, d'irrégularités dans les registres comptables de la Compagnie d'électricité où il travaille, expliqua Marion en prenant soin de bien choisir ses mots. Il faut absolument que cela reste entre nous, j'espère que vous le comprenez.

Pour l'instant, nous ignorons le rôle qu'il joue dans cette affaire, pour peu qu'il y soit impliqué d'une manière ou d'une autre. Nous nous contentons de rassembler quelques informations. La Compagnie d'électricité nous a priés de procéder avec la plus grande discrétion.

– Ah bon ? Donc, vous ne l'avez pas encore interrogé ?

– Non, nous rassemblons des renseignements sur les personnes susceptibles d'être impliquées dans cette affaire. Dagny m'a dit que vous le connaissiez, c'est pourquoi je m'adresse à vous. Apparemment, vous étiez à Moscou en même temps que lui.

– Vidar a toujours été un vrai rustre, répondit Hrefna, et je ne l'ai jamais beaucoup apprécié, mais je ne le pensais pas malhonnête. Ce serait une nouveauté.

– Non, comme je viens de vous le dire, nous ne faisons que vérifier certains détails. Rien ne prouve qu'il ait enfreint la loi. Nous enquêtons sur plusieurs employés de la compagnie. Un rustre, vous dites, comment ça ?

– Il n'a jamais été très sociable et fréquentait très peu les Islandais présents à Moscou, à part sa chère Briet, bien sûr. Mais bon, quand il y avait des réunions, il était quand même là. On nous encourageait vivement à y assister et à faire notre autocritique. À cette époque, les ennemis étaient les socio-démocrates et il fallait leur casser un maximum de sucre sur le dos.

– Cette Briet dont vous parlez, elle est infirmière, c'est bien ça ?

– Oui. Elle a étudié la littérature russe, mais elle a fini par s'en désintéresser et a entrepris des études d'infirmière, au Danemark, je crois, et aussi en Islande.

– Et ils étaient ensemble à Moscou ?

– Oui, mais ils ne se sont jamais mariés, ils ne vivent pas sous le même toit et n'ont pas d'enfants.

Ils n'ont jamais fondé une famille. Je ne sais pas, ils trouvaient peut-être ça trop petit-bourgeois pour eux, enfin, ils vivent comme ça depuis toujours. Ce sont de drôles de numéros.

– Vidar travaillait-il pour les autorités russes quand il était à Moscou ?

– En fait, je ne crois pas qu'il ait fait grand-chose pour les Russes. On m'a dit qu'il vérifiait les permis de séjour et les laissez-passer des Islandais. Tous ceux qui entraient en Russie étaient évidemment très surveillés, d'ailleurs, ça n'a pas changé. En revanche, cette activité l'a sans doute amené à lier connaissance avec les Russes bien plus que nous. Cela lui a ouvert des portes qui étaient fermées à beaucoup de gens.

– Comme par exemple ?

– Il avait un petit appartement à sa disposition. Pour notre part, nous devions nous partager des chambres. Il s'agit de ce genre de privilèges. Il avait plus de liberté de mouvements. Par exemple, il est allé voir le canal de la mer Blanche ou de Belomor et il a trouvé ça superbe. Il fumait ces cigarettes infâmes qui portaient le même nom : les Belomorkanal. Soljenitsyne parle de ce chantier pharaonique dans ses livres, il décrit les camps de travaux forcés et les conditions de détention des prisonniers. Laissez-moi vous dire qu'il n'est pas aussi élogieux que Vidar !

– Pensez-vous, ou plutôt pensiez-vous à l'époque que Vidar travaillait pour les Russes dans un autre domaine que celui des visas et des laissez-passer ? Aviez-vous des raisons de soupçonner ce genre de choses ?

– Vous voulez dire qu'il nous aurait surveillés, voire espionnés ?

Marion hocha la tête.

– Non, je ne crois pas, répondit Hrefna.

– Et après son retour en Islande ?

– Non, enfin, disons que je n'ai pas réfléchi à la question, observa Hrefna en fronçant les sourcils, subitement pensive. C'est en rapport avec la Compagnie d'électricité ?

– Non, ce ne sont que des divagations personnelles, répondit Marion en se forçant à sourire. Je trouve que c'est une période très intéressante.

– On faisait partie de la section des Pays nordiques du Komintern, l'internationale communiste basée à Moscou, et Vidar a étudié à l'École Lénine, reprit Hrefna. On y enseignait les techniques de propagande. Cet établissement était destiné à former les futurs cadres du Parti qui devaient connaître ces techniques et il accueillait aussi des étrangers qui, lorsqu'ils seraient rentrés chez eux, participeraient à l'organisation du Parti. Bien qu'il n'en ait jamais rien dit, je ne crois pas que ce qu'il a entendu à Moscou lui ait beaucoup plu. Surtout quand les persécutions contre les ressortissants étrangers ont commencé. C'est à ce moment-là que j'ai plié bagage pour rentrer en Islande.

– Qu'enseignait-on à l'École Lénine ?

– Les matières habituelles. Les textes fondateurs du marxisme-léninisme. Le matérialisme historique. Quelques matières scientifiques et ce genre de choses. Et aussi les activités souterraines.

– Espionnage et renseignements ?

– Dans une certaine mesure, évidemment. Le parti communiste était interdit dans un grand nombre de pays. Ce n'était pas le cas en Islande, mais il y avait des endroits où le Parti était illégal. On devait donc former ceux qui seraient confrontés à ces situations. J'ai toujours eu l'impression que cette École Lénine poursuivait d'autres buts que ceux qui étaient avouables.

– Et Vidar dans tout cela ?

– Il a bien sûr beaucoup fréquenté les Russes, aussi bien personnellement que par ses activités au sein du parti socialiste. Il a fait un tas de voyages en URSS, sur invitation du parti communiste soviétique, et il est aussi allé en Chine et dans les pays d'Europe de l'Est.

– Cela faisait partie de son travail. On m'a dit qu'il avait pris ses distances avec le Rassemblement populaire.

– Je crois qu'il lui a été difficile de justifier à ses propres yeux l'invasion de la Hongrie. D'ailleurs, il n'y a pas grand monde qui soit capable de le faire. Puis, quand les chars sont entrés en Tchécoslovaquie, il a perdu la foi. C'est du moins ce que j'ai entendu.

– Et il fume toujours les mêmes cigarettes ?

– Je crois. En tout cas, la dernière fois que je l'ai croisé, il en fumait encore. Et je suis certaine qu'il a gardé contact avec ses amis en Union soviétique. J'ai d'ailleurs appris récemment que l'un d'entre eux est très haut placé dans la nomenklatura, la clique qui détient le pouvoir.

– Ah bon ?

– Je me rappelle l'avoir vu à Moscou, il n'a pas beaucoup changé depuis cette époque.

– Qui est-ce ? Quelqu'un que vous avez rencontré ?

– Non, je ne l'ai pas rencontré, je l'ai simplement vu en photo dans *Thjodviljinn*, "La Volonté du peuple", le journal communiste. Je crois que je n'ai pas encore jeté le numéro en question. Je ne saurais dire pour quelle raison, mais il fait partie de la délégation.

– La délégation ?

– Celle qui accompagne Ivanov, le ministre soviétique des Sports. Il est en Islande pour le duel d'échecs. Vous en avez sans doute entendu parler.

Hrefna se leva, alla dans la cuisine et en rapporta quelques vieux numéros de *Thjodviljinn*. Elle les passa en revue avant de trouver celui qu'elle cherchait et le tendit à Marion. Le gros titre mentionnait la visite en Islande d'Ivanov, accompagné de quelques apparatchiks.

– C'est le deuxième sur la photo en partant de la gauche.

– Celui-là ? vérifia Marion, l'index pointé sur l'un de ceux qui entouraient le ministre des Sports.

La photo de groupe avait été prise à l'aéroport de Keflavik. Au premier plan, Ivanov souriait au photographe. Quelques hommes et deux femmes l'accompagnaient. On voyait également le comité d'accueil islandais, à en croire la légende qui figurait sous le cliché.

– C'était l'un des meilleurs amis de Vidar à Moscou, reprit Hrefna. Je l'ai reconnu en voyant cette photo, mais je n'arrive jamais à me souvenir de son nom et ils ne le précisent pas dans l'article. Ils ne mentionnent que celui du ministre.

– Comment savez-vous qu'ils sont amis ?

– Je les ai souvent vus ensemble. Évidemment, ça remonte à des années, mais je l'ai reconnu tout de suite. La photo n'est pas floue à ce point. Il était le contact de Vidar au Kommintern, si je me souviens bien, et il est manifestement monté en grade depuis cette époque.

– Cette photo, de quand date-t-elle ?

– Vous trouverez la date sur le journal. Je les conserve pendant un mois ou deux avant de les jeter. Au cas où certaines informations m'auraient échappé, observa Hrefna avec un sourire.

Le chapeau du numéro en question indiquait sa date

de parution, il avait été publié trois jours avant que Ragnar ne soit poignardé au cinéma du Hafnarbio.

Les yeux fixés sur la photo et sur l'homme dont Hrefna disait qu'il avait été un ami proche de Vidar à Moscou, Marion constata que ce dernier portait un trois-quarts de couleur claire.

30

Marion s'installa avec Albert dans le bureau qu'ils partageaient à Borgartun pour lui relater son entrevue avec Hrefna avant de lui tendre l'exemplaire de *Thjodviljinn* sur lequel on voyait l'homme au trois-quarts beige. Albert examina le cliché avec soin avant de lancer un regard à Marion, puis il se concentra à nouveau sur la photo. Il était temps de lui parler de Vidar et de lui expliquer que la police avait reçu une information établissant son implication dans cette affaire, sans doute était-il le troisième homme, posté à l'extérieur du cinéma. Vidar avait été très lié à l'ancien parti socialiste. Il semblait avoir entretenu des relations personnelles avec des fonctionnaires haut placés dans la hiérarchie soviétique, amitiés qui remontaient aux années 30.

— Viktoria ne nous a-t-elle pas parlé d'un homme vêtu d'un trois-quarts beige ? s'enquit Albert.

— Si, répondit Marion. Mais il va de soi que c'est un vêtement plutôt courant.

— On ferait mieux de lui montrer cette photo, non ? C'est peut-être lui qui était au Hafnarbio.

— Le tirage est assez net, mais nous pourrions demander les négatifs au photographe. D'ailleurs, il a sans doute d'autres clichés. Nous devrions lui poser la question, puis rendre visite à Viktoria pour voir si elle reconnaît cet homme. Ensuite, nous irons chez ce Vidar. Je ne crois pas que d'autres journaux aient publié des articles sur la venue du ministre. Du reste, *Thjodviljinn* est un peu forcé de le faire.

— Bon sang ! s'exclama Albert, les yeux rivés sur le ministre des Sports. Que se passe-t-il donc ici ?

— Je ne sais pas, répondit Marion.

— Je n'aurais pas dû être mis au courant de tout ça un peu plus tôt ? reprocha Albert, peu soucieux de dissimuler sa déception.

— Les choses se sont éclaircies hier et surtout aujourd'hui, plaida Marion. Je voulais t'informer de la situation. Je pense me rendre chez Vidar ce soir. À mon avis, ça ne sert à rien d'attendre. Quant à toi, tu vas aller chez ce photographe pour avoir des clichés de meilleure qualité. Évidemment, il ne faut pas lui dire pour quelle raison nous en avons besoin. Arrange-toi pour inventer un mensonge crédible. Tu crois que ça te posera problème ?

— Non.

— Tu dois simplement récupérer les négatifs, la Scientifique nous fera les agrandissements. Quoi que tu fasses, tu ne mentionnes le cinéma sous aucun prétexte.

— Non, c'est promis. Qui t'a dit pour ce Vidar ?

— Je te raconterai ça plus tard. On a pris contact avec moi. Contente-toi de cette explication pour l'instant.

— Je croyais que nous travaillions tous les deux sur cette enquête.

— C'est le cas, mais je ne peux pas trahir une promesse. Il faut que tu le comprennes.

— D'accord, répondit Albert en lui tendant le journal. Que penses-tu de tout ça ? Qu'est-ce que tu crois qu'il se passe ?

– Je l'ignore. J'attends les conclusions concernant les empreintes digitales. J'ai réussi à prélever celle de Vidar à son insu sur sa voiture. La Scientifique doit la comparer avec celle trouvée sur le paquet de Belomorkanal. Si elles correspondent, il y a toutes les chances pour que Vidar ait été à l'extérieur du cinéma.

– Et qu'il ait surveillé le rendez-vous ?

– Exact.

– Et alors, que s'est-il passé pendant cette entrevue ?

– Je crois qu'on peut tout imaginer, répondit Marion. D'après mes sources, Vidar et l'homme au trois-quarts beige sont encore très bons amis.

Albert garda le silence un long moment, il lui fallait du temps pour digérer ce flot d'informations.

– À ce qu'on m'a dit, Vidar était au courant du rendez-vous au cinéma, mais il n'y était pas person-nellement, concéda Marion.

– Excuse-moi de te poser une fois encore la ques-tion, comment tu as appris tout ça ? s'entêta Albert.

Marion voulait absolument éviter de parler des écoutes à son collègue. Dans l'esprit des gens, il était impensable que de telles pratiques existent en Islande à des fins politiques. Elles appartenaient à un autre monde et étaient l'apanage d'une grande puissance bien loin d'ici. Si l'existence de ces écoutes venait à s'ébruiter, il y aurait à n'en pas douter de graves conséquences politiques. Mais ce qui ennuyait le plus Marion aurait été de trahir son vieil ami Josef.

– Tu sais, Albert, c'est assez compliqué et je dois garder ça pour moi encore un temps. J'espère que tu ne m'en voudras pas. Et tu ne dois en parler à personne. Pour l'instant, ça reste entre nous. Ça ne sert à rien d'informer les autres de ce que nous trafiquons.

Albert regarda longuement Marion.

– Pourquoi tous ces secrets et ces chichis ? demanda-t-il.

– À vrai dire, je ne sais pas, mais c'est comme ça.

– Ce n'est pas dangereux ?

– Quoi donc ?

– De travailler comme ça, en douce ?

– On fera attention.

– On risque d'être confrontés à une situation qui nous échappe complètement, observa Albert. J'aimerais bien savoir dans quoi je mets les pieds.

– Avançons pas à pas. Va chercher cette photo. Ensuite, nous irons voir Viktoria.

– Au fait, j'ai interrogé son amant le pilote, déclara Albert.

– Et il en est sorti quelque chose ?

– Non, il craignait surtout d'être découvert par sa femme et son ami.

Dans la soirée, Albert et Marion se rendirent au domicile de Viktoria. Elle avait dû terminer sa journée de travail à l'hôtel Loftleidir vers cinq heures et n'avait pas répondu au téléphone quand ils avaient tenté d'appeler chez elle. Peut-être avait-elle débranché l'appareil pour aller s'allonger un moment. Peut-être était-elle avec son amant, le pilote au regard concentré du Hafnarbio.

Albert avait apporté la photo publiée dans le journal *Thjodviljinn*. La Scientifique avait fait un agrandissement de l'homme au trois-quarts beige. Marion l'avait sermonné en constatant qu'il n'avait pas rapporté les négatifs, mais il lui avait répondu que cela aurait tout simplement été trop suspect. Le cliché que lui avait remis le photographe était plus net et l'homme y apparaissait plus clairement. Il s'agissait maintenant de savoir si

Viktoria allait l'identifier comme celui qu'elle avait vu assis derrière elle dans la salle du cinéma.

Elle vivait avec son mari pilote dans une grande villa de Fossvogur, le nouveau quartier en construction entre la rue Bustadavegur et la vallée de Fossvogsdalur. Les noms des rues auraient plu aux poètes romantiques du XIXe siècle qui affectionnaient les sources, les marais, les prêtres païens, les quilles de bateaux et les flambeaux. La maison de Viktoria était l'une de celles dont la construction était la plus avancée, nichée au fond de la vallée, à l'endroit où des médecins et des avocats avaient acheté la plupart des parcelles. Le sol demeurait spongieux en dépit des fossés creusés pour le drainer et de l'eau s'infiltrait dans les fondations béantes des maisons à venir. Des cabanes à outils, des pelleteuses, des échafaudages et des tas de planches jonchaient les deux versants de la vallée.

– Tu voudrais vivre ici ? demanda Marion Briem en regardant par la vitre.

– Je me sens bien là où je suis, répondit Albert.

– Tu ne vois peut-être pas assez grand.

– Je suppose que non.

Albert arrêta la voiture devant la villa aux murs blancs, percée de grandes baies vitrées et surmontée d'un toit plat en terrasse. Il restait encore du travail à l'extérieur. Le jardin n'était qu'une grosse motte de terre et le parking devant le garage double était couvert de gravier, parsemé çà et là de flaques d'eau sale. Marion en enjamba une et s'approcha de la maison. Trois planches avaient été installées à même le sol sur les derniers mètres jusqu'à la porte. L'emplacement de l'interphone n'était qu'un trou béant dans le mur. Albert frappa.

– On dirait bien que ça rapporte de travailler dans

l'aviation, déclara Marion en balayant les alentours du regard.

– C'est qu'ils sont deux à travailler, observa Albert.

– Oui, je suppose que c'est ce qui nous attend. Les parents travaillent à l'extérieur et les pauvres mômes sont mis à la consigne pendant toute la journée.

– Tu veux parler des crèches et des garderies ? Je crois que Viktoria et son mari n'ont pas d'enfants.

Albert frappa à nouveau à la porte, mais personne ne vint ouvrir. Il n'y avait aucune lumière aux fenêtres et pas le moindre mouvement à l'intérieur.

– Il n'y a personne.

– Apparemment non, répondit Marion. Et le mari est naturellement dans les airs.

– Et elle, avec son ami.

– Tout cela est vraiment très joli, commenta Marion avant de retourner vers la voiture. Le prochain arrêt, c'est chez Vidar. Ce n'est pas la peine d'y aller à plusieurs pour commencer. Je vais m'en charger.

– Tu veux vraiment passer le voir comme ça, en soirée ?

– Inutile de faire traîner les choses. Et le soir est le meilleur moment.

– Tu n'attends pas les conclusions des analyses d'empreintes digitales ?

– Je n'ai aucun moyen de savoir quand elles arriveront.

Marion prenait place dans la voiture quand Albert aperçut Viktoria qui arrivait en trottinant par le sentier entre les maisons. En tenue de sport et baskets, elle se posta à côté de leur véhicule, ruisselante de sueur et essoufflée.

– Vous… vouliez… me voir ? haleta-t-elle.

– Que faites-vous ? interrogea Marion.

– Un jogging… répondit Viktoria, toujours hors d'haleine.

– Un jogging ?

Albert sortit l'agrandissement de sa poche et le lui tendit. La photo ne montrait que l'homme au trois-quarts beige, ni le ministre des Sports, ni le reste de la délégation n'y étaient visibles.

– C'est l'homme que vous avez vu au Hafnarbio ?

– Attendez, laissez-moi reprendre mon souffle, haleta Viktoria.

Elle se pencha en avant, inspira et expira profondément jusqu'à retrouver un rythme presque normal, prit la photo, la regarda longuement, observa l'homme sous tous les angles et donna son verdict.

– Oui, c'est bien lui. C'est bien l'homme que j'ai vu au Hafnarbio.

31

Katrin était restée alitée de longues semaines après son opération au sanatorium de Kolding. À part celles de la famille, aucune visite n'était autorisée au cours des jours suivant l'intervention et Marion en avait eu gros sur le cœur. Les nouvelles sur l'état de santé de son amie n'étaient pas encourageantes. L'opération s'était révélée plus complexe et plus risquée que les médecins ne l'avaient prévu, elle avait mal réagi à l'anesthésie et souffert le martyre à son réveil. Les docteurs s'étaient longuement demandé si elle allait survivre. On lui avait retiré sept côtes.

Les parents de Katrin étaient venus. Hébergés en ville, ils se relayaient jour et nuit au chevet de leur fille. Marion avait lié connaissance avec eux, partageant leurs inquiétudes comme leurs peurs. Même si on parvenait à mettre le poumon à plat, il n'était pas certain que l'infection reculerait. L'ablation des côtes était le dernier recours. On ne la pratiquait qu'après avoir épuisé tous les autres traitements, mais il n'était pas sûr que cela suffirait.

Marion avait passé de longues journées pleines de solitude et de silence, s'allongeant dans la grande salle de repos, les yeux fixés sur le fjord, marchant le long de la mer et regardant les bateaux, mais sans trouver le courage de faire quoi que ce soit d'autre. Athanasius lui manquait cruellement. Ses nuits étaient pauvres en sommeil, hantées par des cauchemars où l'horreur que lui inspirait la salle d'opération prenait des formes encore plus terrifiantes.

Un jour, un aide-soignant était arrivé en courant dans la salle de repos pour l'informer qu'on demandait à lui parler au téléphone. Il lui avait fallu quelques instants pour comprendre ce que disait cet homme avant de se lever et de le suivre jusqu'au bureau de l'infirmière-chef qui lui avait tendu le combiné en priant l'aide-soignant de quitter la pièce avec elle avant de refermer la porte.

– Allô ? avait timidement murmuré Marion dans l'appareil.

– C'est toi ? avait demandé une voix lointaine à l'autre bout de la ligne qui grésillait abondamment.

– Athanasius ?

– Marion ! Comment vas-tu ?

– Je… je vais bien.

– L'Islande te manque ?

– Parfois.

– Et ton amie, comment va-t-elle ? Je viens de lire ta lettre. C'est terrible de savoir ce qui arrive à cette jeune fille. Est-ce qu'elle se remet ?

– Elle… elle ne va pas bien. Pour l'instant, je n'ai pas encore pu la voir.

– Et toi ? Ça progresse ?

– Assez bien. Je me repose beaucoup. On me fait souvent des insufflations. Mon cas n'est pas aussi grave que celui de Katrin. Elle est très mal et…

Marion n'avait pu retenir ses sanglots.

– Je ne comprends pas pourquoi elle doit supporter autant d'épreuves.

Athanasius avait gardé le silence un instant.

– Certains sont moins chanceux que d'autres, avait-il répondu, tu devrais le savoir.

– Mais pourquoi elle doit souffrir comme ça ?

– Je t'ai pris un billet sur le paquebot *Gullfoss* pour le mois prochain, avait annoncé Athanasius. Tu rentreras à la maison et nous pourrons discuter un peu plus longtemps. Notre conversation est presque terminée, je t'appelle depuis Landsimahus, le bâtiment des Postes et Télégraphe d'Islande. Ça m'a fait plaisir d'entendre ta voix, la lettre que tu m'as envoyée m'a inquiété. Je sais que tu ne vas pas bien, mais ça va s'arranger. Marion, crois-moi. Tout finira par s'arranger.

– Au revoir, Athanasius.

– Au rev...

La conversation avait subitement été interrompue. Marion avait gardé longtemps le combiné à la main, l'air absent. La porte s'était rouverte, l'infirmière-chef était entrée et lui avait demandé s'il y avait un problème. Marion lui avait simplement tendu le téléphone.

– Tu pourras rendre visite à ton amie ce soir, lui avait-elle annoncé. Elle va un peu mieux et a demandé à te voir.

Katrin n'était plus en soins intensifs. On l'avait transférée au service de convalescence. Encore épuisée, elle était à peine parvenue à sourire en voyant Marion apparaître à la porte. Une joie presque invisible avait toutefois illuminé ses traits. Il faisait chaud dans la chambre où la malade reposait sous une fine couverture blanche. Marion faisait de son mieux pour ne pas remarquer les bandages qui couvraient la zone où les côtes avaient été retirées. Un silence absolu régnait dans la pièce.

Marion avait pris place près du lit. Les yeux fermés,

Katrin semblait s'être endormie. Un long moment s'était écoulé, puis elle les avait rouverts.

– Tu te souviens... de la femme...

– Quelle femme ?

– Celle... dont je t'ai parlé.

– Celle que tu as vue quand tu vivais dans les fjords de l'ouest ?

– Oui...

– N'y pense pas, avait répondu Marion, qui n'avait pas oublié le jour où Katrin avait mentionné cette femme aperçue à Isafjördur.

– Je...

Katrin murmurait ses mots, épuisée.

– ... suis... monstrueuse.

Elle s'était rendormie. Marion s'était essuyé les yeux d'un revers de main. Un long moment avait passé. La chambre semblait imperméable à l'agitation du fjord, des bateaux et des pêcheurs, il n'y avait aucun bruit. On n'entendait pas non plus les cris des gamins qui jouaient souvent dans le creux tapissé d'herbe en surplomb de la salle de repos. Même le couloir était plongé dans le silence. C'était une terrible épreuve de voir son amie ainsi allongée, tellement affaiblie après l'opération. Aucune parole n'avait le pouvoir de l'aider à affronter le sort qui était devenu le sien.

Le temps passait. La malade dormait d'un sommeil agité. Marion demeurait immobile dans son fauteuil, tête baissée. Katrin était entrée en pleurs dans la salle d'opération. L'intervention lui inspirait une terreur sans bornes et elle redoutait le bloc opératoire comme s'il avait été la porte de l'enfer. C'était d'ailleurs peut-être exactement le cas. Elle savait que lorsqu'elle en res-sortirait, son corps serait différent, on l'aurait déformé, défiguré, mutilé afin de tenter de lui sauver la vie.

Elle connaissait les conséquences. Elle en avait parlé à Marion avant d'être opérée. Si elle n'avait pas été forcée de subir cette intervention, elle aurait à jamais gardé le silence sur ce qu'elle avait vu.

Dans sa tête était gravée pour toujours l'image d'une femme originaire d'Isafjördur qui avait subi une ablation des côtes pour soigner sa tuberculose. Katrin était chez le médecin de district. Par la porte entrouverte, on apercevait l'intérieur du cabinet où elle avait vu le spectacle le plus triste que ses yeux d'enfant aient contemplé de leur vie. Une femme remettait, non sans mal, son chemisier après avoir été examinée. Elle ne parvenait pas à attraper l'une des manches et personne n'était là pour l'aider. Elle n'avait sur son buste dénudé que le soutien-gorge taillé sur mesure qui lui couvrait les seins. Katrin avait fixé sans le vouloir ce corps difforme et cette énorme cicatrice laissée par l'opération. Elle avait vu l'un des côtés du torse complètement enfoncé et cette épaule qui partait du cou, tel un cintre vide.

La femme avait brusquement remarqué que la petite l'observait. Elle s'était lentement tournée, avait échangé un bref regard avec elle avant de pousser la porte pour la fermer. L'expression de son visage était dure et inflexible, mais Katrin avait perçu toute la douleur et l'impuissance qui se cachaient derrière.

Soudain, elle avait ouvert les yeux.

– Où… étais-tu ? avait-elle demandé.

– Nulle part, avait répondu Marion. Ou plutôt ici. Je n'ai pas quitté la pièce. Tu t'es endormie.

– J'ai tellement mal… ça y est, elle revient… la douleur…

Marion avait quitté le fauteuil d'un bond pour aller chercher une infirmière qui avait accouru dans la chambre. Elle avait examiné Katrin qui gémissait sourdement, puis était sortie dans le couloir et avait rapporté une grosse seringue dont elle lui avait lentement injecté le contenu dans le bras. Peu à peu, les grimaces de douleur sur son visage s'étaient dissipées et elle s'était rendormie. L'infirmière avait demandé à Marion de la suivre. L'heure des visites était terminée.

De retour à sa chambre, Marion avait directement rejoint le lit pour s'y allonger, se cacher la tête sous l'édredon, s'enfoncer le visage dans l'oreiller et pleurer.

Trois semaines plus tard, on lui avait permis d'emmener en fauteuil roulant jusqu'à la pelouse en surplomb de la salle de repos son amie tout emmitouflée, vêtue d'un épais manteau, une couverture jetée sur les épaules. De là, on avait une vue magnifique sur le fjord et sur les forêts environnantes. Le froid commençait à s'installer, les feuilles se paraient de leurs couleurs d'automne, de superbes jaunes, des bruns, des ocres et des rouilles. Un grand nombre de bateaux voguaient sur le fjord. Katrin et Marion les regardaient passer sur les flots. Une brise légère soufflait de l'est, le soleil commençait à décliner.

— Il ne reste plus qu'une semaine, c'est ça ? avait interrogé Katrin.

— Oui, je ferai le voyage jusqu'à Copenhague avec deux autres enfants, quelqu'un nous accueillera là-bas et me fera embarquer sur le paquebot.

— Je reste ici jusqu'à Noël, avait déclaré Katrin. Le médecin m'a dit ça ce matin. Il m'a dit que j'avais de la chance.

— Ton poumon va mieux ?

— Oui, enfin, il en a l'impression.

— C'est bien.

— Oui.

– Tu crois que toi et tes parents rentrerez un jour en Islande ?

– Papa dit que nous resterons au Danemark. Il pense que c'est mieux pour nous. Et toi, tu crois que tu reviendras ici, au sanatorium ?

– Je ne sais pas, avait répondu Marion. J'aimerais bien. Cet endroit me plaît bien.

Katrin avait poussé un gémissement et sursauté sur le fauteuil.

– Ça ne va pas ? avait interrogé Marion, en proie à une inquiétude visible.

– Si, ce n'était qu'un petit élancement, tout va bien.

Puis, elle avait toussé et grimacé de douleur.

– Tu te souviens de cette femme d'Ísafjördur dont je t'ai parlé ? avait demandé Katrin en resserrant la couverture autour de sa poitrine.

Une barque avait accosté à la jetée face à la salle de repos, deux hommes avaient sauté à terre et l'avaient amarrée. Ils travaillaient à la cuisine et étaient sortis sur le fjord pour pêcher à la ligne au soleil du soir. Ils étaient parvenus à attraper quelques poissons qu'ils remontaient maintenant jusqu'à l'hôpital dans un seau. Ils avaient salué les gamins allongés dans la salle de repos et avaient hoché la tête avec un sourire en passant devant Marion et Katrin.

– Tu parles bien de celle qui avait subi l'opération ?

– Un jour, j'ai questionné maman à son sujet. Elle connaît un peu sa famille et m'a dit que cette femme avait eu une vie terrible. Les médecins n'ont pas réussi à la sauver. Plus tard, la tuberculose l'a emportée.

– Tu guériras, avait répondu Marion. Sinon, ils ne t'auraient pas fait ça.

– Mais ça n'a pas suffi à sauver cette femme.

– Tu n'es pas elle.

– Peut-être qu'elle n'avait plus envie de vivre après son opération.

Marion avait intensément regardé son amie, comprenant tout à coup qu'en réalité, elle ne lui parlait pas de cette femme d'Isafjördur. Deux filles qui avaient joué dans le spectacle du Petit Chaperon rouge étaient passées par là, lançant à Katrin un regard plein de pitié et de compassion. Elle avait détourné les yeux, indifférente.

– Je veux rentrer, avait-elle déclaré.

Marion avait fait demi-tour avec le fauteuil et l'avait poussé jusqu'au sanatorium. Le bâtiment était construit sur un sol meuble et reposait sur un long socle de ciment qui s'enfonçait profondément dans la terre. L'automne, lorsque l'air commençait à fraîchir, une bise froide qui venait de la mer s'y engouffrait. Marion avait conduit Katrin à sa chambre et l'avait aidée à s'allonger sur son lit avant de s'asseoir à côté d'elle pour continuer la lecture du livre que Katrin avait demandé qu'on lui apporte de la bibliothèque : le conte de la Petite Sirène.

Une semaine plus tard, Marion avait pris le train pour Copenhague après avoir subi une insufflation qui devait suffire jusqu'au moment des retrouvailles avec Athanasius. Quitter le sanatorium de Kolding ne lui avait procuré aucune joie, maintenant, Katrin y était seule. Elle commençait à reprendre des forces après plusieurs semaines difficiles. Elle lui avait même souri en lui disant au revoir, ce matin-là. Elle avait promis de lui écrire et Marion avait promis de même : une lettre par semaine.

Sur le paquebot qui voguait vers l'Islande, Marion avait fait le même rêve deux nuits à la suite, un rêve qui s'achevait chaque fois par son réveil en sursaut. Le ciel était clair, on voyait les étoiles et un léger voile de brume couvrait le fjord. De petits pieds sortaient à pas de loup du sanatorium, ils traversaient la pelouse devant le bâtiment, longeaient la grande salle de repos jusqu'à la mer, puis entraient dans l'eau glacée, bientôt emportés par les courants vers le large où des sirènes venaient à la rencontre des âmes infortunées et mélancoliques qu'elles entraînaient vers l'abîme.

32

Viktoria n'avait aucun doute sur ce qu'elle avançait quand elle affirmait que l'homme au trois-quarts
beige était bien celui qu'elle avait vu assis derrière
elle au Hafnarbio à la séance de cinq heures. Il lui
avait suffi de regarder la photo une fois pour en être
certaine. C'était également lui qu'elle avait aperçu à
l'hôtel Loftleidir. Il était évident qu'il faisait partie
de la délégation accompagnant le ministre soviétique
des Sports venu en Islande pour encourager Spassky
à l'occasion du duel du siècle. Or cet homme était au
Hafnarbio au moment du meurtre de Ragnar.

Après leur seconde entrevue avec Viktoria, Marion et
Albert étaient passés au cinéma pour montrer la photo
à la caissière et à l'ouvreur. Aucun d'eux ne l'avait
reconnu. L'ouvreur ne se souvenait pas l'avoir fait
entrer dans la salle, mais il est vrai qu'il s'était absenté.

Marion avait également apporté une photo de Vidar,
découpée dans une vieille publication du parti socialiste.
Apparemment, il n'existait aucun cliché récent de cet
homme dans les journaux. Il ne fallait donc sans doute
pas trop s'attarder sur le fait que Kiddy à la billetterie
ou Matthias l'ouvreur aient affirmé ne pas l'avoir vu
ce jour-là. Du reste, ce visage ne leur disait rien. Vidar
ne semblait pas être un client assidu du Hafnarbio.

– On ne devrait pas creuser dans cette direction, en parler aux collègues et informer la hiérarchie ? avait suggéré Albert quand Marion l'avait déposé chez lui.

– Je ne sais pas. Le moment viendra, mais il est encore trop tôt. Je vais aller cuisiner Vidar ce soir et on verra bien comment il réagira.

– Le cuisiner ?

– Lui montrer la photo, avait précisé Marion. S'il m'invite à entrer chez lui, s'il est agréable, il n'a peut-être rien à se reprocher. S'il me jette dehors, cela constituera en soi un indice.

– Tu ne veux vraiment pas que je t'accompagne ?

– Non, c'est inutile.

– Toute cette histoire semble hautement politique.

– Pour l'instant, oui, répondit Marion, hésitant encore à faire part à son collègue des écoutes téléphoniques.

– Tu ne préfères pas attendre les résultats des analyses d'empreintes ? avait demandé Albert en arrivant devant chez lui. Peut-être qu'il n'a rien à voir avec tout ça.

– Je vais juste aller troubler sa sérénité, avait observé Marion. Je crois vraiment que c'est notre homme.

– Qu'est-ce qui te rend si sûre de toi ?

Marion n'avait pas répondu.

– Pourquoi ? Qu'est-ce que tu sais et que j'ignore ?

– Je te demande de bien vouloir faire preuve d'un peu de patience. J'espère que les choses ne tarderont plus à s'éclaircir et là, je te raconterai les tenants et les aboutissants de toute cette histoire.

Albert avait dévisagé Marion.

– Tu n'as pas confiance en moi ! s'était-il exclamé.

– Tout ce que je te demande, c'est un peu de patience.

– Comment tu veux que je travaille avec toi si tu

ne me dis rien ? Drôle de collaboration ! Pourquoi tu ne me fais pas confiance ?

– Albert, ce n'est pas une question de confiance.

– Bien sûr que si ! s'était emporté son collègue en descendant de voiture. Il n'y a pas un brin de confiance entre toi et moi !

Sur ce, il avait violemment claqué sa portière.

Vers neuf heures du soir, Marion gravit les quatre marches de la maison de Vidar à Skeggjagata et frappa à sa porte. Il n'y avait ni nom, ni sonnette. Hrefna lui avait dit que Vidar vivait seul. Un grand jardin tout en fleurs entourait son domicile. Les arbres qui bordaient la rue étaient presque aussi hauts que la maison et, derrière eux, on apercevait un parterre bien entretenu, un gazon soigneusement tondu et d'un joli vert et, dans un coin, un petit potager où poussaient des pommes de terre, des carottes et des rutabagas. Marion se fit la réflexion que, sans doute, Vidar adorait jardiner. Il avait pour lui seul cette maison à deux étages et cette cave dont les fenêtres donnant sur la rue étaient munies de barreaux.

Marion frappa à nouveau. La porte s'ouvrit et un homme apparut. Vêtu d'une chemise de travail à carreaux et d'un pantalon en toile kaki, les cheveux épais et grisonnants rabattus sur la nuque, il affichait l'expression inflexible de ceux qui semblent exécrer la frivolité. On venait le déranger un soir d'été, ce qui était en soi un mauvais début.

– Vous êtes bien Vidar Eyjolfsson, comptable ? demanda Marion.

– À qui ai-je l'honneur ? répondit-il. Un étui à lunettes dépassait de sa poche de chemise et il portait des pantoufles.

– Je m'appelle Marion Briem, je suis de la police.

Je me demandais si je pouvais me permettre de vous déranger pour vous poser quelques questions. Je sais qu'il est tard, mais je pense qu'il est préférable de ne pas attendre.

– La police ?

– C'est en rapport avec...

Marion observa les alentours, en haut et en bas de la rue Skeggjagata, en se demandant si le domicile de Vidar était sous surveillance. Il ne semblait pas que ce soit le cas, personne n'était assis seul au volant d'une voiture à l'arrêt, on ne voyait aucun individu en imperméable, une cigarette à la bouche et un chapeau sur la tête, adossé à un lampadaire, et personne ne faisait les cent pas dans la rue. Marion avait envisagé ce genre de choses pour s'amuser. Mais était-ce vraiment une plaisanterie ? Ce qui était arrivé à Ragnar au Hafnarbio ressemblait-il à une plaisanterie ? Y avait-il des limites à ce dont ces hommes étaient capables puisqu'ils avaient pu poignarder un tout jeune homme ? Vidar était-il de mèche avec eux ? Ou s'était-il contenté d'assister à leur méfait ?

Mais, ce soir, une question taraudait Marion, une interrogation tout à fait nouvelle : la vie de Vidar était-elle menacée ?

– ... C'est en rapport avec une enquête sur laquelle nous travaillons.

– C'est vous qui interrogez mes amis sur des irrégularités dans notre comptabilité ? Vous avez posé des questions sur moi ? rétorqua Vidar.

Hrefna n'avait manifestement pas su garder le silence, elle avait confié à quelqu'un ou même à plusieurs personnes que la police s'intéressait à Vidar et cela avait fini par lui parvenir aux oreilles.

– En effet, j'ai tenté de rassembler quelques informations vous concernant, reconnut Marion, et laissez-moi vous dire que la tâche n'est pas facile. Je crois qu'il serait préférable que nous puissions discuter tous les deux à l'intérieur. Il m'est difficile de vous expliquer tout ça sur le pas de la porte.

– Ça vous amuse de colporter des mensonges sur mon compte ?

– J'ai préféré me servir de cette excuse plutôt que d'aborder le sujet dont…

– Oui, eh bien, veuillez m'excuser, coupa Vidar, s'apprêtant à fermer sa porte, mais je n'ai rien à vous dire.

– … le sujet dont je souhaiterais m'entretenir avec vous, et qui concerne ce jeune homme assassiné au Hafnarbio il y a quelque temps.

La porte ne se referma pas entièrement. Vidar la rouvrit et fixa longuement Marion Briem.

– C'est-à-dire ?

– J'espérais que vous pourriez m'expliquer certaines choses, répondit Marion sans se laisser impressionner par l'expression foncièrement hostile que lui opposait l'homme dans l'embrasure.

– Que voulez-vous que je vous explique ?

– Vous ne m'invitez pas à entrer ?

– Que colportez-vous donc sur mon compte ? Et que signifient ces insinuations sur le Hafnarbio ? Qu'est-ce que c'est que ces âneries ?

– Étiez-vous au Hafnarbio lors du meurtre de ce jeune homme ?

– Comment pouvez-vous venir me poser une telle question ? Seriez-vous en train de me dire que je suis impliqué dans ce crime ?

Marion ne lui répondit pas immédiatement. Une voiture passa en rugissant, puis tourna sur le boulevard

Snorrabraut. Trois gamins bruyants roulèrent à vélo sur le trottoir sans leur accorder la moindre attention, leurs cris résonnèrent entre les maisons, puis les mômes disparurent au bas de la rue.

Marion prit la photo dans son imperméable et la présenta à Vidar en la gardant serrée entre ses doigts.

– Vous connaissez cet homme ?

Vidar regarda à peine le cliché et se remit à fixer l'indésirable.

– Non, répondit-il.

– Vous en êtes sûr ?

– Oui.

– Vous ne voulez pas regarder un peu mieux ?

– Non, c'est inutile.

– On nous a communiqué certaines informations et j'ai décidé de venir vous voir en toute discrétion, expliqua Marion. Peut-être ces informations n'ont-elles aucun fondement et dans ce cas, je vous prie de bien vouloir m'excuser.

– Je refuse d'écouter ça. Certaines informations… ?!

– Croyez-vous que votre vie soit menacée ? interrompit Marion.

Vidar garda un moment le silence.

– Je pense que c'est un malentendu monumental, déclara-t-il. Vous devez faire erreur sur la personne.

– Pensez-vous courir le moindre danger ?

– Je refuse de répondre à ça, conclut Vidar.

– Très bien. Bonne nuit.

Vidar regarda en silence Marion descendre l'escalier et rejoindre sa voiture. L'espace d'un instant, surpris par cette visite vespérale et inattendue, il sembla vouloir ajouter quelque chose, mais se ravisa aussitôt et sa porte se referma.

Marion s'installa au volant et médita un long moment.

Il fallait s'attendre à cette réaction de défense en cette première rencontre. Sa visite n'avait toutefois pas été entièrement inutile. Certes, Vidar savait maintenant que la police enquêtait sur lui et qu'elle le soupçonnait d'être impliqué dans le meurtre du Hafnarbio. Mais cette visite pouvait également faire progresser l'enquête en le forçant à sortir de son trou et en le poussant à commettre des erreurs.

Marion sortit la photo et observa longuement l'homme au trois-quarts beige. La réaction de Vidar avait été intéressante. Certes, il s'était contenté de jeter quelques regards en biais sur le cliché, il avait feint de ne rien savoir, n'avait affiché qu'indifférence face à cette photo, mais il était évident qu'il avait eu beaucoup de mal à dissimuler sa surprise.

33

Vidar alla se rassoir à son bureau, installé dans un coin du salon. La radio était allumée, mais il était trop troublé pour continuer à l'écouter. Il savait qu'il n'était pas parvenu à dissimuler sa surprise face à cette visite inattendue et ne comprenait pas du tout comment la police avait pu remonter jusqu'à lui. Il n'avait laissé aucune trace et il était certain que son ami et Briet avaient fait de même. En ce qui concernait ceux de l'autre équipe, il était incapable de dire s'ils avaient parlé, mais cela lui semblait très improbable.

Cette visite de la police ne faisait qu'amplifier ses doutes et cette incertitude accrue décuplait sa peur et son malaise. Il aurait voulu ne s'être jamais mêlé de cette histoire qui le dépassait complètement. Mais que pouvait-il faire ? Il n'allait tout de même pas laisser tomber son vieil ami.

Ils s'étaient rencontrés dans des conditions très particulières à l'École Lénine alors que les purges atteignaient leur point culminant à Moscou. On arrêtait les gens à tour de bras. Certains étaient expulsés, d'autres disparaissaient. Le moindre écart par rapport à la ligne du Parti pouvait coûter cher. Il savait que Youri avait pour rôle de surveiller les étudiants qu'il guidait parallèlement à travers les arcanes du paradis prolétarien. Vidar et Briet s'étaient liés avec lui d'une amitié qui s'était renforcée avec les années et malgré la distance. Youri avait toujours été exceptionnellement ambitieux et ils avaient suivi son ascension au sein du système soviétique. Lui et Vidar s'étaient croisés très souvent au fil des ans à travers les associations et le Parti, surtout à l'occasion de symposiums très fréquentés, consacrés aux merveilles qu'accomplissait le Soviet. Quand il avait su que Youri avait besoin de lui, il n'avait pas réfléchi à deux fois. Mais lorsqu'il avait compris le motif, le doute s'était emparé de lui.

La sonnerie du téléphone posé sur le bureau le fit sursauter. Il tendit une main hésitante vers le combiné, se demandant à quoi il devait s'attendre après cette visite. C'était Briet. Il lui expliqua que la police était venue lui poser des questions sur le drame du Hafnarbio.

– Que savent-ils ? demanda Briet, angoissée.

– Je... C'est difficile à dire.

Il voulait éviter d'ajouter à son affolement.

– Que... enfin, comment... ?

– La police m'a montré une photo de Youri en me demandant si je le connaissais.

– Quoi ?! Ils sont au courant pour Youri ? Comment est-ce possible ?

– Je n'en sais rien. J'ai réussi à m'en tirer cette fois-ci, mais je doute de tenir longtemps.

Il y eut un silence.

– Tu n'aurais jamais dû te mêler de cette histoire, observa Briet. Jamais.

– Bien sûr, convint Vidar, mais il est trop tard pour en discuter, ce qui est fait est fait.

– Le pauvre gamin, il...

– Briet, je t'en prie, ne pleure pas.

– Que comptes-tu faire ?

– Rien. Nous continuons comme prévu et jusqu'à nouvel ordre.

– Et Youri ?

– Tout se passera comme on a dit, Briet. Et tu as raison, nous n'avons pas le choix. C'est la seule solution pour toi comme pour moi.

N'ayant rien de plus à se dire, leur conversation ne tarda pas à se tarir et ils prirent congé l'un de l'autre. Vidar se leva et alla regarder le jardin par la fenêtre du salon. Les choses avaient mal tourné, il regrettait d'avoir accepté de se laisser entraîner dans ce complot. Il aurait tant voulu aller tout déballer à la police, mais c'était impossible. Il ne pouvait pas le faire. En tout cas, pas pour l'instant. Pas avant que Briet et lui ne soient hors de danger. Briet exigeait que justice soit faite, elle était parvenue à le rallier à sa cause. La question était de savoir s'ils réussiraient, et comment ils s'y prendraient.

Il savait qu'ils finiraient tous deux par être impliqués dans l'ignominie dont Hafnarbio avait été le théâtre. Il regrettait ce qui était arrivé, regrettait d'y avoir participé. Les yeux fixés sur le jardin, Vidar contemplait l'endroit où le secret était enterré, au pied du grand sapin. Une fois encore, il pensa à ce gamin et sentit sa gorge se serrer. Il avait l'impression que son cœur allait exploser.

Il pensa au palais des sports de Laugardalshöll et à ce qui s'y préparait. Youri avait posé ses filets. C'était lui qui menait la danse. Il en allait ainsi à l'époque où ils étaient à Moscou et rien n'avait changé.

À la radio, les informations du soir annoncèrent que la treizième partie avait été ajournée et qu'elle reprendrait le lendemain. On discutait pour déterminer qui de Fischer ou de Spassky était en meilleure posture, mais tous s'accordaient à dire que, jamais depuis le début du duel, on n'avait vu un jeu aussi grandiose. Cette partie entrerait dans l'Histoire. Si Fischer remportait la victoire, il aurait une telle avance sur son adversaire que rien ne pourrait s'opposer au couronnement d'un nouveau champion du monde en Islande.

34

Tôt le lendemain matin, le chef de la Criminelle convoqua Marion.

– Il faudrait qu'on discute un peu tous les deux, lui annonça Johannes d'un air grave et solennel, debout à la porte de son bureau. Tu veux bien passer me voir ?

– On ne ferait pas mieux d'attendre Albert ? Il ne va plus tarder.

– Non, c'est à toi que je veux parler.

– Maintenant ?

– Oui, Marion, maintenant. Suis-moi.

– Que se passe-t-il ? Il y a un problème ?

– Non. Mais il faut que je te voie. Viens.

Marion le suivit jusqu'à son bureau. Johannes referma soigneusement la porte derrière eux.

– Tu inquiètes un certain nombre de gens, commença-t-il, assis derrière sa grande table de travail. J'ai reçu ce matin un appel des Affaires étrangères et après quelques tergiversations, j'ai fini par accepter de te toucher un mot de cette affaire. Je ne le ferais pas si un certain nombre de choses n'étaient en jeu. Je veux dire des choses de nature politique.

– De nature politique ? répéta Marion, se rappelant aussitôt son entrevue avec Josef.

– En tout cas, j'ai promis de te parler, reprit Johannes, un peu mal à l'aise.

Le téléphone sonna. Le chef décrocha, expliqua qu'il était occupé et qu'il tenait à ne pas être dérangé au cours des quinze prochaines minutes. Il était mince et vêtu d'un costume sombre. Ses lunettes sur le nez, ses lèvres fines et son menton légèrement pointu, ses mouvements et son élocution posés lui donnaient cet air respectable qu'ont les hauts dignitaires. Ancien employé du ministère des Affaires étrangères, il était habitué aux mondanités, ne manquait ni de conversation ni d'éducation et considérait que la politesse était le pivot des relations humaines.

Il occupait un bureau spacieux, meublé d'une grande table de travail, depuis la fenêtre duquel on voyait la rue Borgartun. L'un des murs était orné d'une magnifique toile dans un cadre doré, qui représentait les collines rouges de Raudholar. Ces dernières étaient demeurées à l'abri de la main de l'homme, couvertes de mousses épaisses pendant plus de cinq mille ans et jusqu'à la Seconde Guerre mondiale où l'armée d'occupation britannique les avait saccagées en y prélevant le matériau nécessaire à la construction de l'aéroport militaire de Vatnsmyri[1]. Marion contemplait le tableau et méditait sur ces collines qui somnolaient à proximité de la route nationale menant à Selfoss, toutes tristes avec leurs plaies béantes qui étaient autant de marques de l'irrespect qu'avait subi la terre d'Islande.

---

1. Il s'agit de l'aéroport de Reykjavik, toujours en service aujourd'hui, mais dévolu principalement au trafic intérieur. Les vols internationaux, quant à eux, se font depuis l'aéroport de Keflavik, initialement construit par l'armée américaine, puis grandement amélioré par les Islandais.

– Ce n'est pas dans tes habitudes de nous convoquer pour nous sermonner, observa Marion.

– Mon intention n'est pas de te sermonner, répondit Johannes.

– Alors, ces choses politiques, de quoi s'agit-il ?

Johannes toussota, de plus en plus gêné.

– Il faut que tu laisses Vidar tranquille, ajouta-t-il d'un air grave.

– Vidar ?

– Juste pour quelques jours. Ensuite, tu pourras le malmener comme il te plaira.

Marion dévisagea son supérieur.

– Tu parles bien de Vidar Fyjolfsson ?

– En effet.

– Et de qui provient cette demande ?

– Je ne le sais pas exactement, mais je dois te demander de laisser cet homme tranquille ces prochains jours. Voilà tout. Sache que cela me déplaît franchement, mais il semble que des intérêts supérieurs soient en jeu et j'ai promis de te parler.

– Qui te l'a demandé ?

– Marion, je ne peux pas te le dire. Plus tard, peut-être. Mon interlocuteur travaille au ministère des Affaires étrangères et m'a assuré qu'il ne savait pas exactement de quoi il retournait. Tout comme moi, d'ailleurs. Ça ne t'apportera rien de le rencontrer.

– Pourquoi ? Pour quelle raison devrait-on laisser Vidar en paix ?

– Nous le saurons d'ici quelques jours. Pour peu que nous l'apprenions effectivement. Notre conversation doit demeurer confidentielle, et j'entends que tu respectes le secret.

– Je les trouve rudement rapides. J'ai interrogé cet homme très brièvement hier soir et je me retrouve dans ton bureau ce matin. Serais-je sous surveillance ? Se serait-il plaint de moi ?

– Je l'ignore. Tout ce que je sais, c'est que cette affaire est prise très au sérieux.

– Quelle affaire ? Quelle affaire est prise très au sérieux ?

Johannes se contenta de sourire.

– Si je le savais, je te le dirais, répondit-il. Mais je t'assure que je n'en sais rien. On m'a appelé chez moi juste après minuit pour me dire que nous devions laisser ce Vidar tranquille pendant un jour ou deux. Ce n'était pas formulé avec autant de précision, mais c'est ainsi que je l'ai compris. Quand j'ai demandé des explications, on ne m'a fourni aucune réponse. J'ai demandé quelles seraient les conséquences si nous ignorions cette demande et on m'a répondu qu'elles pourraient être assez graves.

– Pour qui ?

– Pour nous.

– Pour nous ? C'est-à-dire pour la police ? Pour toi ? Pour moi ?

– Je crains que cela ne s'inscrive dans un contexte un peu plus large.

– Comment ça ?

Johannes regarda longuement Marion, puis soupira profondément.

– Je ne sais pas, le monde tourne autour du hareng et de la morue en ce moment, non ? Et aussi de la base militaire de Keflavik ?

Marion s'accorda un instant de réflexion.

– De quels intérêts parlons-nous ? Les Russes achètent notre hareng. Les Britanniques viennent pêcher la morue dans nos eaux territoriales. Les Américains ont cette base militaire.

– Marion...

– Les Russes, les Britanniques et les Américains ?

– Oublie cette enquête le temps d'une journée. Ensuite, on se reverra.

– Les Russes sont nos ennemis dans la guerre froide. Une guerre de la morue se prépare contre les Britanniques. Les Américains devraient nous soutenir. Que se passe-t-il ?

– Tu veux bien arrêter de me poser toutes ces questions ?

– Tu connais Vidar ?

– Non, répondit Johannes, je n'ai jamais vu cet homme.

– Pourquoi les Russes veulent-ils qu'on le laisse tranquille ? s'entêta Marion.

– Les Russes ?

Oui, pourquoi veulent-ils qu'on lui fiche la paix ? Et pourquoi on devrait leur obéir ? De quoi Vidar est-il au courant ? Quel est le rapport entre lui et Hafnarbio ? Était-il là-bas ? Qui était avec lui ?

– Je ne sais pas. Je suis incapable de répondre à toutes tes questions.

– Quelles relations tu entretiens avec eux ?

– Avec les Russes ?! Aucune !

– Que va-t-il se passer ces prochains jours ?

– Se passer ?

– Tu m'as dit que les choses s'éclairciraient durant les prochains jours et que nous saurions pourquoi je dois laisser Vidar tranquille.

– Eh bien, je ne sais pas. En tout cas, c'est une question de jours. C'est ce que je voulais dire.

– Qui t'a appelé ? s'entêta Marion. Le ministre lui-même ? J'imagine que oui. Tu n'es pas du genre à écouter le premier venu sous prétexte qu'il travaille dans un ministère.

– Marion ! Tout ce que je sais, c'est que cet interrogatoire ne me plaît pas du tout ! s'exclama Johannes, excédé.

– J'essaie simplement de comprendre.

– C'est moi qui ai voulu que tu intègres notre service, reprit Johannes. Tout le monde n'a pas forcément sauté de joie, mais j'ai toujours été de ton côté. Tu pourrais me traiter avec un peu plus d'égards.

– Excuse-moi. C'est justement ce que je pensais faire. Tu peux me dire qui t'a appelé ?

– Ça ne t'apportera rien d'aller le voir. Pas plus que de me cuisiner moi. Comme je viens de te l'expliquer, les Affaires étrangères se sont contentées de nous transmettre le message. Elles ignorent de quoi il retourne exactement et ne tiennent pas non plus à le savoir. Je sais que tout cela est assez dérangeant, mais…

– Il s'agirait d'intérêts économiques ?

– Très probablement.

– Le hareng et la morue, en effet. Ce sont les Russes qui veulent faire pression sur nous. C'est en rapport avec le duel d'échecs ?

– Je n'en sais rien.

Marion leva les yeux sur la toile et les collines de Raudholar.

– Je trouve qu'ils n'ont pas mis longtemps à te contacter après ma visite chez Vidar.

– Si tu le dis.

– Cela signifierait-il qu'on me surveille ?

– Tu es sans doute plus à même que moi de répondre à cette question.

– À moins que Vidar n'ait contacté quelqu'un.

Johannes gardait le silence.

– Dis, tu n'aurais pas oublié l'essentiel ? reprit Marion. Un jeune homme a été poignardé au Hafnarbio. Un adolescent qui n'avait fait de mal à personne. Il s'intéressait au cinéma, rien ne lui plaisait plus que d'aller voir un film et il a été victime de cette agression sauvage. Tu n'aurais pas oublié sa famille plongée dans la détresse, sa famille qui ne comprend pas et ne comprendra peut-être jamais ? Tu ne trouves pas qu'il serait plus juste de se concentrer sur ça plutôt que sur je ne sais quelle politique de la morue ? Ou sur quelques malheureux harengs ?

– Je ne suis pas idiot. Je te prie de mesurer tes propos. Il va de soi que je pense aussi à ce gamin.

Marion se tut, Johannes toussota.

– Si je te confie la seule chose que je sais de manière à peu près sûre, tu consentiras à faire ce que je te demande ? Et une fois encore : il est impératif que cela reste entre nous. J'ai ta parole ?

– D'accord, répondit Marion.

– Je crois que le soutien dont nous bénéficions dans notre querelle portant sur la morue avec les Britanniques risque de nous faire bientôt défaut, expliqua Johannes. Si nous perdons ce soutien, les Britanniques n'hésiteront pas à nous laminer. Le 1ᵉʳ septembre, nous étendrons la limite de nos eaux territoriales jusqu'à cinquante miles de nos côtes. La Grande-Bretagne enverra probablement une flotte militaire dans les zones de pêche islandaises et nous aurons besoin de tous nos alliés.

Marion fixait son supérieur.

– Ce ne sont pas les cocos, murmura Johannes, penché en avant sur son fauteuil. Ce ne sont pas les communistes qui veulent que nous laissions Vidar tranquille. Ce sont les autres.

– Les autres ? Quels autres ?

– Les Amerloques. Ça reste entre nous, mais j'ai cru comprendre que ce sont les Américains qui tiennent à ce qu'on laisse cet homme tranquille.

35

La veille, Albert avait contacté un Islandais employé
à l'ambassade du Royaume-Uni, rue Laufasvegur, afin
d'obtenir des informations sur le Russe de la photo.
L'employé avait accueilli sa requête de manière favo-
rable en précisant qu'il allait de soi que l'ambassade
accepte une rencontre entre la police et l'un de ses
diplomates. Il avait ajouté qu'il le rappellerait rapidement. L'employé l'avait effectivement recontacté peu
après pour lui proposer un rendez-vous avec un certain
Gordon Harris dès les premières heures du jour, le
lendemain matin.

– Il a accepté sans problème ? s'était étonné Albert.

– Oui, sans aucun problème.

– Mais ces querelles quant à la limite des cinquante
miles ?

– Venez. Les Britanniques tiennent à entretenir de
bonnes relations avec les Islandais justement à cause
de cette histoire d'eaux territoriales.

Albert ne voyait pas à qui d'autre s'adresser pour
obtenir des informations sur l'homme au trois-quarts
beige. On avait remis aux policiers postés à l'hôtel
Loftleidir le temps que durait le duel une photo du
Russe en leur demandant d'informer le commissariat et
de le retenir s'ils l'apercevaient. Albert avait préféré ne

pas contacter les ambassades américaine ou soviétique tant qu'il ne disposait pas de renseignements supplémentaires. Une requête auprès d'Interpol aurait pris beaucoup trop de temps et il n'était pas sûr qu'elle soit concluante, s'agissant d'un individu haut placé dans la hiérarchie soviétique. Il avait donc sollicité l'assistance des Britanniques. Violemment opposés à l'Islande et à sa décision d'étendre la limite des eaux territoriales de douze à cinquante miles, ces derniers menaçaient d'envoyer une flotte militaire et des remorqueurs afin de protéger leurs chalutiers sur les zones de pêche. Un conflit ouvert semblait imminent et les relations entre les deux nations étaient pour le moins explosives. En gravissant l'escalier de l'ambassade, Albert avait tout cela à l'esprit. Le garde posté à l'entrée lui demanda de lui exposer la raison de sa visite.

Amical et souriant, l'employé islandais le reçut et le fit monter au premier étage jusqu'à un bureau où l'attendait un homme d'une cinquantaine d'années qui le salua d'une poignée de main en se présentant, Gordon Harris. Aux yeux d'Albert, son hôte ressemblait plus à un Écossais qu'à un Anglais, avec son visage rougeaud, sa luxuriante tignasse rousse et ses sourcils épais. Il semblait avoir conservé quelques traces de l'accent de Glasgow qu'il s'employait à dissimuler avec soin. Malgré l'intérêt qu'il portait aux particularités nationales, Albert n'eut pas le temps de l'interroger sur ses origines. Gordon avait manifestement l'habitude d'en venir droit au fait et de ne pas perdre son temps en palabres inutiles.

– Vous seriez-vous encore une fois empêtrés dans des querelles internationales ? demanda-t-il en invitant son visiteur à s'asseoir. L'employé islandais s'était éclipsé sans qu'Albert le remarque.

– Eh bien, j'espère que non, répondit-il dans un anglais scolaire, mais excellent.

– Nous ne vous laisserions jamais repousser les limites de vos eaux territoriales si l'armée américaine n'avait pas une base en Islande. Nous pourrions facilement entrer en guerre avec vous, mais pour ce qui est des États-Unis, ce serait une autre paire de manches.

Gordon Harris afficha un sourire.

– Oui, répondit Albert, ne voyant pas trop quoi dire d'autre à cet homme. La présence américaine présente donc certains avantages pour notre pays.

– On m'a dit que vous aviez besoin de renseignements sur un Russe ? Pourquoi cherchez-vous à en savoir plus sur son compte ?

– Nous essayons de cerner ceux qui gravitent autour du duel d'échecs et nous ignorons tout de cet homme, répondit Albert en choisissant ses mots avec précaution. Nous voulons savoir à qui nous avons affaire.

– Pourquoi vous n'allez pas interroger les Russes ?

– Ils ignorent toutes nos requêtes, répondit Albert sans hésiter. Et nous préférons que l'ambassade des États-Unis ne connaisse pas tous nos faits et gestes, voilà pourquoi je m'adresse à vous, notre ennemi juré.

Harris fit un second sourire.

– Vous êtes au courant de tout ce cirque autour du duel, poursuivit Albert. C'est la suspicion à tous les étages et dans les deux camps. On n'entend parler que de nuages de gaz toxique ou d'hypnotiseurs postés à chaque coin de la salle pour influencer les deux concurrents. Nous collaborons avec la fédération islandaise des échecs qui souhaite s'assurer contre les coups sous la table, si j'ose dire.

Il sortit la photo qu'il tendit à Harris.

– Il fait partie de la délégation qui accompagne Ivanov, leur ministre des Sports, précisa-t-il.

Le diplomate prit le cliché et le scruta un long moment.

– Nous savons qu'il est en Islande, déclara-t-il. C'est l'un des hommes les plus influents du régime. Voilà qui montre à quel point ce duel compte à leurs yeux. Youri ne sort pratiquement jamais d'Union soviétique.

– Youri ?

– Youri Vigotski, précisa Harris. C'est le numéro trois.

– Le numéro trois ? Comment ça ?

– En termes de pouvoir.

– Et dans quel domaine ?

– Les services secrets, répondit Harris. Je m'étonne que vous soyez parvenus à vous procurer une photo aussi nette de lui. Il doit commencer à se faire vieux. Vous me permettez de la garder ?

– Bien sûr, j'en ai d'autres.

– Nous savons qu'il est ici pour accompagner le ministre. Nous pensons qu'il vient superviser l'activité des agents des services secrets pendant le duel. Voilà pourquoi il reste aussi longtemps. Se serait-il fait remarquer ? Cela ne lui ressemblerait vraiment pas.

– Pas du tout, nous voulions juste savoir qui il était, répondit Albert. Nous n'ignorons pas que les ambassades grouillent de membres des services secrets. Ça vaut pour les Russes, pour les Américains et pour vous, évidemment.

Harris sourit pour la troisième fois.

– Ça ne m'étonne pas que vous cherchiez à en savoir un peu plus sur son compte, reprit-il. Youri Vigotski est à la tête d'un réseau d'espionnage qui couvre toute l'Europe du Nord, y compris les pays nordiques et, bien sûr, l'Islande. C'est une ombre qui vit à l'abri des regards. Comme je viens de vous le dire, il ne sort pratiquement jamais d'URSS. Considéré comme solidement installé, il sera sans doute le prochain numéro un du KGB. Aurait-il des contacts en Islande ?

– Non, répondit Albert, pas à notre connaissance.

– En tout cas, chez vous il a de quoi s'occuper, poursuivit Harris. La base américaine de Keflavik. Les vols de surveillance. Les sous-marins. L'Islande est une zone stratégique importante entre l'est et l'ouest. C'est bien dommage pour nous qui ne demandons rien d'autre que de venir y pêcher la morue.

– En résumé, nous avons affaire à un cadre supérieur de l'espionnage soviétique.

– Il est pour ainsi dire au sommet.

Marion serrait au fond de sa poche le télégramme qui lui était parvenu juste après son entrevue avec Johannes, et sur lequel figuraient une date et une heure. Il avait été envoyé depuis le paquebot *Godafoss* qui s'apprêtait maintenant à entrer dans le port de Reykjavik. Sur la jetée de Midbakki, les gens venus accueillir les voyageurs, leurs amis chers ou leur famille firent des signes de la main en direction du bateau dès qu'il apparut à l'entrée de la rade. Il y avait aussi sur le port les dockers qui attendaient de décharger le navire, les fonctionnaires de la direction des douanes de Reykjavik, quelques badauds et ceux que la compagnie maritime employait à terre.

On distinguait nettement un certain nombre de passagers, montés sur le pont dès le moment où la ville était apparue à l'horizon ; et leur nombre allait grandissant. D'autres étaient encore occupés à ranger leurs cabines et à faire leurs paquets après la traversée. L'équipage s'activait en vue de l'accostage. Sur le pont supérieur, non loin de la proue, on voyait une petite femme solitaire, vêtue d'une veste d'été beige, debout en plein soleil. Ses yeux fixés sur la terre embrassaient les massifs montagneux, celui de Blafjöll, celui de Reykjanes et Keilir qui dépassait des champs de lave comme une antique pyramide égyptienne. Elle portait son regard sur cette ville qui étendait ses tentacules plus loin qu'elle n'aurait pu l'imaginer.

Marion la chercha des yeux dès que le *Gullfoss* approcha de la jetée de Midbakki. Elle s'était absentée plus longtemps que prévu et leurs échanges n'avaient pas été très réguliers. Marion était sans nouvelles depuis six mois lorsque cette carte lui était parvenue et, ce matin, il y avait eu ce télégramme. La voyageuse avait passé un certain temps en Afrique. C'est de là-bas, à un poste-frontière, qu'elle lui avait écrit une lettre où elle disait étouffer de chaleur. Elle était seule. S'étant trouvée séparée de ses collègues, on l'avait prise dans la caravane de la Croix-Rouge. Elle affirmait ne courir aucun danger et lui demandait de ne pas s'inquiéter. Marion savait qu'elle travaillait depuis longtemps pour des associations humanitaires œuvrant dans des territoires dévastés par la guerre. Bien souvent, elle voyageait dans des conditions difficiles. Elle s'occupait des victimes des combats, de ceux qui avaient été gravement blessés, amputés ou mutilés, s'efforçant de leur apporter soins et réconfort. Jamais elle ne se plaignait dans ses lettres ou à l'occasion des brefs appels qu'elle passait à Marion, qui ignorait la plupart du temps où elle se trouvait.

Marion aurait préféré qu'elle arrive à un autre moment. Cette enquête complexe sur le meurtre de Ragnar lui prenait tout son temps et il lui serait difficile de trouver des moments de liberté à passer avec elle, même si elle ne demandait rien. Elle n'était jamais que de passage en Islande et n'y connaissait pas grand monde, son domicile se trouvait à Copenhague, mais à chacune de ses visites, elle restait chez Marion, rallumant leur ancienne amitié.

La femme en veste d'été disparut sous le pont lorsque le *Gullfoss* accosta la jetée. On balança les amarres à terre et les douaniers montèrent à bord. Bientôt, les premiers passagers descendirent le long de la passerelle avec leurs sacs et leurs valises. Marion aurait pu monter immédiatement à bord étant donné sa profession, mais il lui sembla préférable d'attendre. Dix minutes s'écoulèrent, un quart d'heure, vingt minutes et, enfin, elle apparut sur la passerelle et lui décocha un sourire, sa petite valise noire à la main. Plus maigre que jamais, avec ses cheveux roux, sa peau hâlée par le grand air des pays du Sud, elle affichait son air résolu, souligné par son regard bleu et perçant.

— Quel plaisir de te revoir ! s'exclama Marion en la serrant longuement dans ses bras avant de déposer un baiser sur son front.

— Pareil !

— Ma voiture est garée un peu plus haut. Tu n'as pas d'autres bagages ?

— Non, répondit la voyageuse avec un sourire, je n'ai que ça.

— J'avoue que j'ai eu un peu peur en recevant ton télégramme ce matin. J'ai craint que quelque chose ne te soit arrivé.

— Excuse-moi. Tu n'as pas reçu ma carte postale ?

— Si, et ça m'a vraiment fait plaisir de te savoir en route.

— Je voulais t'appeler avant, mais pour un certain

nombre de raisons ça n'a pas été possible. J'espère ne pas te déranger.

– Pas du tout, répondit Marion. Alors, tu as fait bon voyage ?

– Très bon. La mer a été calme pendant toute la traversée.

– Ce nouveau *Gullfoss* est évidemment plus confortable que son prédécesseur.

– Il n'empêche, je regrette l'ancien.

– Eh bien, il ne manque pas à grand monde, observa Marion en esquissant un sourire avant d'attraper la valise et de se frayer un chemin à travers la foule sur la jetée.

– Reykjavik s'étend constamment, nota la voyageuse en montant dans la voiture. Je m'en suis aperçue à notre arrivée au port. La ville grignote les campagnes environnantes.

– Oui, répondit Marion, et la population continue d'affluer depuis les campagnes. Des paysans, des villageois, des gens qui vivaient dans les bourgades. C'est une tendance qui s'accentue et qui continuera. Alors, où as-tu donc passé ces quatre années ?

– Ça ne fait tout de même pas si longtemps que ça ?

– Si.

– J'étais ici et là.

– La misère est un peu partout dans le monde, répondit Marion. La guerre du Viêtnam…

– Oui, mais je crois bien n'avoir jamais vu autant de détresse qu'en Afrique, guerres, famine et pénurie dans tous les domaines. Pénurie de denrées de première nécessité. Le taux de mortalité infantile est terrifiant. C'est une douleur rien que d'y penser.

– Je n'ai pas l'impression qu'il y ait grand monde qui se soucie de l'Afrique, hélas.

– En effet, tu as raison.

Marion se faufilait à travers les rues du centre-ville tandis que sa passagère observait en silence les boutiques et les gens qui s'activaient par la vitre de sa portière.

– Regarde-moi donc ces minijupes, quand on pense au froid qu'il fait ici.

Ce fut le seul commentaire qu'elle fit de tout le trajet.

Marion se gara juste devant son domicile, entra, la valise à la main, et la déposa sur le sol. Son invitée franchit le seuil d'un pas hésitant et lança quelques regards alentour comme si elle craignait d'être de trop en dépit de leur longue amitié. Marion s'agaça presque de cette timidité excessive.

– Allons, ne fais pas de chichis, entre !

– Je viens encore te déranger.

– Encore !? Il y a quatre ans que je ne t'ai pas vue !

La jeune femme sourit, referma la porte et suivit Marion dans le salon, meublé d'un canapé, d'une table, d'un fauteuil et d'un tas d'objets étranges et surprenants posés sur les étagères. Au fil des ans et de ses voyages, elle lui avait envoyé diverses babioles accompagnées de messages ou de longues lettres, des cadeaux qu'elle avait trouvés sur des marchés ou dans de petites boutiques éloignées de tout, des objets décoratifs, des statuettes, des sculptures. Le tout était soigneusement disposé sur les étagères du salon et il y avait là une très belle collection d'objets venus de pays exotiques.

– Je vais faire un café, déclara Marion en allant dans la cuisine.

– Ce n'est pas de refus.

Elle s'approcha des étagères pour regarder les bibelots. Elle les connaissait tous, savait leur provenance et se souvenait de l'endroit exact où elle les avait achetés. Les plus anciens dataient du début des années 60 et le plus récent de l'hiver dernier. Elle le prit dans sa main, c'était une sculpture représentant une femme à la poitrine généreuse, un symbole de fécondité venu du continent noir avec lequel elle alla s'asseoir sur le canapé.

Sur la table à côté d'elle reposait une bougie presque entièrement consumée devant un portrait d'Athanasius, qu'elle avait rencontré une fois. Pris au lac de Thingvellir, le cliché montrait le vieil homme debout à côté d'une barque, une canne à pêche à la main, et, même s'il était un peu flou, on le voyait sourire au photographe.

Marion apporta le café, s'installa à côté de son invitée et remarqua que cette dernière ne quittait pas le portrait des yeux.

– Le brave homme, il a été sacrément content quand je lui ai donné cette canne.

– Ah bon ? C'est toi qui la lui as offerte ?

– Nous allions pêcher la truite tous les deux chaque été.

– Et vous relâchiez vos prises.

– Oui, convint Marion. Je n'ai jamais vu Athanasius tuer un être vivant. Tu ne prévois pas de mettre un terme à tous ces voyages pour revenir t'installer en Islande ?

– Tu me poses toujours la même question.

– Et j'obtiens à chaque fois la même réponse.

– Je devrais me considérer plus danoise qu'islandaise. Parfois, je dis que je viens du Danemark parce que c'est tellement compliqué d'expliquer qu'on est originaire d'Islande. Personne ne sait où ça se trouve.

– Ah bon ? ironisa Marion avec un sourire. Je croyais pourtant qu'on était célèbres et qu'on ne parlait que de nous à l'étranger.

– Oui, eh bien, il y a malentendu. Sauf qu'en ce moment, tout le monde n'en a que pour ce duel entre Fischer et Spassky.

– Ah oui, évidemment. Fischer et Spassky.

– Ce n'est pas intéressant ?

– Certes. Mais on en fait beaucoup. Un peu trop, peut-être. Et tout le monde livre un combat singulier du même genre que ce duel sans pour autant en faire un plat. Tu es la mieux placée pour le savoir.

– Tu y participes ?

– Non, répondit Marion en lui prenant la main et en l'embrassant. Pas du tout. En revanche, je me débats avec une enquête tout à fait incompréhensible.

– Incompréhensible ?

– Nous avons cru au début qu'il s'agissait d'un simple meurtre à l'arme blanche et voilà que ça s'est transformé en je ne sais quel étrange complot. Je ne comprends vraiment pas de quoi il retourne. Il y a des histoires d'écoutes de nature politique. Un Islandais présent à Moscou pendant la crise des années 30. Un Russe qui voyage avec les plus hauts dignitaires du régime soviétique. Un rendez-vous hautement confidentiel au fond d'un vieux cinéma installé dans un ancien baraquement militaire. Et pour finir, un gamin qui traîne au mauvais endroit est assassiné.

– C'est lui qui a été poignardé ?

– Oui.

– On dirait que cela t'affecte beaucoup.

– Ce type d'enquête est toujours éprouvant. Surtout quand certains s'emploient à vous détourner de l'essentiel. Quand on s'efforce de transformer ça en un sujet politique sensible et confidentiel. J'ai du mal à supporter ce genre de choses. J'ai l'impression qu'on perd de vue le plus important : un gamin innocent a été poignardé en plein cœur. Un gamin qui avait déjà traversé un certain nombre d'épreuves. Ça dépasse de loin la résolution d'une énigme.

– Et voilà que justement j'arrive pour te déranger.

– Pas du tout.

– Je me demande toujours pourquoi tu as voulu entrer dans la police. J'avais toujours imaginé que tu t'engagerais dans une carrière scientifique. J'ai toujours eu l'impression que tu savais tellement de choses. Sans parler de ta mémoire d'éléphant. Je n'ai jamais rencontré personne avec une mémoire aussi colossale.

– J'ai dévoré pratiquement tous les livres de la bibliothèque municipale, répondit Marion avec un sourire. Je regrette parfois de ne plus y travailler, mais je lis toujours beaucoup.

La jeune femme lui renvoya son sourire.

– Quel plaisir de te revoir, murmura Marion. Je pense à toi tous les jours, plusieurs fois par jour.

– Moi aussi, Marion. Ça fait longtemps que j'attends ce moment.

Elle s'approcha et l'embrassa sur les lèvres. Elle n'avait pas encore ôté sa veste d'été beige. Marion la lui retira en douceur, découvrant le chemisier blanc qu'elle portait en dessous.

– Tu m'as manqué. Tu me manques chaque jour. Si j'avais su que tu arriverais aujourd'hui, j'aurais essayé de préparer quelque chose.

– Je ne veux pas de préparatifs, répondit-elle. Excuse-moi d'arriver comme ça, mais jusqu'au dernier moment je n'étais pas sûre de pouvoir venir. J'ai beaucoup repoussé ce voyage. Il y a une petite chose dont je voudrais te parler.

– Laquelle ?

– Rien ne presse.

Marion l'embrassa à nouveau.

– On pourrait aller dans la chambre ?

– Maintenant… ?

– Je... J'ai tellement envie de toi.

– Viens.

Marion lui prit la main, la conduisit à la chambre à coucher, poussa la porte et s'installa à côté d'elle. La voyageuse dégrafa son chemisier et son soutien-gorge, dévoilant son corps mutilé, son buste partiellement affaissé et la longue balafre qui partait de l'aisselle et rejoignait la hanche.

– Je t'ai déjà raconté ça ? murmura Marion en se penchant vers elle pour déposer un baiser sur sa cicatrice.

– Quoi donc ?

– J'ai fait des rêves affreux où j'imaginais que tu avais renoncé à te battre, expliqua Marion, la tête posée sur sa poitrine, à l'endroit où les côtes auraient dû se trouver. J'ai rêvé que tu étais allée te noyer dans le fjord.

– J'en ai eu envie, c'est vrai, répondit-elle. Je l'ai envisagé. Mais puisque finalement l'ablation m'a sauvée, je ne vois pas pourquoi j'aurais dit non à la vie.

36

Marion avait toujours maintenu le contact avec son amie après son séjour au sanatorium de Kolding. Les premières années, leur correspondance était abondante. Katrin l'informait au fil de ses lettres des améliorations de son état de santé, puis de son complet rétablissement. Sa vie n'était cependant pas toujours facile et Marion lui envoyait des mots pour la consoler au plus noir de la nuit, lorsque la mélancolie s'emparait d'elle.

Katrin n'était revenue en Islande qu'après la guerre, à l'âge de vingt-cinq ans. À cette époque, Marion louait une chambre dans la rue Bragagata et avait postulé à un emploi à la bibliothèque municipale de Borgarbokasafn. Un jour, Katrin était apparue, comme tombée du ciel. Marion lui avait parlé de sa chambre dans l'une de ses lettres et elle était venue frapper à sa porte. Elle n'avait pas prévenu de sa visite et n'avait pas envoyé de nouvelles depuis un certain temps. Bouche bée, Marion se demandait ce qui arrivait, mais l'avait tout de même immédiatement reconnue. Emmitouflée dans son manteau beige, un joli bonnet en laine islandaise sur la tête, Katrin n'avait pu réfréner un sourire en voyant sa surprise.

– Je peux rester chez toi ? avait-elle demandé.

– Katrin !

– Maman rentre directement au Danemark, mais j'avais envie de rester un peu plus.

– Ça fait longtemps que tu es ici ?

– Quelques jours. J'étais à Akranes. Nous sommes allés directement là-bas. Chez la sœur de ma mère. Mon grand-père vient de mourir. Tu peux m'héberger ?

– Évidemment, tu peux rester ici aussi longtemps que tu voudras ! avait répondu Marion, s'apprêtant à la serrer dans ses bras, mais se ravisant tout à coup. Oh pardon ! Permets-moi de te présenter toutes mes condoléances pour ton grand-père.

– J'ai envie de passer quelques jours avec toi, avait déclaré Katrin. Ensuite, je reprendrai le bateau.

– Ça m'étonne tellement de te voir ici, comme ça, tout à coup !

– Excuse-moi, je ne voulais pas te surprendre comme ça.

– Non, c'est… Allez, entre. Viens !

Spacieuse et propre, la chambre était meublée d'une table, d'un lit, de deux chaises et d'une imposante bibliothèque. Elle était située au premier étage, la fenêtre donnait sur la rue Bragagata. Katrin avait balayé les lieux du regard avant de s'asseoir au bord du lit. Elle avait posé sa petite valise.

– Tu ne vis plus chez ta grand-mère ? lui avait-elle demandé.

– Non, ça fait longtemps que c'était prévu. Athanasius m'a trouvé cette chambre et j'ai emménagé ici avec son aide il y a environ six mois. J'ai terminé mes études au lycée et passé mon baccalauréat tout en travaillant à mi-temps dans une librairie. Je ne peux pas occuper un emploi trop pénible à cause de mon poumon. Je cherche plutôt un travail où je peux être au chaud, c'est plus confortable. Mais ce n'est pas très facile à trouver. Dès que les gens entendent parler de tuberculose…

– Et si tu reprenais des études ?

Marion avait haussé les épaules.

– Je verrai bien, je ne sais pas si j'en ai les moyens. Et toi ? Il y a si longtemps que je n'ai pas de nouvelles de toi.

– J'ai travaillé dans les bureaux pour la Croix-Rouge danoise. C'est un emploi confortable où je suis au chaud, avait expliqué Katrin avec un sourire.

Marion avait éclaté de rire.

– Ce que ça peut me faire plaisir de te voir. Après toutes ces années.

– Pareil.

– Et ta santé ?

– Je suis débarrassée de la tuberculose, comme je te l'ai écrit, avait répondu Katrin. Je n'ai plus rien aux poumons.

Ses paroles n'étaient empreintes d'aucune joie. Elle avait vaincu un ennemi qui avait failli l'abattre, mais au lieu d'afficher la joie ou la fierté du vainqueur, son visage exprimait une tristesse qui s'était installée autour des yeux et de la bouche, une mélancolie appelée à devenir plus profonde au fil des ans.

– Tu es retournée à Kolding après… ?

– Non, jamais, et je ne suis pas sûre d'avoir envie de le faire un jour.

– Ils t'ont sauvé la vie.

– Pour ce qui en reste…

Les jours suivants, Marion l'avait accompagnée en ville pour lui montrer les lieux les plus intéressants : le café Hressingarskalinn était la version la plus pauvre au monde du Select de Montparnasse, c'était le rendez-vous des poètes et des artistes, avait dit Marion avant de lui montrer le petit parc d'attractions de Vatnsmyri, puis de l'inviter à voir une comédie musicale au cinéma Gamla Bio. Peu à peu, Katrin s'était détendue, elle avait souri un peu plus souvent, s'était amusée et avait apprécié de découvrir Reykjavik avec Marion.

– Tu sais quand tu reviendras en Islande ? avait demandé Marion le dernier soir. Tu sais quand nous nous reverrons ?

– Non, avait-elle répondu.

Marion lui avait cédé son lit et demandé à son logeur de lui prêter un matelas. Le propriétaire n'avait pas posé de questions, mais lui avait adressé un regard suspicieux, ayant remarqué la présence de la jolie jeune fille hébergée dans la chambre. Je n'aime pas que des gens passent la nuit, avait-il marmonné.

– Je t'écrirai, avait promis Marion.

– Ce sera peut-être dans plusieurs années, avait observé Katrin. J'ai envie de voyager. Pas seulement en Europe. Je voudrais aussi aller en Inde et en Afrique.

Le silence pesait sur la chambre. Le rai de lumière d'un lampadaire entrait par la fenêtre et tombait sur le mur à côté de la porte, comme une hache qui les séparait. Katrin avait longuement observé le filet lumineux. On eût dit qu'elle lisait les pensées qui montaient depuis le sol et le matelas où Marion reposait.

– Je peux te serrer dans mes bras ? avait-elle demandé en se redressant sur le lit. Tu veux bien que je vienne te rejoindre ?

– Je croyais que tu ne voulais pas…

– Je le veux maintenant, avait objecté Katrin.

– Bien sûr que tu peux venir.

Katrin s'était doucement laissée glisser du lit pour aller s'allonger sur le matelas. Depuis que Marion avait essayé de la serrer dans ses bras, le premier jour, les contacts physiques avaient été peu nombreux, mais il semblait maintenant que son amie en avait besoin.

– Tu m'as tellement manqué, avait-elle murmuré. Tu es mon seul refuge. Tu l'as toujours été.

– J'ai cru que, peut-être, je ne te reverrais jamais, avait répondu Marion.

J'ai tellement pensé à toi, à nous. À ces lettres que tu m'as écrites, à ces mots magnifiques que tu m'as envoyés.

Katrin lui avait pris la main et l'avait approchée de sa cicatrice. Marion avait longé la balafre du bout de son index avant de se pencher en avant et de l'embrasser. D'embrasser ce corps mutilé et de plaquer son visage tout contre sa blessure.

Katrin aussi se blottissait contre Marion.

– Tu ne me trouves pas repoussante ?

– Il n'y a rien de repoussant chez toi.

Marion avait serré sa tête entre ses mains et l'avait embrassée.

– Absolument rien.

Un deuxième baiser.

– Rien.

Un troisième baiser.

– Absolument rien.

On pouvait difficilement appeler ça une relation, mais ni Marion ni Katrin n'avaient d'autre mot pour définir les choses. Trois années s'écoulèrent avant leur rencontre suivante, et quatre années de plus ensuite. Il arrivait aussi qu'elles soient moins espacées. Parfois, Katrin venait en Islande à trois reprises au cours de la même année. Les lettres, certaines longues et cir-constanciées, d'autres se résumant à de brefs messages et quelques conversations téléphoniques suffisaient à combler le vide. Katrin venait toujours sur le paquebot, elle refusait de prendre l'avion. Elle restait deux ou trois semaines avant de disparaître à nouveau dans le vaste monde. On proposa à Marion un poste à la Criminelle après quelques années passées au service des archives du procureur. Ayant consacré ses journées à la lecture des minutes des procès et des rapports d'enquête, par curiosité naturelle, Marion avait engrangé toutes ces informations dans sa mémoire infaillible et constituait désormais une manière d'encyclopédie vivante pour ses collègues. Les policiers venaient souvent exploiter ce puits de science et il arrivait que sa contribution leur permette de résoudre une enquête. Il n'y avait donc qu'un pas pour entrer à la Criminelle.

Les domestiques, les bonnes et les hommes à tout faire appartenaient désormais à l'Histoire. Athanasius avait depuis longtemps cessé de travailler pour la famille et un jour, aux alentours du solstice d'été, Marion avait dû se rendre à l'hôpital de Landakotsspitali au chevet de son bienfaiteur pour tenter d'adoucir ses dernières heures.

– Tu n'as pas besoin de venir me voir tout le temps comme ça, lui avait dit Athanasius. Tu as bien mieux à faire que de rester là à veiller un vieux bonhomme.

– Je crois que je ne t'ai pas assez remercié pour tout ce que tu as fait pour moi, avait répondu Marion. Depuis toujours. Je ne pense pas avoir jamais eu de meilleur ami que toi. Ou avoir eu autant besoin de quelqu'un.

– Tu n'as pas à me remercier, avait dit Athanasius, à bout de forces. Il avait fermé les yeux et s'était endormi. Marion n'avait pas quitté l'hôpital jusqu'au soir et Athanasius s'était réveillé.

– Tu es encore là ? s'était-il étonné en voyant la silhouette assise à son chevet.

– Comment tu te sens ? Tu as besoin de quelque chose ?

– Je ne rêve plus, avait dit Athanasius. J'ai toujours beaucoup rêvé… Et mes rêves me manquent.

– Tu sais pourquoi ils ont cessé ?

– Je l'ignore… Peut-être… peut-être qu'ils s'en vont avant nous.

Marion avait passé la nuit entière au chevet du vieil homme dont on sentait les forces l'abandonner. Son cœur donnait des signes de faiblesse, il avait du mal à respirer et s'endormait par intermittence. La dernière fois qu'il avait repris conscience, Marion lui avait raconté le décès d'Athanasius, père de l'Église à Alexandrie. Un diacre prénommé Timoteus, venu à son chevet, avait vu l'archange saint Michel apparaître près du lit de mort de l'évêque pour prendre son âme et l'emmener vers les cieux. Saint Michel était accompagné d'une cohorte d'anges que Timoteus avait entendu chanter à la gloire de Dieu.

– En tout cas… les anges me laisseront tranquille, avait dit Athanasius après un long silence.

– N'en sois pas si sûr, avait murmuré Marion en voyant l'esquisse d'un sourire mourir sur les lèvres de son bienfaiteur.

37

Marion dormait à côté de Katrin quand le téléphone fit entendre sa sonnerie stridente dans le salon. Katrin se réveilla en premier et tapota doucement l'épaule de Marion qui l'entendit enfin.

— C'est le travail qui m'appelle.

Albert était au bout du fil.

— Tu as un problème ? demanda-t-il.

— Non, j'arrive.

— Tu dormais ?

— J'ai travaillé cette nuit. Tu as du nouveau ?

— Rien, sauf pour ce Russe.

— Quel Russe ?

— Celui de la photo. L'homme au trois-quarts beige. Celui qui accompagne Ivanov, le ministre des Sports.

— Et alors ? Qu'est-ce qu'il a, ce Russe ?

— J'ai eu l'idée de consulter l'ambassade de Grande-Bretagne. Un Islandais employé là-bas m'a arrangé un rendez-vous avec l'un des diplomates, un certain Gordon Harris. Je viens de lui montrer la photo et je peux te dire qu'il m'a bien aidé. Les Britanniques étaient au courant de sa présence en Islande et...

— Albert, tu me raconteras tout ça plus tard, coupa Marion. Je ne me fie pas au téléphone. Et tu devrais aussi t'en méfier. Je te vois tout de suite. J'arrive.

Marion raccrocha et alla dans la cuisine où Katrin s'occupait déjà de préparer le café.

– À ce que j'entends, c'est une affaire urgente, déclara-t-elle en souriant.

– Il faut que j'y aille. Je ne sais pas quand je serai de retour.

Katrin lui déposa un baiser sur le front.

– S'il te plaît, arrête de t'inquiéter pour moi, dit-elle.

– Ne t'en va pas, répondit Marion. Je dois te parler.

Un désir ancien s'était réveillé. Il avait déjà été exprimé dans le passé, aussi bien par lettre qu'à l'occasion de leurs rencontres, mais jamais il n'avait pris corps. Katrin était toujours parvenue à l'écarter de la discussion et jamais elle ne l'avait évoqué d'elle-même. Le temps avait passé, les années s'étaient ajoutées les unes aux autres jusqu'à devenir des dizaines et leur relation n'avait pas évolué, marquée par un passé morcelé et un avenir toujours incertain. L'âge arrivait peu à peu. Peut-être leur relation se trouvait-elle à un tournant. Marion n'avait jamais voulu la brusquer, mais n'avait jamais non plus renoncé.

– Tu as réfléchi à l'idée de rentrer au pays et de vivre ici ? Nous ne rajeunissons pas.

Katrin hésita, puis secoua la tête.

– Tu n'es pas obligée de me répondre, observa Marion. Je ne voulais pas te presser. Je ne voulais même pas te poser la question.

– Les gens risquent de jaser sur nous, non ?

– Les gens ? Quels gens ? Est-ce que cela regarde qui que ce soit ?

– Discutons-en à ton retour, suggéra Katrin.

– Pourquoi pas maintenant ?

– Je ne veux pas te blesser.

– Ce n'est pas le cas.

– C'est vraiment sûr ?

– Katrin, qu'est-ce qu'il y a ?

– Je ne sais pas comment m'y prendre pour te le dire.

– Quoi ?

– C'est la dernière fois que je viens en Islande, déclara-t-elle tristement. Je ne reviendrai plus.

Marion la dévisagea, incrédule.

– Je me suis comportée en égoïste, poursuivit Katrin. Je le sais très bien.

– Non, objecta Marion. C'est faux.

– Tu as pitié de moi depuis trop longtemps.

L'observation, en dépit de son caractère irrationnel, piqua Marion au vif.

– Katrin ?!

– Je sais que ce n'est pas vraiment de la pitié. Mais je n'arrive pas à me défaire de cette idée. Tu comprends ce que je veux dire ? Je ne parviens pas à la chasser de mon esprit. Je veux qu'on mette un terme à tout cela. C'est maintenant ou jamais.

Katrin baissait les yeux. Le téléphone se fit à nouveau entendre. Marion le regarda sans répondre. Ses hurlements stridents lacéraient le silence qui les séparait. Les sonneries venaient crever les tympans les unes après les autres avant de finalement se taire. Marion regarda Katrin.

– Il n'y a personne d'autre, c'est ça que tu crains ?

– Non, répondit Katrin. Ce que je crains, c'est qu'il n'y en ait peut-être jamais aucune autre. Tu dois faire ce que tu veux. Je te maintiens depuis trop longtemps dans cette incertitude.

Katrin se tenait toujours immobile dans la cuisine.

– C'est un incroyable malentendu, déclara Marion. J'ai pourtant toujours cru que tu l'avais compris. Que tu le savais depuis toujours.

– Quoi donc ?

– C'est moi qui ai toujours eu le plus besoin de toi, Katrin. J'ai toujours vécu dans la solitude, dans une affreuse solitude.

38

L'expert en empreintes digitales était avec Albert à qui il exposait ses conclusions quand Marion arriva finalement au travail, en fin d'après-midi. Les analyses concluaient à une concordance entre les empreintes relevées sur le paquet de cigarettes et sur la voiture de Vidar.

– Disons que je suis sûr à quatre-vingt-dix pour cent, observa leur collègue en les regardant à tour de rôle. L'empreinte sur le paquet n'est pas tout à fait complète, mais ça ne change pas grand-chose. Alors, vous tenez l'assassin ?

– Je n'en sais rien, répondit Albert. Nous verrons bien. Et toi, Marion, qu'en dis-tu ?

Debout à côté de l'expert, l'air absent, Marion semblait être dans un monde lointain et ne lui répondit pas immédiatement. Albert lui avait relaté sa visite à l'ambassade de Grande-Bretagne, son entrevue avec Gordon Harris et ce que ce dernier lui avait dit au sujet de Youri Vigotski.

– Marion ?

– Quoi ?

– Tu crois que Vidar est notre homme ?

– On l'ignore, répondit Marion, se réveillant subitement, les traits tirés, le visage fatigué. Il est trop tôt pour le dire. On doit d'abord le cuisiner. Vidar doit nous expliquer un certain nombre de choses, et le plus tôt sera le mieux. Je suppose qu'il est à son travail.

– Allons-y, suggéra Albert. On le ramène ici et on demande son placement en détention provisoire. Ça ne devrait pas poser de problème.

– On pourrait au moins procéder à un relevé d'empreintes digitales digne de ce nom plutôt que d'aller les prendre comme des voleurs sur sa voiture, s'agaça leur collègue avant de s'éclipser.

– Qu'est-ce que tu sais sur ce Vigotski ? Est-ce vraiment l'un des plus haut gradés des services secrets ?

– D'après les Britanniques, il serait le numéro trois en termes de pouvoir.

– Et comme il ne sort que très rarement d'URSS, ils pensent que des choses importantes se préparent, des événements inhabituels, c'est bien ça ?

– Harris suppose que c'est lié au match, répondit Albert. Il n'a pas été plus surpris que ça de ma visite. Il a pris les choses avec flegme. Je lui ai dit que la Fédération des échecs avait besoin d'en savoir un peu plus sur cet homme et il m'a répondu qu'il imaginait que Vigotski était en Islande pour superviser le travail des agents des services secrets pendant le duel.

– Donc il n'est pas simplement venu ici pour assister à ce duel d'échecs ?

– Ce n'est qu'une éventualité. Nous devons nous garder d'exclure quoi que ce soit. Mais tu n'as pas entendu la dernière. Des gens de l'ambassade soviétique ont été vus à l'arrière du palais des sports de Laugardalshöll. Assis dans un véhicule du corps diplomatique, ils avaient on ne sait trop quel genre d'appareil entre eux.

– Que faisaient-ils ?

– Nous l'ignorons. Dès que la police s'est appro-

chée, ils ont filé. Ces diplomates sont intouchables.
L'un des conseillers du champion du monde a accusé
les Américains d'utiliser les appareils électroniques
présents dans la salle et de recourir à des cocktails
chimiques pour influer sur le comportement de Spassky.
Il se plaint également de la présence de personnes qui
n'ont, à son avis, rien à faire dans les espaces réservés
aux deux joueurs.

— Et tu crois que la visite de ce gars du KGB est en
rapport avec ces choses-là ?

— C'est tout à fait probable. La question est de savoir
le rôle que Vidar tient dans tout ça.

— Ce Russe était l'un de ses meilleurs amis à Moscou, à ce que m'a dit une femme présente là-bas à la
même époque que lui. Est-ce possible qu'il se serve
de Vidar ? Que Vidar travaille pour lui ?

— Nous devrons tôt ou tard aller à l'ambassade
soviétique et leur poser des questions sur ce Vigotski,
observa Albert.

À nouveau dans la lune, Marion n'entendit pas les
propos de son collègue.

— Quelque chose te tracasse ? s'enquit Albert.

— Non, répondit Marion en traînant sur le mot et en
pensant à son chef qui lui avait demandé de laisser le
comptable tranquille. Il est inutile d'attendre. Allons
un peu nous occuper de ce Vidar.

En chemin, Albert lui raconta que trois experts
islandais avaient été appelés à Laugardalshöll pour
vérifier les éclairages et l'ensemble de l'environnement
des champions sur la scène. Il y avait parmi eux un
ingénieur-éclairagiste. Les deux autres s'étaient surtout
penchés sur les fauteuils des concurrents et avaient pré-
levé des échantillons de leur surface. Celui de Spassky
avait été démonté lorsqu'on avait repéré dans l'assise

une "masse" de nature indéterminée qui s'était révélée être du rembourrage.

– On nage dans l'irrationnel le plus complet, observa Albert.

Marion gardait le silence.

Quelque chose dans son comportement lui semblait clocher, mais Albert ne parvenait pas à en imaginer la raison.

– Tu ne veux pas m'en parler ? hasarda-t-il après un long silence.

– De quoi ?

– De ce qui te chagrine.

– Tu crois que quelque chose me chagrine ? rétorqua Marion.

– Tu es complètement dans la lune. Qu'est-ce qui t'arrive ? Ça te ferait sans doute du bien de m'en parler.

– Ne t'inquiète pas pour moi !

Le ton sec de la réponse suffit à imposer le silence à Albert.

Marion avait dû interrompre sa discussion avec son amie. Leur relation avait toujours été fragile et Katrin s'était opposée à toutes ses tentatives pour renforcer les liens qui les unissaient. Au fil des ans, un étrange sentiment avait peu à peu envahi Marion, cette solitude qu'engendre la pensée de vieillir sans personne pour vous accompagner. Katrin lui avait un jour confié ne pas ressentir ce besoin d'avoir quelqu'un auprès d'elle, elle n'avait pas le temps de penser à ce genre de choses et avait laissé entendre qu'elle était satisfaite de l'évolution de leur relation : elle ne désirait aucun changement. Rien n'avait toutefois préparé Marion à l'annonce que Katrin venait de lui faire quant à sa décision de ne plus revenir en Islande.

– Tu as rencontré quelqu'un d'autre ?

Katrin avait secoué la tête.

– Je veux que tu vives une relation normale pendant qu'il est encore temps, avait-elle dit.

– Une relation normale ? Qu'est-ce qui est normal ?

– Je ne reviendrai pas m'installer en Islande, avait répondu Katrin. Et cela pèse sur ma conscience. Mais je fais ça pour toi. L'Islande, c'est ton endroit à toi. Cette relation à distance a assez duré. Tu ne trouves pas ? Réfléchis et sois honnête avec toi-même. Tu n'es pas d'accord avec moi ?

Vidar se trouvait dans son bureau à la Compagnie d'électricité de Reykjavik. Il reconnut immédiatement Marion.

– Que faites-vous ici ?! s'étonna-t-il.

– Dites-moi ce que ce gamin a entendu, éluda Marion.

Vidar se leva de son fauteuil et s'empressa de fermer la porte.

– Que se passe-t-il ? Ça ne pouvait pas attendre jusqu'à ce soir ? Vous avez vraiment besoin de venir me déranger au travail ?

– Qu'est-ce que le gamin ne devait pas entendre ? s'entêta Marion sans lui répondre.

– C'est-à-dire ?

– Nous souhaitons vous poser quelques questions concernant le meurtre de ce jeune homme au Hafnarbio, il y a quelque temps, précisa Albert.

– Je n'ai rien à voir avec ça !

– Est-il vrai que vous étiez dans le cinéma ou dans le voisinage immédiat lorsque ce jeune homme a été poignardé ? insista Albert.

– Qui êtes-vous ?

– Je m'appelle Albert. Je travaille avec Marion.

– Pourquoi venez-vous m'interroger ? Qui vous a raconté ces mensonges ? Qui m'a dénoncé ?

– Si je comprends bien, vous niez toute implication ? s'assura Marion.

– Toute implication ? Je veux savoir pour quelle raison vous me persécutez ainsi. Je veux savoir qui a formulé de telles accusations. N'est-ce pas mon droit ?

Marion hésita un instant et consulta Albert du regard. Vidar attendait.

– On nous a communiqué une information et nous l'exploitons, répondit Marion.

– Une information ? Quelle information ?

– Vous étiez au Hafnarbio, oui ou non ? reprit Albert.

– Quelqu'un m'y aurait vu ? rétorqua Vidar. Vous avez un témoin ? Pourquoi cette question ?

Vidar fixait Albert avec l'air morne et indifférent de celui qui tient à se fondre à la foule et à se garder d'éveiller la curiosité.

– Contentez-vous d'y répondre, conseilla Albert.

– Non, je n'y étais pas.

Marion sortit la photo de Youri Vigotski.

– Connaissez-vous cet homme ?

– Je vous l'ai déjà dit, je ne le connais pas, répondit-il sans même daigner regarder le cliché.

– Voilà qui est étonnant, observa Marion en s'installant sur l'une des chaises face à son bureau. Nous avons interrogé une femme qui était comme vous à Moscou pendant les années 30. Je ne sais pas si vous vous souvenez d'elle. Le nom de Hrefna vous dit quelque chose ? Vous vous souvenez d'elle ?

– C'est Hrefna qui vous a donné cette information ?

– Non, mais elle se souvient bien de vous et de cet homme, de ce Russe que vous fréquentiez beaucoup. Vous pouvez me dire comment il s'appelle ?

Vidar se taisait.

– Youri Vigotski, ce nom vous dit quelque chose ?

Vidar ne répondait toujours rien.

– Connaissez-vous cet homme ?

Albert s'installa sur l'autre chaise. Debout à la porte, raide comme un piquet, Vidar demeurait impassible et ne semblait pas près de leur répondre.

– Peu importe, s'agaça Marion. Vous étiez amis à Moscou. Nous le savons. D'ailleurs, vous ne le niez pas. À notre avis, vous avez gardé le contact pendant toutes ces années.

Vidar ne montrait toujours aucune réaction.

– Ne ferait-on pas mieux de poursuivre cet entretien au commissariat de Borgartun ? suggéra Albert.

– Minute ! répondit Marion. Nous ignorons la forme qu'ont prise ces échanges au fil des ans. Il y a évidemment des lettres que vous devrez nous montrer. Et quelques visites. C'est vous qui vous êtes déplacé puisqu'on nous a affirmé qu'il ne sortait pour ainsi dire jamais d'Union soviétique. Vous l'avez retrouvé dans toutes sortes de colloques et de symposiums. Parfois à Sochi et même à Odessa. Les Russes n'avaient-ils pas pour habitude d'inviter les représentants des partis communistes étrangers sur leur riviera ? Puis, les années passent. Quels sont les sujets de vos conversations ? Qu'avez-vous en commun ? Nous savons qu'il travaille aux services secrets soviétiques, il y occupe un poste-clef, il est peut-être même le troisième homme le plus puissant. Mais il vise encore plus haut. Peut-être lui avez-vous envoyé des lettres et des lettres où vous lui parlez des forces militaires basées sur la lande de Midnesheidi, de l'armée américaine à l'aéroport de Keflavik, de ministres coopératifs et de fonctionnaires bienveillants. Que sais-je ? Et voilà que, tout à coup, il arrive en Islande. Pourquoi donc ? Parce que les Soviétiques tiennent absolument à gagner une partie d'échecs ?

Vidar s'était mis à secouer la tête.

– Vous fumez ? s'enquit Albert.

Ahuri, le comptable fixait Marion.

– Vous n'y êtes pas du tout, dit-il. Je ne comprends vraiment pas de quoi vous parlez.

– Puis-je voir la marque de vos cigarettes ? reprit Albert. Vous n'auriez pas un paquet sur vous ?

– Non, je n'en ai pas !

– Le problème avec ce Youri, poursuivit Marion, c'est que nous savons qu'il était au Hafnarbio pendant la séance de cinq heures où ce jeune homme a perdu la vie. Nous avons un témoin qui l'a vu et qui l'a reconnu sur la photo que je viens de vous montrer. Notre témoin affirme que Youri Vigotski était assis derrière lui dans la salle. Il lui a suffi de regarder cette photo une seule fois pour l'identifier formellement.

Albert s'approcha du bureau et fouilla du bout des doigts les mégots du gros cendrier posé au coin.

– Qu'est-ce que vous fabriquez ? demanda Vidar.

Le policier en attrapa un.

– C'est ça que vous fumez ? demanda-t-il, une cigarette *papiroska* entre les doigts.

– Qu'est-ce que le jeune homme ne devait pas entendre ? s'entêta Marion. Où sont passés ses cassettes et son magnétophone ?

Vidar gardait le silence, mais son visage s'empourprait peu à peu.

– Et que s'est-il passé durant la troisième partie d'échecs ? poursuivit Marion, les yeux fixés sur le mégot que tenait Albert. Pourquoi a-t-elle eu lieu dans la salle réservée au tennis de table ?

– La troisième partie ?

– Vous êtes au courant de quelque chose ? Y a-t-il un lien avec votre ami ? Les Russes essaient-ils d'arranger l'issue du duel à leur convenance ? Est-ce la raison de la présence de votre vieil ami en Islande ?

39

39

Vidar fixait, lui aussi, le mégot qu'Albert avait à la main. Il leva les yeux vers Marion. Un silence oppressant régnait dans la pièce. Le comptable s'apprêtait à prendre la parole, mais il sursauta lorsqu'on frappa à la porte. Une femme d'âge mûr entra pour le prévenir que la réunion était commencée et lui demanda s'il allait venir.

— Quelle réunion ? s'enquit Vidar. L'employée comprit que quelque chose d'anormal se passait. Le visage du comptable était écarlate et sa voix bizarrement étranglée.

— Tout va bien ? s'inquiéta-t-elle.

— Euh, oui, j'avais oublié, toussota-t-il pour s'éclaircir la gorge. Merci. Cette réunion-ci est plus longue que prévue, mais elle touche à sa fin. Commencez sans moi, je ne vais plus tarder.

— D'accord, répondit-elle en toisant Albert et Marion d'un air suspicieux avant de refermer la porte.

Vidar s'efforçait de se donner une contenance. Il s'avança vers son bureau, s'installa dans son fauteuil et fit semblant de classer quelques documents, arborant subitement un air très occupé afin d'écourter cette entrevue.

– Vous l'avez entendu, je suis en retard à ma réunion, plaida-t-il. On ne pourrait pas poursuivre plus tard ?

Les pieds comme rivés au sol, Marion ne le quittait pas des yeux et observait le désespoir muet qui l'envahissait.

– Est-ce que ce sont vos cigarettes ?

Vidar fit comme s'il n'avait pas entendu.

– Où se procure-t-on cette marque ?

Il ne répondait toujours pas. On aurait dit que les murs du bureau se resserraient autour de lui. Ses mouvements semblaient entravés, comme si l'espace alentour se réduisait, il ne levait plus les yeux de sa table de travail et faisait tout pour ignorer la présence des deux éléphants qui venaient ainsi saccager ses plates-bandes.

– Auprès de Youri Vigotski ? ironisa Albert.

– Nous avons trouvé les mêmes devant le Hafnarbio, déclara Marion. Et nous avons aussi trouvé pas très loin de là un paquet vide fabriqué en Russie. Vous connaissez bien sûr la marque Belomorkanal. Vos empreintes digitales se trouvent d'ailleurs sur ce paquet. Nous avons quelques questions à vous poser sur le drame du Hafnarbio. Je suggère que vous nous suiviez dès maintenant, ensuite nous verrons. Qu'en dites-vous ?

– Mes empreintes ? Comment… ?

– Notre théorie est que vous et Vigotski étiez au Hafnarbio au moment du meurtre, poursuivit Albert. Nous voulons savoir ce que vous y faisiez et comprendre pourquoi ce jeune homme a connu ce sort.

Le regard de Vidar passait sans cesse d'Albert à Marion. Il s'accorda un long moment de réflexion pour déterminer la stratégie à adopter.

– Youri n'a rien fait à Ragnar, déclara-t-il finalement.

– Dans ce cas, qui est le coupable ?

– Je vous propose quelque chose, reprit-il. Laissez-moi tranquille…

– C'est exclu, coupa Marion.

– … laissez-moi tranquille aujourd'hui, poursuivit le comptable, et je me présenterai au commissariat dès demain matin. Là, vous pourrez prendre mes empreintes et me poser toutes les questions que vous voudrez. Je promets de vous dire tout ce que je sais.

– Qu'est-ce qui vous empêche de le faire aujourd'hui ? rétorqua Albert.

– Si vous m'accordez ça, je promets de coopérer, reprit Vidar en regardant Marion qu'il pensait être en charge de l'enquête. Si vous refusez, tout cela n'aura servi à rien. À rien du tout.

– Vous voulez dire le meurtre de ce garçon ? rétorqua Marion. Est-ce que lui non plus n'aura servi à rien ?

Vidar grimaça.

Si vous me laissez tranquille les prochaines vingt-quatre heures, je vous dirai tout, répéta-t-il. Je vous le promets. Si vous refusez, je ne serai pas responsable de ce qui arrivera.

– Ce qui arrivera ? répéta Marion. Je vais vous dire ce qui arrivera, Vidar. Albert et moi allons nous rendre à l'ambassade d'Union soviétique avec un mandat d'arrêt contre Youri Vigotski. Nous nous heurterons à l'immunité diplomatique et n'aurons pas le droit de toucher un cheveu de sa tête, mais cela attirera sacrément l'attention de la presse internationale sur votre ami et elle n'hésitera pas à raconter qu'il a assassiné un jeune homme innocent avec votre concours.

Vidar s'était levé.

– Quoi que vous fassiez, n'allez surtout pas là-bas. Vous ne pouvez pas aller à l'ambassade !

– Ils sont pourtant dans votre camp, non ?

– Vous ne savez pas dans quoi vous mettez les pieds, répondit Vidar. Ne faites pas cette bêtise !

– Dans quoi mettons-nous les pieds ?

– N'allez pas à l'ambassade d'Union soviétique ! répéta le comptable d'un ton plus implorant qu'injonctif.

– Étiez-vous au Hafnarbio lorsque le gamin a été poignardé ? réitéra Albert.

– Non, je n'y étais pas, mais par pitié, n'allez pas à l'ambassade. Attendez demain ! Mais n'y allez pas aujourd'hui. Surtout pas aujourd'hui ! Des vies humaines sont en jeu. Et ça vaut également pour moi. Ne me placez pas en détention aujourd'hui. Pas encore, attendez demain. Demain, vous le pourrez.

– Des vies humaines, lesquelles ? s'inquiéta Marion. De quoi parlez-vous ? De la vôtre ? Votre vie est-elle menacée ?

– Je n'étais pas dans ce cinéma, reprit Vidar en fixant Albert. J'ai appris ce qui est arrivé à ce garçon en écoutant la radio. J'étais à l'extérieur et je suivais les choses de loin.

– Il y avait donc un troisième homme avec vous ? poursuivit Marion.

Vidar hocha la tête.

– Qui est-ce ?

– Si vous allez à l'ambassade…

– Ce n'est pas vous qui posez les conditions, répliqua Marion. Vous avez l'intention de tout tenter pour que Bobby Fischer perde le duel ?

Vidar ne répondit pas.

– Vous voulez assurer la victoire à Spassky, je me trompe ? Comment comptez-vous procéder ? Qu'allez-vous faire ? Vous avez placé Fischer sur écoute ? Vous utilisez du matériel électronique ? Des cocktails chimiques ? Vous avez l'intention de lui régler son compte ? Quel est votre plan ? Comment allez-vous faire gagner Spassky ?

Vidar se tenait immobile et secouait la tête sans rien dire.

– Ragnar vous aurait-il entendu exposer votre projet ? poursuivit Albert. Vous n'aviez pas imaginé qu'il y aurait un magnétophone dans la salle. Pour qui avez-vous pris ce gamin ? Un dangereux espion ? Pourquoi avez-vous dû le tuer ? À quels micmacs vous livrez-vous exactement ?

Vidar continuait de dévisager tour à tour Marion et Albert.

– Seigneur Dieu ! soupira-t-il. Vous avez tout compris de travers !

– Suivez-nous, ordonna Marion, déjà debout. Vous aurez tout le temps d'éclairer notre lanterne.

– Il se passe ici des choses que vous ne comprenez pas et dont il est très difficile de parler, répondit Vidar. Soit, vous avez raison, ces choses sont liées au duel, mais pas de la manière dont vous le croyez. Les Soviétiques n'essaient pas du tout d'influer sur l'issue du duel en le truquant. C'est d'une absurdité sans bornes !

– Et la manière dont s'est jouée la troisième partie, ce n'est pas votre œuvre ?

– Je ne sais rien de cette troisième partie. Je n'ai aucune idée de la raison pour laquelle ils l'ont jouée dans la salle réservée au tennis de table ! Pourquoi vous me demandez ça à moi ? Je l'ignore. Je ne comprends même pas de quoi vous parlez ! Cela n'a rien à voir avec les échecs ! assura Vidar.

Albert s'apprêta à l'attraper par le bras, mais il se déroba.

– Vous êtes en train de commettre une erreur.

– Bien sûr ! rétorqua Marion.

Albert attrapa Vidar par le coude.

– On ne pourrait pas se comporter comme des gens civilisés ? demanda-t-il. Je vous suis. Vous n'avez pas besoin de me tenir. Je n'ai aucune envie de faire un scandale ici.

– Pourquoi vous ne voulez pas qu'on aille à l'ambassade ? interrogea Marion. Vous n'avez pas passé votre vie entière à chanter les louanges de l'Union soviétique ? Qu'est-ce qui nous empêche d'aller leur parler ?

– N'y allez pas, répéta Vidar. Attendez demain. Faites ça pour moi.

– Et pourquoi donc ? s'agaça Albert. En quoi les choses auront-elles changé d'ici demain ?

– Je ne peux pas vous l'expliquer. Quelqu'un est-il au courant que vous vous intéressez à moi ? Vous pouvez me le dire ?

– Vous craignez qu'il vous arrive malheur ? demanda Albert.

Vidar garda le silence.

– De quoi avez-vous peur ? s'inquiéta Marion.

Vidar secoua la tête en signe de reddition. Albert l'accompagna jusqu'à la porte. Marion leur ouvrit et sortit dans le couloir qui abritait d'autres bureaux.

– Ce n'est pas à moi que je pense, murmura le comptable. Je m'inquiète pour d'autres personnes. D'autres que moi sont en danger.

La femme d'âge mûr qui était venue le prévenir de la réunion s'approcha tout à coup.

– Mon petit Vidar, déclara-t-elle, avenante, je peux te déranger un instant ? Ils ont ajourné la réunion, mais il faut que tu viennes regarder un petit truc avec moi pour Hafsteinn. Il y en a juste pour une minute. Il a l'impression que nous avons fait une erreur de calcul.

Vidar s'efforça de sourire. Il regarda Marion. Marion

regarda Albert, puis secoua la tête. Le comptable bondit sur l'occasion et mit immédiatement à profit ce moment d'hésitation. Il attrapa la femme par le bras, l'entraîna avec lui jusqu'au bureau qu'elle occupait, claqua la porte et la ferma à clef. Albert se précipita sur le battant, tenta d'ouvrir et frappa tout en appelant Vidar. Sidérés, les employés se levèrent de leurs sièges pour observer la scène. Quelques instants plus tard, la porte se rouvrit et la femme regarda Albert, ahurie.

– Il… il s'est enfui par là, que… que se passe-t-il… ?

Albert se lança à ses trousses. Situé au rez-de-chaussée, le bureau de la femme avait une seconde porte donnant sur un couloir qui débouchait sur l'arrière du bâtiment. Il courut sur le parking, entre les voitures et les arbres, sans y repérer aucune trace de Vidar. Il alla au coin du bâtiment, courut jusqu'à la façade, traversa la rue, fit demi-tour et bientôt ne sut plus s'il devait aller à droite, à gauche ou retourner fouiller le parking à l'arrière.

– Tu le vois ? lui cria Marion depuis le coin du bâtiment.

– Il a disparu, répondit Albert. Je ne le trouve pas.

– Et merde !

– Qu'est-ce qu'on fait ?

– On passe un avis de recherche et, ensuite, on va à l'ambassade.

– Il nous a suppliés d'attendre.

– Ses intérêts ne sont pas forcément les nôtres, Albert. Surtout après le coup qu'il vient de nous faire.

– Il s'est complètement affolé quand on a évoqué l'ambassade. Il dit que des vies humaines sont menacées.

– Je sais, répondit Marion. Mais nous devons quand même y aller. Vigotski risque de nous échapper. Vidar s'est enfui pour le prévenir. Je ne vois pas d'autre raison à ce comportement ridicule.

– Pourquoi ne veut-il pas qu'on aille là-bas ? demanda Albert. De quelles vies humaines parle-t-il ? Qu'est-ce qui se passe et qu'il ne peut pas nous raconter ?

– Tout ça est incompréhensible, répondit Marion, perplexe.

– Quoi donc ? Qu'est-ce que tu sais ? J'exige de savoir tout ce que tu sais ! s'emporta Albert.

– On nous a demandé de laisser Vidar tranquille, expliqua Marion. Je pensais que c'était une exigence des Russes, mais je me trompais. Sur toute la ligne. C'étaient les autres !

– Les autres ? De quoi tu parles ? Quels autres ?

– Les Américains ! On m'a transmis un message émanant de l'ambassade américaine pour me demander de laisser Vidar tranquille !

Quelques minutes plus tard, ils allèrent interroger celle dont le comptable s'était servi pour leur échapper. Il régnait dans les bureaux une grande effervescence. La nouvelle de la fuite de Vidar face à la police s'était répandue à toute vitesse parmi le personnel qui fixait d'un air méfiant la porte close du bureau de la femme.

– Qui parmi vous connaît le mieux Vidar ? demanda Marion.

– Je suppose que c'est moi. Nous travaillons ensemble depuis très longtemps. Que se passe-t-il ? Qu'a-t-il fait de mal ? Que lui voulez-vous ?

– On doit l'interroger et il ne s'est pas senti la force de nous affronter. Il avait besoin d'un délai. Vous avez une idée de l'endroit où il est allé ?

– Non, répondit sa collègue. J'imagine qu'il est rentré chez lui.

– J'en doute fort, répondit Marion.

– Dans ce cas, je ne vois vraiment pas.

– Connaissez-vous des amis chez qui il pourrait s'être réfugié ?

– Il est peut-être au palais des sports de Laugardalshöll, observa la femme.

– À Laugardalshöll ?

– Oui, au tournoi d'échecs. Il assiste à toutes les parties.

– Le duel du championnat du monde ?

– Oui, il parle russe. Vous... vous êtes peut-être au courant.

– Et que fait-il là-bas ?

– Il travaille pour eux, il travaille pour les Russes. Il assure l'interprétariat et les aide dans divers domaines.

La femme regarda Marion, puis Albert.

– C'est en tout cas ce qu'il m'a dit.

– On court un risque en allant à l'ambassade ? demanda Albert tandis qu'ils regagnaient la voiture garée devant le siège de la Compagnie d'électricité de Reykjavik.

– Ça les divertira un peu, répondit Marion en s'installant sur le siège du passager. Improvisons ! Voyons l'accueil qu'ils nous réservent. On leur en dit le moins possible et on essaie de savoir ce qu'ils ont en tête.

– Qu'est-ce que le petit a entendu ? demanda Albert en démarrant le moteur.

– Bonne question.

– Tu crois qu'ils envisagent de l'assassiner ? s'alarma Albert.

– Qui ça ?

– Les Russes.

– Tuer qui donc ?

– Oh, nom de Dieu ! C'est…

– Quoi donc ? s'agaça Marion.

– Est-ce que les Russes prévoiraient de tuer Bobby Fischer ?

40

Tandis qu'ils roulaient vers l'ambassade, Marion lui relata sa conversation avec leur supérieur et lui exposa la surprenante requête priant la police de laisser Vidar tranquille. Albert lui fit remarquer que le comptable avait précisément formulé la même demande, sans toutefois donner la moindre explication. Sa collègue de la Compagnie d'électricité ne savait pas exactement pour qui il travaillait dans le cadre du duel et le nom de Youri Vigotski ne lui disait rien non plus. Jamais elle ne l'avait entendu dans la bouche de Vidar.

– Que diable les Russes manigancent-ils à Laugardal-shöll ? s'agaça Albert alors qu'ils s'engageaient sur le boulevard Miklabraut.

– Fischer a l'avantage sur Spassky, répondit Marion. Ils ont peut-être gardé un atout dans leur manche au cas où les choses tourneraient vinaigre. Vidar vient de nous dire que des vies humaines étaient en danger. Qu'entendait-il par là ? De quoi parle-t-il donc ?

– Serait-ce vraiment possible qu'il pense à celle de Fischer ?

– Je…

Marion se refusait à envisager sérieusement cette idée.

– On ferait peut-être mieux d'aller voir la Fédération des échecs, suggéra Albert, pour leur demander de reporter la partie.

– Écoutons d'abord ce que disent les Russes et voyons comment ils nous reçoivent. Ensuite, nous aviserons. De toute manière, nous devrons contacter la Fédération tôt ou tard. L'idée de bloquer la partie pour des soupçons aussi vagues est insupportable. C'est tout simplement impensable.

Albert roulait à vive allure en direction de l'ouest de la ville. Il s'engagea sur la rue Sudurgata au rond-point de Melatorg, puis remonta Tungata et prit à gauche sur Gardastraeti où il se gara devant l'ambassade. Il monta frapper à la porte.

– On n'a pas besoin d'une autorisation spéciale pour ce genre de choses ? s'inquiéta-t-il.

– Sans doute ! Essaie donc la sonnette.

Marion leva les yeux vers la caméra de surveillance installée en surplomb de l'entrée principale et se demanda s'ils étaient observés depuis l'intérieur. On entendit du bruit derrière la porte qui ne tarda pas à s'ouvrir. Un petit homme maigre, vêtu d'un costume noir et portant une élégante moustache, apparut.

– Nous travaillons à la Criminelle, informa Albert en anglais. Nous souhaiterions voir monsieur l'ambassadeur.

– Vous avez rendez-vous ? Je ne crois pas que vous soyez attendus.

– Non, nous n'avons pas de rendez-vous, répondit Albert en montrant sa carte de police. Mais c'est très urgent, cela concerne un crime commis en ville.

L'homme s'accorda un instant de réflexion. Il était sans doute plutôt rare que des gens soient reçus à l'ambassade sans que les choses aient été prévues de longue date et que la raison de leur visite ait été examinée sous toutes les coutures.

– Monsieur l'ambassadeur est absent. Il est parti aux échecs, il assiste à la suite de la treizième partie, dit-il avec un sourire.

– Il est donc au palais des sports de Laugardalshöll ? s'enquit Albert.

– En effet.

Le fonctionnaire semblait avoir à cœur de les aider.

– Vous pourriez peut-être en parler avec notre chef de la sécurité, proposa-t-il. Puisqu'il s'agit d'une affaire criminelle.

Albert regarda Marion qui acquiesça d'un hochement de tête.

– D'accord, dit-il.

L'homme les cantonna dans le hall d'entrée depuis lequel on apercevait la porte entrebâillée d'une petite salle d'attente sans doute destinée à ceux qui venaient voir l'ambassadeur. Des œuvres picturales soviétiques ornaient les murs et des objets d'art venus des pays de l'Est, des statues en porcelaine et des sculptures, étaient posés sur les tables. Marion remarqua la jolie poupée en costume traditionnel hongrois sur l'une des étagères. D'épais rideaux occultaient les fenêtres et un grand lustre en cristal de Bohême était accroché au milieu du plafond.

– Tu crois que nous faisons fausse route ? demanda Marion à son collègue dès que le fonctionnaire à moustache fut parti chercher son collègue de la sécurité.

– Nous verrons bien.

L'inquiétude de Marion grandissait au fur et à mesure que l'attente s'allongeait. On leur interdisait de s'intéresser à Vidar et ce dernier avait tout fait pour les dissuader d'une visite à l'ambassade. La question qui se posait était la suivante : n'étaient-ils pas allés un peu vite en besogne – n'auraient-ils pas dû réfléchir un peu plus avant d'agir ? Les événements de la journée et des semaines passées venaient l'assaillir et se bousculaient dans sa tête, depuis le moment où la police avait été appelée au Hafnarbio et où l'enquête visant à retrouver l'assassin de Ragnar avait débuté. Les recherches s'étaient d'abord attachées aux spectateurs présents à la séance de cinq heures, avant de se concentrer sur deux hommes, deux étrangers assis côte à côte devant Ragnar, et qui avaient abordé dans leur conversation des sujets à caractère confidentiel. Youri Vigotski était l'un d'eux et son interlocuteur probablement un Américain. Vidar niait avoir été présent dans la salle de cinéma, mais reconnaissait avoir observé la rencontre à distance. Et quelqu'un avait prononcé ces mots : *Excuse me*.

– Albert, dis-moi, qu'avons-nous compris de travers ? chuchota Marion.

– Comment ça ?

– Tu te rappelles : Vidar s'est écrié à un moment que nous avions tout compris de travers. De quoi étions-nous en train de lui parler ?

Son collègue s'accorda un instant de réflexion.

– Je n'ai pas pris de notes, regretta Albert.

– Nous lui disions que les Soviétiques voulaient absolument faire gagner Spassky, que Ragnar avait entendu ces deux hommes en parler au Hafnarbio, qu'il avait enregistré leur conversation et que c'était ce qui avait entraîné sa mort.

– Oui ?

– À ce moment-là, Vidar a dit : ça n'a rien à voir avec les échecs !

Marion se revit dans le bureau de Johannes. Le but de son supérieur était de gagner du temps et d'avoir la paix. Vidar avait demandé exactement la même chose : il voulait qu'on le laisse tranquille, il avait besoin de temps, d'un peu plus de temps. Vous avez tout compris de travers, avait-il dit. Je vous parlerai demain, mais pas aujourd'hui.

Une porte s'ouvrit dans le hall. L'homme à la moustache réapparut, accompagné d'un autre qu'il leur présenta comme le chef de la sécurité. Nettement moins avenant que le premier, froid et sec, le second ne les salua pas, ni ne se présenta. Albert lui tendit la main, mais la ramena à lui en constatant qu'elle restait suspendue dans le vide et que le chef de la sécurité la regardait sans daigner la prendre.

— Nous avons commis une erreur, je dois vous prier de quitter notre ambassade, déclara-t-il dans un anglais bien plus approximatif que celui de son collègue.

— Une erreur ? C'est-à-dire ? demanda poliment Albert.

— Il faut du temps pour préparer une visite de ce genre. Monsieur l'ambassadeur est absent. Nous n'aurions jamais dû vous laisser entrer. Je vous prie de partir.

— J'ignore s'il vous l'a dit, reprit Albert en désignant l'homme à la moustache qui se tenait, l'air contrit, à côté du chef de la sécurité, mais notre visite concerne une enquête de police, un crime commis en ville il y a quelque temps, et l'une de nos pistes nous conduit justement à votre ambassade.

Son collègue l'avait en effet informé, mais il refusait fermement de donner suite à leur demande.

— Vous devez solliciter une entrevue, répondit-il. Je vous prie encore une fois de bien vouloir quitter les lieux.

Marion observait le chef de la sécurité et revoyait l'expression affolée de Vidar quand ils lui avaient demandé s'il se croyait surveillé. Puis il y avait eu ce désespoir sur son visage lorsqu'il avait compris que la police avait l'intention de contacter l'ambassade d'Union soviétique. Ce lieu était manifestement redoutable – il les avait prévenus que des vies étaient menacées s'ils y allaient. De quoi s'agissait-il ? Que craignait donc Vidar de son propre camp ? Et quel était le lien entre cette frayeur et son ami Youri Vigotski, un homme aussi haut placé dans la hiérarchie des services secrets soviétiques ?

Albert continuait de parlementer avec le chef de la sécurité, l'homme à la moustache se tenait à côté d'eux, désolé d'avoir laissé entrer la police islandaise dans le hall de l'ambassade.

Marion n'entendait même pas ce que disait son collègue, l'esprit tout entier concentré sur son entrevue avec Johannes. Ce dernier lui avait affirmé que c'étaient les Américains qui tenaient à ce que la police laisse Vidar tranquille. En quoi cet ancien socialiste proche de Moscou pouvait-il bien les concerner ? Quelle importance avait-il à leurs yeux ? Vidar avait certifié qu'il n'était pas présent dans la salle de cinéma : il s'était contenté d'observer la rencontre de loin. En d'autres termes, le rendez-vous entre le Russe et l'Américain avait eu lieu sous sa surveillance. La rencontre aura lieu au cinéma, avait appris Vidar par téléphone. N'allez surtout pas à l'ambassade, les avait-il suppliés. Des vies humaines sont en danger ! *Excuse me*, avait déclaré l'un des deux hommes du cinéma avec un fort accent américain. Cela n'a rien à voir avec les échecs ! Vous avez tout compris de travers ! s'était écrié Vidar.

– Un grand nombre de fonctionnaires soviétiques sont actuellement en Islande à l'occasion du duel d'échecs, déclara le chef de la sécurité, arrachant Marion à ses pensées. Certains sont hébergés ici, d'autres à l'hôtel. Si vous me communiquez le nom de la personne que vous cherchez à joindre, je verrai ce que je peux faire. Mais vous n'avez pas le droit d'être ici. Vous en êtes conscients, n'est-ce pas ? C'est notre ambassade. En ce moment, vous êtes sur le territoire de l'Union soviétique.

Albert lança un regard à Marion.

— Qui désirez-vous rencontrer ? demanda le chef de la sécurité dont le policier était enfin parvenu à piquer la curiosité.

Albert hésita.

— Qui ? répéta-t-il, d'un ton presque militaire. Qui recherchez-vous dans le cadre de cette affaire ?

Albert se racla la gorge.

— Nous pensons qu'il s'agit de...

Il n'eut pas le temps d'achever sa phrase.

— Ne dis plus rien ! s'écria Marion.

Albert et son interlocuteur sursautèrent, stupéfaits.

— Je crois que nous commettons une grave erreur.

— Quoi ?! renvoya Albert.

— Tout cela n'est qu'un malentendu !

— Comment ça ? Un malentendu ?

— Albert, on ne devrait pas être ici !

— Enfin, qu'est-ce que ça veut dire ?

Le chef de la sécurité assistait à leur conversation avec une impatience grandissante.

— Qui la police désire-t-elle interroger ? Donnez-moi son nom et je verrai ce que je peux faire, répéta-t-il.

— Tu ne comprends donc pas ? lança Marion à son collègue.

— Eh bien non !

— Nous devons nous en aller, martela Marion. Je t'expliquerai tout ça dans la voiture !

– Tout ça quoi ? rétorqua Albert. Enfin, qu'est-ce que tu racontes ?

– Je crois…

Marion regarda le chef de la sécurité.

– Quoi ?

– Nous devons nous en aller immédiatement. Ils sont en train de nous échapper !

– De quoi parles-tu ?

– Dépêche-toi, commanda Marion en souriant au Russe. Grouille, Albert, dehors !

Marion élargit encore son sourire, remercia en islandais les Russes de leur accueil, passa en vitesse sous le nez du chef de la sécurité et sortit de l'ambassade, Albert sur les talons.

41

Albert se gara sans un mot devant le palais des sports de Laugardalshöll. Il répondit au policier qui s'était approché et s'apprêtait à lui faire une remarque qu'il était de la maison et qu'il était là pour raisons professionnelles. Le collègue se contenta de ces explications. Marion marchait déjà d'un pas pressé vers le bâtiment. Tous deux réussirent à convaincre l'homme posté à l'entrée de les laisser passer en brandissant leur carte : l'affaire était urgente.

Albert rejoignit Marion à l'entrée de la grande salle. Un millier de spectateurs étaient présents à Laugardalshöll. La treizième partie avait repris après l'ajournement de la veille. Bobby Fischer et Boris Spassky étaient sur la scène, très concentrés. Cette partie promettait d'être l'une des plus intéressantes de ce long combat singulier. Les deux concurrents avaient longuement réfléchi, Fischer jusqu'à huit heures du matin et Spassky, qui avait deux pions de retard à la reprise, avait fait de même pendant vingt-cinq minutes avant de jouer.

Le public retenait son souffle, pas la moindre quinte de toux, pas le moindre soupir. Les coudes posés sur la table et se soutenant la tête d'une main, Fischer fixait interminablement les cases. Spassky, qui avait les blancs, l'observait à distance ; il s'était levé pour se dégourdir les jambes et s'étirer. L'arbitre, Lothar Schmid, s'était accordé une pause, mais restait disponible en cas de besoin. Fischer se pencha en arrière dans son fauteuil et se passa une main dans les cheveux.

Marion prit le temps d'apprécier brièvement la situation sur l'écran géant installé dans la salle. La veille, Fischer avait commencé par une défense Alekhine variante moderne, comptant forcer Spassky à avancer ses pions pour les attaquer. Spassky avait déjà un point de retard, mais s'était repris au fil de cette partie et, au moment où elle avait été ajournée, il était difficile de dire qui des deux adversaires aurait le dessus même si ceux qui pariaient sur Fischer étaient plus nombreux. L'impatience se lisait sur le visage des spectateurs. La tension accumulée la veille allait grandissant à chaque coup.

Marion avait demandé à faire une halte avant d'aller à Laugardalshöll. Albert n'avait pas été convié à cette visite et avait dû l'attendre dans la voiture. Marion n'avait pas cédé face à ses vigoureuses protestations, affirmant qu'il était dans leur intérêt de ménager cette femme, mais son collègue ne s'était pas laissé convaincre et avait continué de renâcler.

– Et si Vidar est chez elle ? avait-il plaidé. Que feras-tu ? Tu le laisseras à nouveau nous échapper ?

– S'il est là, je crois parvenir à le persuader de collaborer.

– Comment as-tu appris son implication dans cette histoire ? Qu'est-ce qui t'empêche de me le dire ?

– Je ne veux pas trahir une promesse…

– Pourquoi tu ne me fais pas confiance ?

– Mais si, j'ai confiance en toi…

– Pas du tout ! Tu fais de la rétention d'informations !

Et tu persistes dans la même voie en refusant que je t'accompagne pour aller voir cette femme !

– Albert, c'est faux ! Je crois simplement qu'il faut y aller doucement avec elle. Et je pense qu'il vaut mieux que je la rencontre en tête-à-tête.

Albert n'avait rien voulu entendre. Face à cette obstination, Marion avait clos la discussion en quittant la voiture et en claquant sa portière.

La femme que la police devait interroger occupait le rez-de-chaussée d'une maison à un étage datant du début du siècle dans le quartier de Thingholt. Marion envisageait de venir la voir depuis quelques jours, mais avait à chaque fois repoussé sa visite. Or il était maintenant peut-être trop tard. Albert boudait dans la voiture, excédé. La sonnette avait retenti dans l'appartement et, bientôt, la porte s'était ouverte.

– Vous êtes bien Briet ?

– Oui.

– Briet Larusdottir, infirmière, c'est bien ça ? avait demandé Marion. La femme avait hoché la tête d'un air inquiet.

– Vidar Eyjolfsson serait-il chez vous ?

Les deux policiers balayèrent la salle du regard. À première vue, il n'était pas là. Albert se faufila, la tête baissée, le long des rangées de sièges et le chercha parmi les spectateurs.

Il reconnut l'ambassadeur d'Union soviétique, assis au centre du premier rang, pour l'avoir vu en photo dans les journaux et repéra également l'homme installé à deux sièges de lui.

Youri Vigotski.

– Qui êtes-vous ? avait demandé la femme sur le pas de la porte.

– Je suis de la police, avait répondu Marion. Puis-je me permettre de vous déranger un moment ? C'est moi qui dirige l'enquête sur le meurtre du Hafnarbio. Je suppose que vous en avez entendu parler.

La femme avait longuement observé Marion. Son visage ne reflétait pas la moindre surprise.

– Est-ce que Vidar va bien ? avait-elle fini par lui demander.

– Il n'est pas chez vous ?

– Non, il est passé en coup de vent aujourd'hui, mais c'est tout.

– Pourquoi pensez-vous qu'il ne va pas bien ?

– C'est vous et votre collègue qui êtes venus l'interroger à son bureau aujourd'hui ?

– Oui.

– Il s'attendait à ce que vous passiez ici. Vous correspondez exactement à la description qu'il a faite de vous.

– Je crains qu'il ne soit en danger, avait répondu Marion. Me permettez-vous d'entrer ?

– Il m'a conseillé de ne pas vous parler.

– Je peux lui venir en aide. Avec votre concours.

– Il pense que vous avez tout flanqué en l'air. Il viendra vous voir demain. Peut-être même ce soir. Ce qui est arrivé à ce malheureux gamin au Hafnarbio l'a terriblement affecté. Il n'en dort plus. Il est persuadé d'être responsable du drame même si c'est complètement faux.

– Me permettez-vous d'entrer ?

Briet toisa longuement Marion.

– Vidar m'a déconseillé de vous parler.

– Je peux lui venir en aide. Vous devriez me faire confiance. Je crains qu'il ne coure un grand danger.

Spassky ne quittait pas l'échiquier des yeux. Voûté, Fischer était assis face à lui. Rien ne venait troubler leur concentration et l'expression des visages dans la salle attestait clairement que la tension était à son point culminant. Fischer avala une gorgée de jus d'orange. L'arbitre avait dû à plusieurs reprises demander le silence dans la salle. Au moindre chuchotement, il appuyait sur un bouton et un panneau lumineux affichant les mots SILENCE et THÖGN s'allumait sur le mur. Albert remonta les rangées de sièges et rejoignit Marion, toujours immobile à côté de la porte d'entrée.

– Youri est assis au premier rang, à deux sièges de l'ambassadeur, murmura-t-il.

– Et Vidar ?

– Je ne le vois pas.

– Cherche-le, mais laisse-le tranquille si tu l'aperçois. Ne le laisse pas te voir, contente-toi de le surveiller de loin. Moi, je m'occupe de Vigotski, il pourrait nous conduire jusqu'à Vidar.

– Il a vraiment l'intention de faire ça ici, au beau milieu du palais des sports ?

– C'est ce que m'a dit Briet.

– Comment va-t-on faire pour différencier les Russes des Américains ?

– Albert, sois prudent, déclara Marion. On ne sait pas trop comment tout ça va tourner. Demande à quelques-uns des collègues qui assurent la sécurité de la salle de t'assister. On ne sait jamais. Nous marchons sur des œufs.

Briet avait joliment arrangé son appartement dans le quartier de Thingholt. Il était aussi douillet que confortable. Marion avait immédiatement remarqué tous les signes indiquant qu'elle vivait seule. Une tasse et une assiette solitaires étaient retournées sur la paillasse à côté de l'évier. Le salon meublé avec goût n'avait jamais été empli de cris d'enfants et tout y était à sa place, comme figé. Les épais rideaux tirés aux fenêtres tenaient le monde extérieur à distance.

– Je me suis un peu renseignée sur vous et Vidar, avait avoué Marion en s'installant sur le canapé moelleux du salon. J'espère ne pas avoir fait preuve d'une curiosité malsaine. Vous ne vivez pas ensemble, mais vous formez tout de même un couple, c'est ça ?

– Vidar m'a parlé de vous, avait répondu Briet. Il m'a dit que vous étiez quelqu'un de bien. Vous ne lui déplaisez pas. Et je ne doute pas de votre sens de la justice.

– Expliquez-moi ce qui se passe.

Briet s'était installée dans un fauteuil. Ses mouvements étaient lents, elle avait largement dépassé la soixantaine et son visage bienveillant était parsemé de rides autour des yeux et de la bouche, des rides qui s'étaient creusées au fil des ans. Elle arborait une expression grave qui suggérait qu'elle ne souriait que rarement et fixait la pendule sur le mur, un souvenir de famille, muni d'un petit balancier qui allait et venait au rythme lent et régulier d'un discret battement de cœur.

– Vidar prévoit de revenir ici ? avait demandé Marion.

– Oui, avait répondu Briet, les yeux toujours rivés sur l'horloge. Quand tout sera terminé.

– Tout ? C'est-à-dire ?

Briet avait regardé Marion.

– Il est encore trop tôt pour que je puisse vous le dire, avait-elle répondu. Cela m'est impossible.

Marion avait à son tour regardé la pendule.

– On essaie de m'expliquer qu'il s'agit de politique. On me dit que c'est en rapport avec les échecs, avec ce duel du siècle qui est un événement de retentissement international pour l'Islande, on me parle de guerre de la morue, des Russes, des Américains, de la guerre froide. On me dit que la question ne se résume pas à l'assassinat de ce jeune homme. Personne ne pense à lui et je trouve ça bien triste. Ça ne vous choque pas ? Je me fiche de la guerre froide. Je me fiche des grandes puissances. Je me fiche du duel du siècle. Ce qui m'intéresse, c'est Ragnar et la manière dont il est mort. Rien de plus. S'il vous plaît, ne me dites pas que vous êtes comme tous les autres.

– Je pense à lui tous les jours. Il… C'était…

Briet n'avait pas eu le temps d'achever sa phrase.

– C'est maintenant ? avait coupé Marion. C'est en train de se passer en ce moment ? À Laugardalshöll ?

Briet avait gardé le silence.

– Vos manigances ont déjà causé la mort d'un jeune homme ! avait accusé Marion. Ça ne vous suffit pas ?!

– Vous croyez sincèrement pouvoir aider Vidar ? avait répété Briet.

– Oui, je le crois.

– Je ne sais vraiment pas ce qui…

Briet avait poussé un léger soupir.

Fischer continuait d'analyser. Il regarda la pendule. Il n'était pas aussi pressé par le temps que Spassky. Son calme était presque surprenant après ce qu'il venait d'endurer. S'il parvenait à gagner cette partie, il comptabiliserait huit victoires contre cinq pour Spassky. Si

Spassky la perdait, ses chances de conserver le titre de champion du monde diminueraient d'autant.

Marion vit Youri se lever tranquillement et quitter la rangée où il était assis pour rejoindre l'allée. Il défroissa sa veste, plongea une main dans la poche de son pantalon et remonta l'allée en direction de la sortie.

Marion resta immobile, embrassant du regard l'ensemble de la salle. Deux hommes se levèrent, l'un à gauche, l'autre à droite, et suivirent tranquillement Vigotski.

– Ce duel d'échecs au sommet est une bénédiction pour lui, avait poursuivi Briet. Il caresse le projet depuis un certain temps, mais l'occasion ne s'était pas présentée jusque-là. Et voilà qu'on décide d'organiser le championnat du monde en Islande.

– De qui parlez-vous et de quel projet ?

– De Youri.

– Youri Vigotski ?

– Lui-même.

– Il serait en train d'organiser sa fuite ?

Briet n'avait pas répondu.

– Youri aurait l'intention de passer à l'Ouest ?

42

– Ce qui est arrivé au Hafnarbio est affreux, avait poursuivi Briet, évitant de regarder Marion dans les yeux. C'est une véritable horreur. Les mots me manquent. Le pauvre garçon. Comme je plains sa famille. Vidar ne s'en remet pas. Il ne pouvait pas aller vous voir sans nuire à Youri. C'est un vieil ami. Vous ne devez pas les empêcher de mener à bien ce qu'ils sont en train de faire. Sinon, ils le prendront et le tueront !

– Youri projetterait de fuir aux États-Unis ?

– Oui, et le problème c'est que sa famille...

– Ils tiennent sa famille ?

– Elle est en route vers l'ambassade américaine d'Helsinki, avait répondu Briet, les yeux toujours rivés sur la pendule. Je veux dire sa femme et ses quatre enfants. Nous attendons de les savoir en sécurité pour mettre à exécution la phase finale de l'opération.

– Ce sont ces vies-là que Vidar veut protéger ?

Briet avait hoché la tête.

– C'est tout le problème : sa famille.

– Quelles relations entretiennent Vidar et Vigotski ?

– Ils sont devenus amis à Moscou. Vidar vous expliquera tout ça cette nuit ou dans la journée de demain – si tout se passe comme selon nos plans. Les Russes ont compris qu'il y a anguille sous roche. Ils savent que quelqu'un transmet des informations à l'Ouest depuis des années. Vidar ignore comment ils l'ont su, mais l'étau se resserre autour de Youri depuis un certain temps. Youri, quant à lui, ignore l'étendue et la nature de ce qu'ils ont découvert. Il est incapable de dire si les soupçons portent vraiment sur lui. Ils ont autorisé sa famille à partir en voyage pour Helsinki avant-hier. La procédure a été interminable, mais finalement les autorités soviétiques ont avalisé la demande de visa, ce qui signifie que Youri n'est peut-être pas le premier sur la liste de leurs suspects. Ils l'ont également autorisé à se rendre en Islande à l'occasion du duel. Cet autre signe tend à indiquer qu'ils n'ont rien de solide contre lui. Pour finir, la mise en œuvre de ce projet a été retardée à cause des multiples difficultés de la famille pour obtenir le visa. Or, Youri doit repartir en Union soviétique dès demain.

– Vidar est un espion ? avait demandé Marion.

– Non, avait répondu Briet, s'autorisant un sourire. Ce n'est qu'un ami. Et un contact. Youri l'a prévenu dès qu'il a appris qu'il pourrait venir ici. Il a entièrement confiance en lui. Vidar a contacté l'ambassade américaine et ils ont organisé un rendez-vous au Hafnarbio.

– On m'a dit que Vidar était un communiste orthodoxe, obéissant à la ligne dure du Parti, et qu'il bénéficiait de faveurs à l'époque où il vivait à Moscou, avait remarqué Marion.

– C'est exact, et c'est comme ça qu'il a lié connaissance avec Youri. Ils fréquentaient tous deux l'École Lénine. Mais avec le temps, l'un comme l'autre ont peu à peu cessé de croire au système. Youri lui a parlé des persécutions, des assassinats, du goulag. Il a lui-même perdu des membres de sa famille durant les purges de Staline. Vidar suppose que c'est pour cette raison qu'il a fini par trahir et par espionner pour le compte des Américains, devenant ainsi agent double. Et je me répète : Youri a une confiance aveugle en lui.

– Donc, c'est de cette manière que Vidar s'est trouvé impliqué dans le projet de Vigotski.

– Oui, Youri pouvait le voir sans éveiller de soupçons. Vidar était souvent invité à l'ambassade soviétique, le personnel le connaissait. Il a aussi effectué un certain nombre de voyages en URSS, qui ont entretenu et resserré leurs liens amicaux. La première chose que Youri lui a demandée était de s'adresser à l'ambassade américaine. Il n'osait plus emprunter le canal habituel pour contacter l'Ouest. L'ambassade a fait venir des experts des USA afin d'organiser son passage. L'un d'eux était à ce rendez-vous dans le Hafnarbio. Vidar ignore son identité, mais Youri le connaissait déjà. C'est lui qui...

Briet s'était interrompue.

– C'est lui qui a poignardé Ragnar ? avait demandé Marion.

Elle lui avait répondu d'un hochement de tête.

Debout à côté d'un des nombreux téléphones de la salle de presse, Vidar consultait sa montre, comme pétrifié. Il régnait dans la salle une agitation intense et un brouhaha assourdissant. Les journalistes étrangers rédigeaient frénétiquement leurs articles sur des machines à écrire ou parlaient au téléphone, décrivant la reprise de la partie après l'ajournement, l'atmosphère du palais des sports, les mouvements et les attitudes des champions. Les sonneries retentissaient de toutes parts, les conversations étaient bruyantes, les liaisons téléphoniques étant plus ou moins bonnes. Certains devaient presque crier pour être entendus de leurs correspondants. La partie qui se jouait en ce moment serait historique.

Le téléphone sonna. Vidar sursauta. Il y eut une deuxième sonnerie, Vidar attendit et ne répondit qu'à la troisième.

Il plaqua le combiné contre son oreille mais, n'entendant rien, il se boucha l'autre oreille de son index afin de s'abstraire du vacarme ambiant.

– *Are they safe?* murmura-t-il.

On ne lui répondait pas à l'autre bout de la ligne.

– *Are they safe?* répéta-t-il.

Vigotski quitta tranquillement la grande salle sans même jeter un regard alentour. Il ne semblait pas avoir remarqué les deux hommes qui s'étaient levés en même temps que lui et le suivaient. Il s'arrêta dans le hall. Albert avait également quitté la salle, toujours à la recherche de Vidar. Marion rasait les murs et ignorait où était son collègue. Ils avaient évoqué l'idée d'appeler en renfort toutes les forces de police disponibles et de boucler le périmètre de Laugardalshöll. Marion avait fait remarquer qu'ils ne disposaient pas d'un temps suffisant pour organiser une telle opération. Il faudrait en outre arrêter la partie en plein milieu, ce qui pouvait avoir des conséquences aussi gênantes qu'imprévisibles. Deux mille personnes environ étaient présentes sur les lieux et les issues étaient innombrables. Si l'assassin de Ragnar se trouvait à Laugardalshöll, une opération policière de grande envergure risquait de faciliter sa fuite.

Vigotski sortit ses cigarettes et en alluma une. Il inspira profondément la fumée et la rejeta en observant les alentours d'un air tranquille. Il savait que son ami lui ferait un signe dès que ce dernier serait assuré que sa famille était en sécurité. Vidar allait recevoir un appel sur un téléphone bien précis dans la salle de presse. Il aurait des nouvelles de l'épouse de Youri. Il assistait les journalistes russes depuis le début du duel, venait à Laugardalshöll à toutes les parties et passait souvent à la salle de presse où sa présence n'éveillait pas la moindre suspicion.

Marion observait la scène de loin. Vigotski inspectait les environs, comme pour s'assurer que personne ne le suivait. Il semblait très calme. Les gens allaient et venaient dans le hall. Vidar apparut sur l'estrade devant l'entrée de la salle de presse.

Brict avait levé les yeux.

– C'est l'Américain, avait-elle déclaré. Youri a tout raconté à Vidar. Lui et l'Américain discutaient de la manière dont ils allaient organiser son passage à l'Ouest quand ils ont entendu un drôle de clic dans la rangée juste derrière eux. Tous les deux ont vu le magnétophone dans les mains du gamin, puis l'écran s'est assombri, plongeant la salle dans le noir et avant même que Youri ait eu le temps de comprendre quoi que ce soit, l'Américain avait mortellement poignardé le jeune homme. Cela s'est produit en quelques instants et Youri n'a rien pu faire. Quand l'écran s'est à nouveau éclairé, il a compris ce qui venait d'arriver et vu qu'il ne s'agissait que d'un adolescent tout à fait innocent. Il a voulu tout arrêter et quitter le cinéma, mais l'Américain a réussi à le convaincre en le prévenant que, s'il sortait, il attirerait l'attention sur lui et serait accusé du crime. L'Américain était persuadé qu'on les surveillait et que le gamin avait été envoyé avec ce magnétophone pour enregistrer leur conversation. Youri n'était pas d'accord et trouvait cette idée ridicule.

– C'est lui qui a pris le magnétophone de Ragnar ?

– Non, c'est l'Américain. Et aussi ce cartable dont il a été question dans les journaux. Il l'a jeté dans cette voiture pour brouiller les pistes.

– Nous pensons que Ragnar est mort instantanément. Briet avait baissé les yeux.

– Youri nous a dit qu'il n'a pas souffert et qu'il n'a même pas eu le temps de comprendre ce qui lui arrivait. Je… C'est très douloureux pour moi d'évoquer tout ça. À aucun moment, Vidar n'a imaginé qu'il puisse mettre quiconque en danger en organisant la rencontre de ces deux hommes. Puis il y a eu ce drame, une véritable tragédie, complètement imprévisible.

– Pourquoi Vidar ne nous a-t-il pas prévenus ?

– Il savait que vous ne pourriez pas arrêter cet Américain, protégé par l'immunité diplomatique, et Youri était fermement décidé à passer à l'Ouest. Le meurtre ne changeait rien à l'affaire. Il ne pouvait plus faire machine arrière. Il devait attendre que sa famille soit à l'abri. Et les choses traînaient en longueur.

– Je constate que Youri choisit des lieux publics pour mener ses projets à bien. Le cinéma du Hafnarbio. Le palais des sports de Laugardalshöll.

– Ils sont là-bas en ce moment.

– Vidar croit-il la version que Youri donne des faits ? demanda Marion en se levant du canapé.

– Il ne lui a jamais menti et Vidar lui fait aveuglément confiance.

Vigotski s'approcha de Vidar. Marion s'employait à la plus grande discrétion, debout près de l'escalier, non loin de l'entrée de la salle. Les deux hommes qui s'étaient levés en même temps que Vigotski avaient disparu. Vidar et le Russe échangèrent quelques mots. Vigotski éteignit tranquillement sa cigarette dans un cendrier. Marion se souvenait qu'en dessous de la salle de presse, on trouvait des toilettes, mais aucune porte ne permettait de quitter le bâtiment en empruntant ce chemin. Vigotski tapota l'épaule de son ami, puis s'approcha des grandes baies vitrées et alluma une deuxième cigarette. Beaucoup de gens traversaient le hall, en route vers les toilettes ou la cafétéria. D'autres fumaient ou discutaient à mi-voix de la partie en cours. Marion s'attarda quelques instants pour vérifier si Vigotski était suivi.

– Que faites-vous ici ?!

Vidar s'était approché, complètement affolé.

– Je dois interroger Youri Vigostki.

– Vous n'avez pas le droit de mettre notre opération en péril ! s'exclama Vidar.

– Je viens de voir Briet. Elle s'inquiète beaucoup pour vous. Elle m'a raconté ce qui se passe. Je dois intercepter ces deux hommes.

– Dans ce cas, elle vous a aussi expliqué que Youri a décidé de passer à l'Ouest.

– Elle m'a tout dit sur Vigotski et sa famille, réfugiée à Helsinki. Mais c'est un assassin et nous devons l'arrêter !

– C'est faux ! murmura Vidar. Ce n'est pas lui, vous vous trompez !

– Il est complice en tout cas ! Vous ne le comprenez donc pas ? L'Américain est aussi ici ? C'est ici qu'ils ont rendez-vous ?

Vidar attrapa Marion par le bras.

– Vous n'avez pas le droit de tout faire échouer !

Albert sortit de la grande salle et vint les rejoindre, accompagné par trois collègues.

– Que se passe-t-il ?

– Vous ne pouvez pas l'arrêter, répéta Vidar à

Marion. Youri est ici sur invitation de l'ambassade, protégé par l'immunité diplomatique. Vous ne pouvez rien faire ! Sa famille est maintenant à l'abri. Nous préparons cette opération depuis si longtemps. Laissez-nous la terminer.

– Et l'Américain ? Il est ici ? s'entêta Marion.

– Je vous supplie de laisser les choses suivre leur cours, répéta Vidar. Ce n'est qu'une question de cinq à dix minutes. Pas plus.

– Il est ici ? martela Marion.

Vidar hocha la tête.

– Dans ce cas, c'est Vigotski qui va nous conduire jusqu'à lui, observa Albert. Quel est le nom de cet Américain, de cet assassin ?

– Tout le monde l'appelle Jackson, répondit Vidar. Je n'en sais pas plus. Je ne suis même pas sûr que ce soit son vrai nom. Il est spécialiste de l'Union soviétique et travaille pour les services secrets américains. Ils lui ont fait quitter le pays juste après le crime du Hafnarbio. Et il revient pour finir le travail.

– Et les autorités de son pays n'ont pas l'intention d'engager une procédure suite au meurtre qu'il a commis ?

– Elles ne sont au courant d'aucun meurtre, ironisa Vidar. Et je peux vous assurer qu'elles nieront toute implication dans cette affaire.

– Et pourquoi avoir choisi Laugardalshöll pour ce genre d'opération ? demanda Marion, les yeux rivés sur Vigotski qui continuait de fumer devant les baies vitrées.

– Youri voulait profiter du championnat du monde, répondit Vidar. Tous les regards sont tournés vers Fischer et Spassky. Il leur est difficile de le surveiller de près ici. S'il vous plaît, n'interrompez pas l'opération, laissez-nous la terminer.

Vigotski éteignit sa cigarette et marcha jusqu'à la porte principale.

Marion se mit en route, Albert à sa suite. Vidar attrapa Albert par la manche.

– Ne faites pas ça ! Je vous en prie ! Vous ne savez pas ce que vous faites !

– Nous voulons juste arrêter le meurtrier de ce jeune homme, répondit Albert. Le reste n'est pas notre affaire.

– Seigneur Dieu ! s'exclama Vidar. Ces hommes sont armés ! La situation vous échappera, vous serez incapables de la maîtriser. Pensez à ce qui est arrivé à ce pauvre gamin ! Il ne doit y avoir aucune fausse note ! Absolument aucune !!

Briet avait raccompagné Marion à sa porte.

– Merci mille fois. Maintenant, je dois y aller.

– Ne me remerciez pas, avait-elle répondu. Notre vie est devenue un cauchemar depuis que ce petit est mort. Personne ne devait mourir pour Youri et surtout pas un jeune homme innocent.

– Certes, il n'empêche que c'est arrivé, avait observé Marion.

– Je suis très inquiète pour Vidar, avait ajouté Briet. Les choses risquent de mal tourner. Il m'a interdit d'approcher de Laugardalshöll et m'a dit d'attendre ici.

– Je suppose que c'est préférable, avait déclaré Marion, histoire de répondre quelque chose.

Briet avait hésité l'espace d'un instant.

– Vidar…

– Oui ?

– Vidar… était tellement surpris que vous ayez réussi à remonter jusqu'à lui et que vous veniez l'interroger sur ce drame. Il n'a pas compris comment vous avez fait pour le retrouver.

Marion observa cet appartement où tout semblait figé. Chaque chose était à sa place. On imaginait que l'existence de cette femme se fondait sur une certaine sécurité, une forme de stabilité et une relation avec un homme qui n'était jamais que de passage chez elle. Briet lui rappela brusquement Katrin. Ces deux femmes avaient en commun un grand besoin de solitude.

– C'est vous qui ne voulez pas vivre avec lui ?

Briet attendit un moment avant de répondre.

– Je sais, ça ne me regarde pas, avait ajouté Marion.

– J'ai l'impression que peu de choses vous échappent.

– Son téléphone est placé sur écoute, l'avait informée Marion.

– Sur écoute ? s'était alarmée Briet.

– Il a le droit d'être au courant.

43

Vigotski quitta subitement le hall d'entrée. Marion et Albert lui emboîtèrent le pas et ordonnèrent à l'un de leurs collègues d'appeler en renfort tous les hommes disponibles. Vidar les suivait sur le parking ouest du palais des sports de Laugardalshöll où les trois hommes qui entouraient Vigotski s'apprêtaient à le faire monter dans une grosse jeep noire américaine. Le quatrième homme, assis au volant, laissait le moteur du véhicule tourner au ralenti. Albert courut vers la voiture en leur criant de ne pas faire un geste.

– Attention ! s'écria Marion. Arrête ! Attends-nous !

Albert continua comme s'il n'avait rien entendu. L'un des hommes fit volte-face, sortit son pistolet sans l'ombre d'une hésitation et tira dans sa direction. L'arme, munie d'un silencieux, n'émit qu'un discret sifflement lorsque la balle toucha le sol aux pieds du policier.

Marion se précipita sur son collègue qui tomba sur l'asphalte et vit le Russe se débattre avec les trois hommes en criant des mots incompréhensibles. Marion reconnut parmi eux les deux qui s'étaient levés en même temps que lui dans la salle.

– Couvrez-vous ! cria Marion à ses autres collègues

qui, saisissant la situation, allèrent s'abriter entre les véhicules du parking.

La portière de la jeep claqua et le véhicule démarra dans un crissement de pneus. Albert et Marion se relevèrent. Leurs collègues les rejoignirent au pas de course tandis que Vidar retournait dans le palais des sports.

– Que s'est-il passé ? s'écria Albert, assommé.

– Ils viennent de nous tirer dessus ! répondit Marion avant de se précipiter vers la jeep, suivie d'Albert et des autres policiers.

Sur la scène, Spassky joua son dernier coup. Fischer l'avait mis échec et mat. Le Russe leva les yeux de l'échiquier. Fischer attendait depuis un certain temps qu'il prenne une décision. La salle avait vu la situation du champion du monde empirer à chaque coup. Les deux joueurs se serrèrent la main. Le champion du monde avait été vaincu en soixante-quatorze coups. Fischer se leva, signa le registre et quitta rapidement la scène, comme à son habitude. Spassky resta un long moment assis devant l'échiquier à analyser la partie, les bons coups, mais aussi et surtout les erreurs qu'il avait commises. Ce qu'il aurait dû faire, mais qu'il n'avait pas fait.

En proie à des considérations similaires, Marion regardait la jeep quitter le parking et rouler en direction de la rue Reykjavegur. Albert et les autres policiers la suivaient en courant. Le véhicule déboucha sur la rue et tourna à gauche pour rejoindre le grand carrefour avec le boulevard de Sudurlandsbraut, mais se retrouva bloqué dans la circulation. Marion coupa en passant par la pelouse et atteignit la rue. La jeep avança de quelques mètres et dut s'arrêter à nouveau.

Le chauffeur vit Marion remonter la côte au pas de

course et dans son rétroviseur Albert et les autres policiers approcher. Le désespoir sembla envahir l'habitacle du véhicule. Le conducteur passa la marche arrière, recula et tenta de se faire de la place pour pouvoir doubler les voitures qui le précédaient.

Marion continuait de gravir la côte en haletant et atteignit la rue au moment où la jeep montait sur l'accotement et doublait tous les véhicules avant de franchir le carrefour au feu rouge, puis de disparaître sur le boulevard de Kringlumyrarbraut. Les policiers dépassèrent Marion et continuèrent de courir derrière le véhicule, mais il était trop tard, il avait déjà disparu. Il était désormais impossible de savoir si la voiture était immatriculée dans l'une des ambassades. L'hypothèse était peu probable, sans doute les hommes armés s'appliquaient-ils à un peu plus de discrétion.

Le palais des sports de Laugardalshöll était en train de se vider à leur retour. Entouré de ses gardes du corps, l'ambassadeur d'Union soviétique s'avançait vers une grosse berline noire dont les vitres latérales étaient occultées par des rideaux gris. Elle démarra presque aussitôt.

Albert pinça Marion.

– Ce ne seraient pas les gars de l'ambassade américaine ? demanda-t-il.

On voyait sur le parking est de Laugardalshöll quatre hommes en costume-cravate et une grosse jeep américaine immatriculée à l'ambassade des USA. Ils consultaient leurs montres et scrutaient l'entrée du bâtiment. Deux d'entre eux fumaient, debout devant la voiture, et les deux autres étaient assis à l'arrière. Ils ne se parlaient pas. Il n'était pas rare de voir des véhicules d'ambassades devant le palais des sports cet été-là, mais ce qui venait d'arriver avait forcément éveillé la suspicion d'Albert.

Les deux policiers se précipitèrent vers eux. Les hommes debout devant la voiture échangèrent un regard, jetèrent leur cigarette, montèrent à bord et démarrèrent.

— Qu'est-ce que ça signifie ? demanda Albert en regardant la jeep qui s'éloignait. Qui étaient ces hommes ?

— Je ne sais pas, répondit Marion.

— Tu crois que Youri a réussi à passer à l'Ouest ? Qui sont ceux qui l'ont emmené ?

— En tout cas, ces salopards nous ont échappé, conclut Marion.

44

Josef était adossé à l'un des abris de Grimsstadavör lorsque Marion arriva et gara sa voiture. Le ciel gris et lourd était couvert de nuages bas et il allait sans doute pleuvoir à l'est.

— Tu m'attends depuis longtemps ? s'excusa Marion en approchant.

— Ce n'est pas bien grave, répondit Josef. Mon frère doit venir me retrouver ici tout à l'heure. Alors, qu'est-ce que ça a donné les analyses balistiques ? Vous avez réussi à extraire la balle du goudron ?

— Les experts ont identifié ses caractéristiques. Et toi, tu as une copie des enregistrements ?

— Je ne peux en avoir aucune. Je te l'ai déjà dit lorsque tu m'as demandé ces informations. Ce n'est pas aussi simple que d'aller à la bibliothèque municipale pour y emprunter un livre. Ces écoutes sont confidentielles.

— D'accord. Mais tu as ces informations ?

— Marion, je n'apprécie pas les menaces, observa Josef, à la fois vexé et furieux. Tu ne dois pas dévoiler l'existence de ces écoutes. Je ne t'en ai parlé qu'à cette condition. Tu ne peux pas me menacer de tout dire à la presse.

Josef regarda longuement le golfe de Faxafloi.

– Je croyais pouvoir te faire confiance, ajouta-t-il.

Un cargo disparaissait lentement derrière la ligne d'horizon. Les galets découverts par la marée basse grouillaient d'oiseaux. Une voiture solitaire passait le long d'Aegisida.

– C'est d'accord, je ne dirai rien.

– Très bien.

– Et ?

– Tu avais raison, répondit Josef. Il y a des enregistrements de conversations émanant de son téléphone, et qui datent de la journée en question.

– Qui des deux a passé l'appel ?

– La femme. C'est elle qui a contacté l'ambassade. Et elle n'y est pas allée par quatre chemins, elle leur a tout raconté en détail. Elle parle russe. Tu étais au courant ?

– Ça ne m'étonne pas.

– J'imagine que non.

– Merci, dit Marion. Ils tentent d'arranger la réalité à leur guise et voudraient nous faire prendre des vessies pour des lanternes.

– Ils n'ont pas voulu le laisser échapper.

– C'est évident.

– Alors, cette analyse balistique ?

– Elle confirme nos soupçons. Les Russes ont été prévenus.

45

On entendit à l'intérieur une discrète sonnerie et, quelques instants plus tard, Briet vint ouvrir et l'invita à entrer. Marion avait souhaité les voir ensemble pour parler de ce qui s'était passé au palais des sports. Briet avait opté pour une rencontre à son domicile.

Arrêté juste après les événements de Laugardalshöll, Vidar avait déjà subi un interrogatoire. Très coopératif, il avait retracé avec précision les faits dans leur ensemble, tels que ces derniers lui apparaissaient. Il n'avait pas été surpris outre mesure quand Youri Vigotski lui avait laissé entendre qu'il désirait passer à l'Ouest. Ils étaient amis depuis qu'ils avaient étudié ensemble et Youri avait à maintes reprises reconnu n'être pas satisfait de la tournure que les choses prenaient en Union soviétique. La première fois qu'il avait évoqué l'idée de quitter son pays remontait à une vingtaine d'années. Lorsqu'il l'avait rencontré à Reykjavik, Vidar avait appris que son ami transmettait depuis longtemps des informations aux services secrets américains et qu'il craignait que l'étau russe ne soit en train de se resserrer autour de lui. Vidar s'était toutefois étonné quand il lui avait demandé d'entrer en contact avec l'ambassade des États-Unis en Islande afin d'organiser un rendez-vous et son passage à l'Ouest. Youri avait eu l'idée du cinéma. Vidar avait suggéré celui du Hafnarbio.

Il avait été interrogé sans relâche sur le meurtre. La police n'avait pas été en mesure de prouver qu'il mentait quand il affirmait qu'il n'était pas dans la salle au moment du meurtre. Il n'avait appris le drame que plus tard et était vraiment désolé de la manière dont les choses avaient tourné. Il avait soutenu s'être trouvé à l'extérieur du cinéma afin de rassurer Youri qui craignait d'avoir été suivi. Vidar devait simplement vérifier que ce n'était pas le cas. Le Russe connaissait de vue son contact envoyé par l'ambassade américaine, l'homme était arrivé en Islande le matin même des États-Unis. Ils s'étaient retrouvés dans le hall, étaient allés s'installer dans la salle obscure et n'avaient remarqué le jeune homme assis dans la rangée derrière eux qu'au moment où la casette était arrivée en bout de course dans l'appareil dont ils avaient alors entendu le petit déclic.

– Avez-vous des nouvelles de lui ? interrogea Marion une fois dans le salon de Briet. Vous avez des nouvelles de Vigotski ?

– Non, répondit Vidar. Je suppose que j'en aurai le moment venu.

– Et les diplomates de l'ambassade américaine, ils vous ont contacté ?

– Non. Ça m'étonnerait d'ailleurs qu'ils le fassent. Je ne suis qu'un pion dans toute cette histoire.

– Vous pensez que c'est l'Américain qui a poignardé Ragnar ?

– Oui, c'est affreux de savoir qu'il a fait ça, répondit Vidar. C'est terrifiant. Mais il ne faut pas s'attendre à autre chose venant de ces gens-là : dès qu'ils ont un problème, ils dégainent une arme !

– Nous avons interrogé l'ambassade américaine, ou plutôt, nous avons fait une tentative, reprit Marion. Ils ne nous ont donné aucune réponse. Ils ne connaissent pas ce Jackson et le signalement que vous nous avez fourni n'a rien changé à l'affaire.

– Évidemment, ils n'avoueront jamais. Vous vous attendiez à autre chose ?

– Ils affirment n'avoir jamais entendu parler de cette affaire. Ils démentent que Washington ait spécialement envoyé quelqu'un pour aider un agent double russe du nom de Youri Vigotski à passer à l'Ouest. Ils soutiennent être étrangers à toute cette histoire.

– Ça vous étonne ? répondit Briet.

L'horloge du salon sonna cinq coups.

– Ce qui nous étonne, rétorqua Marion en la regardant dans les yeux, c'est que la balle utilisée quand ils nous ont attaqués n'est pas américaine.

– Ah bon ? s'inquiéta Vidar.

– Certes, il y aurait une certaine logique à ce que les diplomates ou les membres des services secrets américains utilisent des armes fabriquées ailleurs que dans leur pays, concéda Marion. Et nous devons prendre cette donnée en compte, on ne sait jamais trop quel jeu ils jouent. Quoi qu'il en soit, ce type de balle n'est ni fabriqué ni vendu dans le commerce aux États-Unis.

– Dans ce cas, d'où vient-elle ? demanda Briet.

– Nous n'avons plus le moindre doute, reprit Marion. Nous disposons d'excellents experts en balistique et ils ont demandé l'avis de leurs collègues britanniques afin de confirmer leurs conclusions. Cette balle est russe.

– Comment est-ce possible ? Pourquoi les Américains se serviraient-ils de balles fabriquées en Russie ? interrogea Vidar.

– Vous m'avez affirmé que c'est Jackson qui a poignardé Ragnar, déclara Marion en s'adressant à Briet.

Elle garda le silence.

– Avez-vous informé Vidar que son téléphone était sur écoute ? poursuivit Marion.

Briet ne répondait toujours rien. Vidar la consulta brièvement du regard.

– Elle me l'a dit.

– C'est ce que je pensais.

Vidar ne quittait plus Marion des yeux.

– Pourquoi ai-je été mis sur écoute ?

Marion ne lui répondit pas immédiatement.

– Qui donc espionne mes conversations ? s'insurgea-t-il. Et vous, comment l'avez-vous su ? Depuis combien de temps est-ce que ça dure ?

– Quand j'en ai parlé à Briet, répondit Marion, j'ai remarqué sa réaction assez vive. Il va de soi qu'on n'apprécie pas trop ce genre de choses, mais sa réaction avait des racines bien plus profondes que ce que j'avais imaginé.

– Elle m'a immédiatement prévenu, confirma Vidar. Depuis, je ne me sers plus de mon téléphone. Et je meurs d'envie de rendre la chose publique !

– Tu as bien d'autres chats à fouetter, le calma Briet.

– Quels que soient ces gens, je crois qu'ils ont arrêté, informa Marion. J'ignore la raison exacte qui les a poussés à faire ça, mais je suppose que c'est parce que vous êtes socialiste et opposé à la présence de la base militaire. Ce sont sans doute des motifs suffisants. Je ne connais pas la nature de ces activités que vous menez et qui menaceraient notre sécurité, mais j'imagine que ce n'est pas d'un grand intérêt à moins que vous ne soyez en contact avec d'autres gens du même genre que votre ami Vigotski.

Vidar ne répondit rien.

– Est-ce le cas ?

– Non.

– Un détail m'a semblé assez surprenant lorsque Vigotski a fui, reprit Marion. Vous serez peut-être en mesure de m'éclairer. Le moins qu'on puisse dire est qu'il n'est pas monté dans la jeep en silence.

– Que voulez-vous dire ? interrogea Briet.

– Il m'a semblé très étrange de le voir se débattre comme un diable avec ceux qui l'accompagnaient. On aurait dit qu'il avait renoncé à son projet de passer à l'Ouest, mais que les Américains ne l'entendaient pas de cette oreille.

Briet ne parvenait plus à se contenir. Elle se leva pour aller dans la cuisine et marmonna des paroles inaudibles. Marion la suivit et Vidar les rejoignit aussitôt.

– Ce n'est pas l'Américain, reprit Marion. Vous avez menti.

Briet ne lui répondit rien.

– Celui qui a poignardé le jeune homme n'est pas l'Américain, mais Youri Vigotski.

Briet continuait de se taire.

– Vous saviez que Vigotski avait tué Ragnar, s'entêta Marion, et vous ne vouliez pas le laisser s'en tirer comme ça.

Debout à côté de la cafetière, Briet s'obstinait à se taire. Son regard s'accrochait à la verseuse comme à une planche de salut.

– Vous avez prévenu les Russes du projet de Vigotski. Un de mes amis a accès aux enregistrements de ces fameuses écoutes. Vous avez téléphoné du domicile de Vidar le jour où Vigotski devait fuir. Vous les avez prévenus qu'il allait passer à l'Ouest et que ça aurait lieu au palais des sports de Laugardalshöll. Ce n'étaient pas les Américains qui l'ont emmené, vous l'avez livré aux Russes.

Marion regarda Vidar droit dans les yeux.

— Et vous, vous étiez d'accord.

Vidar se taisait.

— Elle vous a persuadé, n'est-ce pas ? C'est vous-même qui l'avez livré aux Russes. Vous lui avez tendu un piège. Les Américains étaient prêts à l'accueillir. Vous étiez au courant de tout le projet, mais vous étiez aussi en contact avec les Russes. Il vous a fait confiance et vous l'avez trahi.

Vidar fixa Briet qui regardait dans le vide.

— Briet ne pensait qu'à Ragnar, soupira-t-il.

Il s'interrompit sans quitter sa compagne du regard, comme dans l'attente de sa réaction.

— Tu peux tout raconter, murmura-t-elle. La famille de Ragnar a le droit de savoir.

— Depuis que je le connais, Youri a toujours eu un couteau dans sa poche, reprit Vidar. C'est un excellent chasseur, amateur et collectionneur d'armes blanches. Il était extrêmement méfiant, ce qui se comprend. Quand j'ai appris ce qui était arrivé à ce jeune homme, quand j'ai su qu'il avait été poignardé dans le cinéma, j'ai tout de suite compris que c'était l'œuvre de Youri. Je l'ai harcelé de questions. Il a nié. Je lui ai répondu que je savais qu'il portait toujours un couteau sur lui.

— L'un de nos témoins, une femme, a vu Vigotski, observa Marion. Il était assis juste derrière elle. Cette femme n'a remarqué aucune trace de sang, mais elle ne voyait que sa tête et ses épaules. J'imagine qu'il avait du sang sur lui.

Briet leva les yeux.

— Il a avoué, précisa-t-elle. Il a fini par avouer à Vidar que c'était lui qui avait poignardé ce gamin. Et vous avez raison, c'est moi qui suis parvenue à convaincre Vidar. Sinon, Youri n'aurait jamais été inquiété, ce qui me semblait profondément injuste.

Elle regarda Vidar.

– Je n'ai aucun regret.

Son compagnon demeurait impassible.

– Nous ne pouvions pas le dénoncer, poursuivit Briet. Il n'était pas sous votre juridiction, vous n'aviez aucun pouvoir. Si les Russes avaient appris son projet, sa famille aurait subi des représailles. Or, elle attendait le visa pour Helsinki. Tout cela devenait brusquement si complexe. Je suis très amie avec Elena et nous connaissons bien les enfants.

– Elena ?

– L'épouse de Youri. Nous leur envoyons toujours des cadeaux à Noël. Je ne pouvais me résoudre à l'idée qu'il leur arrive malheur. Je ne pouvais envisager une chose pareille. Ces gens sont nos amis.

– Vous m'avez menti en déclarant que l'Américain était l'auteur du crime, observa Marion. Vous ne vouliez surtout pas que je mette en péril le projet que vous aviez échafaudé avec Vidar.

Briet hocha la tête.

– Et Vidar a jeté Youri en pâture aux Russes. Il lui a dit à quel endroit du parking ils l'attendaient en lui faisant croire que c'étaient les Américains, le jetant ainsi dans la gueule du loup.

Briet hocha à nouveau la tête.

– Nous avons l'appareil, déclara Vidar.

– L'appareil ? s'enquit Marion.

– Celui de Ragnar, précisa Briet.

– Youri nous a demandé de nous en débarrasser, reprit Vidar.

– Vous avez son magnétophone ?!

– Je ne voulais pas écouter cette cassette, dit Briet, puis j'ai eu l'impression que je devais bien ça à Ragnar.

– L'Américain s'est occupé du cartable, précisa Vidar. Youri a enveloppé l'appareil dans son imperméable, puis il a changé de place et attendu la fin du film. Je n'habite pas très loin, comme vous savez. Il est venu chez moi, m'a remis le magnétophone, les cassettes et son vêtement en me disant qu'il me faisait confiance pour m'en débarrasser. Je les ai enterrés au fond du jardin. Briet m'a défendu de les jeter.

– Je voulais comprendre ce qui était arrivé, expliqua-t-elle.

– Elle m'a demandé de lui apporter tout ça avant de vous le remettre, précisa Vidar.

– C'est rangé ici, déclara Briet en tendant le bras vers un placard au ras du sol pour en sortir une boîte à chaussures. Elle ouvrit le couvercle, dévoilant un magnétophone et une cassette.

– Il n'y avait pas deux cassettes ? demanda Marion.

– L'autre est dans l'appareil, à l'endroit où Ragnar l'a laissée.

Briet sortit le magnétophone encore maculé de taches de sang.

– Vous ne devriez pas le manipuler comme ça, observa Marion.

– Est-ce que ça change vraiment quoi que ce soit ?

Briet rembobina la bande et appuya sur le bouton lecture. On entendait des grésillements et la bande-son du film, accompagnés des bribes d'une conversation en anglais, deux voix indistinctes et entrecoupées.

... yes, yes of course...

... sans doute... vers la treizième...

... que ce soit sans risque...

... ambassade... Helsinki.

... et... base militaire... en Virginie.

... ils vous retrouveront... là-bas.

Un clic se fit entendre lorsque la bande arriva à son terme et Briet éteignit l'appareil.

– Je pense que nous avons agi comme nous le devions, plaida-t-elle. Youri n'aurait jamais eu à répondre du meurtre aux États-Unis. Les Russes veilleront à ce que justice soit faite, certes ce sera à leur manière.

– Youri était très nerveux au moment du rendez-vous, ajouta Vidar. Il a poignardé ce petit sans réfléchir en apercevant ce magnétophone. Quand il a vu que ce n'était qu'un adolescent, juste un gamin inoffensif venu voir un film, il était trop tard. Agir d'abord et réfléchir ensuite, c'est du Youri tout craché.

– Il a dû être terrifié quand il a compris que c'étaient ceux de son camp qui l'attendaient sur le parking, observa Marion.

– J'imagine sans peine.

– Il a sans doute pensé à vous.

– Oui, répondit Vidar. J'en suis conscient.

– Vous étiez très amis, non ?

Vidar hocha la tête.

– Il vous avait confié sa vie.

– Il n'aurait jamais dû poignarder ce gamin, dit Briet.

– Et sa famille ?

– Les choses se sont déroulées comme prévu, répondit Vidar à voix basse.

– Nous avons attendu que tout le monde soit à l'abri, précisa Briet.

– Nous savions que son passage à l'Ouest était prévu aux alentours de la treizième partie. Youri avait dit qu'il faudrait faire très vite. Tout à coup, le sort a voulu que la treizième partie soit ajournée, ce qui était bien pratique. Il s'est arrangé pour qu'Elena soit en route vers l'ambassade américaine d'Helsinki au moment où la partie a repris. À ce moment-là, les Américains étaient prêts à l'accueillir devant le palais des sports.

– Et ce n'est qu'alors que vous avez téléphoné aux Russes.

Briet hocha une nouvelle fois la tête.

– Les gens qui commettent des actes comme celui-ci ne doivent pas en réchapper sans être inquiétés, répondit-elle. Vidar était très réticent, mais il a fini par se rallier à moi.

Marion adressa un regard à Vidar qui acquiesça en silence.

– Pourquoi ne pas nous avoir laissés l'arrêter quand vous avez su que sa famille était hors de danger ?

– On trouvait que c'était plus propre de procéder comme ça, répondit Vidar. Si nous avions agi autrement, tout cela aurait été résumé à des questions politiques et on n'aurait parlé que de guerre froide.

– La famille de Ragnar est en deuil, déclara Marion. Espérons que vous avez un peu soulagé votre conscience en livrant Vigotski aux Russes alors même qu'il croyait se mettre à l'abri.

– Je sais très bien ce que nous avons fait, rétorqua Briet en s'approchant de Vidar qui lui prit la main. Je sais ce que nous avons fait à Ragnar comme à Youri. Il n'y a dans cette horrible histoire aucune consolation et aucun soulagement possible. Aucun.

– Vous êtes son complice, Vidar. Et vous devrez en répondre.

– Je n'ai pas et je n'ai jamais eu l'intention de me dérober. Mais c'était difficile… jusqu'au moment où…

– Quoi donc ?

– Je vous ai suivis quand vous êtes sortis de Laugardalshöll, vous vous souvenez ? Juste avant qu'ils n'emmènent Youri, avant qu'un de ces hommes ne tire sur vous, il m'a regardé et… il avait compris que c'était moi qui l'avais trahi. Je l'ai vu dans ses yeux, dans ce regard qu'il m'a adressé… on aurait dit qu'il se brisait en mille morceaux.

— Si vous étiez venus nous voir tout de suite, ç'aurait été différent, observa Marion. Vous y avez réfléchi ?

— Nous l'avons fait et le faisons chaque jour, répondit Briet. Et pourtant…

— Pourtant, je crois que notre choix était le bon, conclut Vidar.

46

Il préparait son magnétophone, s'abritant derrière les dossiers des fauteuils. L'ouvreur avait éteint les lumières. L'appareil avait fait des siennes, mais il était parvenu a y remédier. Quand il se redressa, il vit deux hommes s'asseoir sur les sièges devant lui. Il était un peu déçu : non seulement, ils venaient troubler sa tranquillité, mais l'un d'eux lui bouchait partiellement la vue et il était forcé de se pencher sur le côté pour voir l'écran entier. Ces hommes étaient plutôt culottés de venir s'installer juste devant lui alors que le film allait commencer. Il espérait tout de même qu'ils ne l'avaient pas vu tripoter son appareil pendant qu'ils avaient cherché leur place dans le noir.

L'enregistrement avait débuté et il avait essuyé une seconde déception. Il se voyait privé de la bande-annonce de *Little Big Man*, le film commençant directement. Cette place ne lui convenait vraiment pas. Agacé par ces trouble-fêtes, il envisagea quelques instants d'aller s'installer ailleurs dans la salle.

Il décida finalement de ne pas bouger. Mieux valait ne pas risquer de s'attirer des ennuis, comme cela lui était arrivé l'autre jour au Gamla Bio. Il craignait que les deux hommes assis devant lui n'appellent l'ouvreur et ne fassent un scandale, ce qui risquait de conduire à l'interruption de la séance. Son magnétophone lui serait sans doute confisqué. Il ne voulait enfreindre aucune loi, mais n'avait pas envie qu'on sache ce qu'il faisait. Ce n'était que pour son plaisir personnel, pour se distraire, et il considérait qu'il ne nuisait à personne.

Il craignait de tomber à nouveau sur cet homme au coupe-vent bleu qui l'avait poursuivi jusque dans la rue Bankastraeti en lui lançant d'étranges menaces. Jamais il n'avait été confronté à une telle situation. Il avait été incapable de se défendre, n'avait pas su quoi lui répondre et s'était demandé s'il allait réussir à s'en débarrasser.

Les deux hommes devant lui n'étaient pas venus au cinéma pour voir le film. Ils passaient leur temps à discuter à voix basse. Il n'entendait pas ce qu'ils disaient, mais il lui semblait qu'ils parlaient anglais. Apparemment, ils étaient étrangers. Ce n'était pas étonnant, il y en avait partout en ville avec cette histoire d'échecs.

Sans doute valait-il mieux qu'il tienne son magnétophone. Il l'ôta de l'accoudoir pour le poser sur ses genoux, par-dessus son cartable. Il s'amusa à orienter le petit micro en direction les deux hommes, comme pour les taquiner un peu, feignant d'enregistrer leur conversation. La face A de la cassette arrivait à sa fin. Le petit clic du bouton rouge le fit sursauter.

Les deux gêneurs l'entendirent également et jetèrent un coup d'œil vers l'arrière. Il s'enfonça dans son siège et décida d'arrêter l'enregistrement quand l'un des hommes se souleva de son fauteuil, aussi silencieux et leste qu'un chat.

La musique augmenta en intensité et la salle s'emplit de ténèbres.

47

Les parents de Ragnar l'écoutèrent en silence relater les derniers moments de leur fils, assassiné au Hafnarbio. Marion confirma ce que la police pensait depuis le début : l'agression avait été aussi précise que rapide et, si cela pouvait leur apporter quelque consolation, Ragnar n'avait pas souffert.

L'écho des marteaux résonnait dans le petit appartement du quartier de Breidholt. Depuis la fenêtre, on apercevait les murs gris et nus des immeubles, des échafaudages, des armatures d'acier, des artisans et des ouvriers en plein travail. On entendait à la radio une musique en sourdine.

– Vous avez bien sûr vu aux informations que les Russes nient tout, précisa Marion. Ils disent qu'il s'agit d'un tissu de mensonges, que les Américains ont essayé de perturber le duel en lançant des accusations ridicules à leur encontre et que les Islandais les ont suivis. Les autorités de notre pays nient évidemment être à l'origine de ces écoutes illégales dont Briet et Vidar font état.

– Autant dire que plus personne ne pense à Ragnar et que tout ça s'est transformé en une partie d'échecs purement politique, observa Klara.

– La propagande soviétique s'est immédiatement mise en route, reprit Marion. Nous n'avons rien pu faire. Ils nous refusent l'accès à leur ambassade. Quant à celle des États-Unis, elle soutient n'être aucunement impliquée dans toute cette histoire et ne veut plus en entendre parler.

– Et ces deux Islandais qui avaient l'intention d'aider l'assassin à passer à l'Ouest ? s'enquit Einar.

– Ils sont complices et devront en répondre, précisa Marion qui leur avait déjà exposé l'implication de Briet et de Vidar.

– Ils doivent se sentir très mal.

– Oui. Mais ils pensent surtout à votre fils. Ils ont cru trouver un moyen d'apaiser leur conscience. Je ne sais pas s'ils y sont parvenus. En tout cas, ils ont été les seuls à prendre en considération le sort de Ragnar. Ça, on ne peut pas le leur enlever.

Albert avait décidé de changer de service. Il n'avait fourni à ses supérieurs aucune explication, mais Marion, qui connaissait le motif de sa décision, avait échoué à l'en dissuader.

– Je ne peux pas travailler avec toi, avait-il objecté. Je n'ai pas envie de faire équipe avec quelqu'un qui ne me fait pas confiance.

– Bien sûr que je te fais confiance, Albert, avait plaidé Marion, mais c'était une situation très particulière.

– Évidemment, avait ironisé son collègue. C'est l'excuse idéale à chaque fois que tu décides de me traiter comme un enfant.

Il évitait de croiser son regard. Il y avait toujours eu dans leurs relations une certaine raideur. Marion avait fini par tout lui dévoiler sans rien omettre, mais son collègue n'avait accordé à son récit qu'une attention limitée.

– Je sais bien que j'aurais pu m'y prendre autrement.

– Tu aurais, par exemple, pu me dire tout ce que tu savais, avait-il répondu à voix basse. Tu aurais pu me faire confiance.

Marion avait hoché la tête.

– Je sais, mais je ne pouvais pas te dire que le téléphone de Vidar était sur écoute. C'est un ami qui m'en a parlé et je lui avais donné ma parole. C'est un sujet très sensible. Il sait que certaines personnes sont sur écoute pour des motifs politiques. J'aurais dû t'en parler. J'ai commis une erreur en ne le faisant pas.

– Ce n'est pas très rassurant d'avoir affaire à des gens comme Youri et de savoir qu'on ne nous fait pas confiance, s'était entêté Albert.

Marion avait simplement hoché la tête.

– Moi, j'avais confiance en toi, avait-il poursuivi.

– Tu ne voudrais pas encore réfléchir ? avait dit Marion.

– Non. Et Gudny est du même avis que moi. Je dois penser à ma famille.

Il avait poussé un profond soupir.

– Nous n'avons jamais retrouvé la trace de cet homme au coupe-vent bleu, avait-il ajouté.

– Non, il n'a joué aucun rôle dans cette histoire.

– C'est vrai, mais j'aurais quand même bien aimé voir sa tronche ! avait conclu Albert.

48

Deux semaines après les événements du palais des sports de Laugardalshöll, Marion Briem se reposait sur le canapé installé dans son bureau tout en écoutant la radio, les yeux fermés. La pluie fouettait les carreaux. Fischer et Spassky disputaient leur dix-neuvième partie et tout semblait indiquer que l'Américain sortirait vainqueur du duel. La radio annonçait l'ouverture des Jeux olympiques de Munich.

Marion avait vu dans les journaux du matin le faire-part de décès d'un vieil armateur de Reykjavik. Dagny avait appelé la veille pour lui annoncer la mort de leur père à l'hôpital national de Landspitali. Tu l'as revu ? avait-elle demandé. Sa réponse avait été négative. Tu viendras à l'enterrement ? Marion avait également répondu que non.

Quelqu'un frappa à la porte de son bureau. Albert avait ramené chez lui ses effets personnels : la photo de sa famille et les dessins de ses filles qu'il avait accrochés au mur avaient disparu. Marion s'était longuement remémoré les événements des derniers jours. Une question lui revenait constamment à l'esprit : aurait-il été possible d'empêcher ce qui s'était passé ? Il n'y avait aucune réponse qui soit univoque.

Le jour où Katrin avait repris le paquebot *Gullfoss*

pour rentrer à Copenhague, Marion l'avait emmenée hors de la ville, jusqu'à Kopavogur, puis à la commune de Gardahreppur, où se trouvait l'hôpital de Vifilsstadur, tout blanc avec ses toits rouges, tel un mémorial des souffrances engendrées par la tuberculose.

– J'ai tellement entendu parler de cet endroit, mais je n'y suis jamais venue, avait déclaré Katrin en descendant de voiture, les yeux levés vers le sanatorium. C'est une très belle bâtisse.

– Je me sentais bien ici, malgré tout le reste, avait avoué Marion en l'accompagnant vers l'arrière du bâtiment où la salle de repos désormais vide menaçait ruine. Marion pointa son index vers l'une des fenêtres.

– C'était ma chambre avec vue sur le lac. Et là, c'était celle de ton cousin Anton. Et là-bas, en haut de la colline de Vifilsstadahlid, c'est Gunnhildur, ce cairn qui servait en quelque sorte de baromètre. À l'époque on disait que ceux qui parvenaient à l'atteindre à pied étaient en voie de guérison.

Katrin avait souri et suivi Marion vers le sommet de la colline. Il fallait marcher un petit bout de chemin, plutôt raide. À l'arrivée, elle s'était assise sur le vieil abri datant de la guerre.

– Qui était cette Gunnhildur ? avait-elle demandé.

– Je ne l'ai jamais su, avait soupiré Marion tout en reprenant son souffle. D'ailleurs, personne ne le savait, enfin je crois. Une femme qui vivait dans les parages, je suppose.

On apercevait des gens aux abords de l'hôpital. Le nombre de tuberculeux avait énormément diminué, il était question d'utiliser les locaux pour accueillir des patients atteints de pathologies respiratoires.

– Nous avons réussi à arriver jusqu'ici, avait commenté Katrin. Tout le monde n'a pas eu cette chance.

– Non, avait reconnu Marion. On ne peut qu'être reconnaissant. Et maintenant, voilà que tu t'en vas.

– J'espère que tu me comprends, Marion.

– J'ai l'impression de ne plus rien comprendre.

– Je te dois tant, avait ajouté Katrin. Jamais je ne cesserai de penser à toi. Tu occuperas toujours une immense place dans ma vie.

– Je ne peux qu'en dire autant de toi, Katrin.

– Peut-être que je veux simplement qu'il en aille ainsi. Te garder dans mes souvenirs qui sont à la fois douloureux et infiniment chers. C'est comme ça que je me sens le mieux avec toi. Lorsque je suis seule. Je ne suis pas sûre de pouvoir te l'expliquer mieux que ça. Et ce ne serait pas bien de te maintenir dans cette incertitude. Jamais je ne viendrai m'installer ici et jamais je ne vivrai avec personne, ni avec toi, ni avec qui que ce soit d'autre. Je le sais. D'une certaine manière, je l'ai toujours su.

Marion avait regardé le cairn constitué de pierres ramassées sur la colline. On pouvait difficilement dire qu'elles avaient été placées avec soin les unes sur les autres, on les avait plutôt entassées en un monticule informe.

– Ça me ferait plaisir de recevoir une lettre de toi de temps en temps. Comme ça, je saurais que tout va bien, avait dit Marion.

– Oui, avait répondu Katrin. Bien sûr.

– Et si tu changes d'avis, tu sais où me trouver.

– Je l'ai toujours su, Marion. Je l'ai toujours su.

Plus tard dans la journée, le paquebot *Gullfoss* avait fait retentir sa corne de brume en quittant le port de Reykjavik. Quand Marion avait retrouvé son domicile, l'odeur de Katrin planait encore dans le salon et elle avait laissé un message sur la table de la cuisine :

Pardonne-moi.
K.

On frappa à nouveau à son bureau, les coups étaient plus résolus. Marion baissa le volume de la radio. À la porte se tenait un jeune homme inconnu. De taille moyenne, râblé sans être enveloppé, il avait une épaisse tignasse qui tirait sur le roux. Son visage respirait l'intelligence, sa bouche était volontaire, mais ses yeux étaient marqués de profonds cernes qui lui parurent assez étranges chez un aussi jeune homme. Il semblait engoncé dans son uniforme. On eût dit qu'il l'avait enfilé ce matin même pour la première fois. Manifestement gêné aux entournures, il tenait une enveloppe à la main.

– Que voulez-vous ? interrogea Marion.

– Je cherche Marion, répondit le jeune homme, son autre main sous le col de sa veste pour se gratter le cou.

– Vous débutez ? demanda Marion, qui connaissait la plupart de ses collègues de Reykjavik.

– Je viens de commencer à la circulation, répondit le jeune homme. Vous êtes peut-être… ?

Marion hocha la tête.

– J'ai un courrier pour vous, déclara l'agent en lui remettant l'enveloppe.

– Merci beaucoup. Comment vous appelez-vous ?

– Erlendur, répondit le jeune homme au visage triste. Je m'appelle Erlendur Sveinsson.

La Cité des Jarres

prix Clé de verre du roman noir scandinave 2002
prix Mystère de la critique 2006
prix Cœur noir 2006
Métailié, 2005
« Points Policier », n° P1494
et Point Deux, 2011

La Femme en vert

prix Clé de verre du roman noir scandinave 2003
prix CWA Gold Dagger 2005
prix Fiction du livre insulaire d'Ouessant 2006
Grand Prix des lectrices de « Elle » 2007
Métailié, 2006
« Points Policier », n° P1598
et Point Deux, 2013

La Voix

Grand Prix de littérature policière 2007
Trophée 813 2007
Métailié, 2007
et « Points Policier », n° P1831

L'Homme du lac

Prix du polar européen du Point 2008
Métailié, 2008
et « Points Policier », n° P2169

Hiver arctique

Métailié, 2009
et « Points Policier », n° P2407

Hypothermie

Métailié, 2010
et « Points Policier », n° P2632

La Cité des Jarres
Arnaldur Indridason

Un nouveau cadavre est retrouvé à Reykjavik. L'inspecteur Erlendur est de mauvaise humeur : encore un de ces meurtres typiquement islandais, un « truc bête et méchant » qui fait perdre son temps à la police... Des photos pornographiques retrouvées chez la victime révèlent une affaire vieille de quarante ans. Et le conduisent tout droit à la « cité des Jarres », une abominable collection de bocaux renfermant des organes...

« Indridason réveille des effrois enfouis dans la glace, gelés dans le temps. »

Lire

La Muraille de lave
Arnaldur Indridason

Abasourdi, Sigurdur lève les yeux vers l'imposante Banque centrale, surnommée la « muraille de lave » en référence à l'impénétrable muraille de lave de la mer d'Islande. Ici règnent le crime et la corruption : une employée, adepte du libertinage, a été poignardée. Sigurdur en est persuadé, l'assassin est entre ces murs. Plus que jamais, les conseils d'Erlendur seraient précieux, mais il a disparu...

« Le charme est intact. Poésie noire et obsédante, maîtrise parfaite du tempo et des intrigues, dénuement du verbe, tendresse et vague à l'âme. »

Le Point

Le Chinois
Henning Mankell

Une tache écarlate sur la neige. Plus loin, une jambe... En tout, dix-neuf personnes massacrées à l'arme blanche à Hesjö-vallen. Selon les médias, un psychopathe a frappé. Pour la juge Birgitta Roslin, tout est trop bien organisé. Sa seule piste : un ruban rouge chinois. Indice qui la mène jusqu'à Pékin, dans les familles des émigrés du siècle dernier. Les humiliés auraient-ils pris leur revanche ?

« Dans un roman crépusculaire et extralucide, Mankell dévoile à ciel ouvert ses obsessions et ses terreurs d'imperturbable guetteur occidental. »

Le Nouvel Observateur

Printemps
Mons Kallentoft

Dans la lumière printanière éclatante de Lin-
köping, une déflagration sonne la mort de
deux anges blonds. Acte terroriste ou guerre
des gangs? Toutes les pistes sont ouvertes.
Pour l'enquêtrice Malin Fors, la mort des
enfants n'est pas fortuite, la bombe n'a pas
pu frapper au hasard. Son passé tourmenté
entre en résonance avec cette sordide affaire.
Partout, des secrets éclosent...

« Ce Printemps *commence non*
par un sacre mais par un massacre. »
Le Point

Le Temps de la sorcière
Arni Thorarinsson

Muté dans le nord de l'Islande, Einar, le sarcastique reporter du *Journal du soir*, se meurt d'ennui. D'autant qu'il ne boit plus une goutte d'alcool! Tout ceci deviendrait vite monotone... si ce n'étaient ces étranges faits divers qui semblent se multiplier: un étudiant disparaît, des adolescents se suicident... Einar voit d'un autre œil cette microsociété gangrenée par la corruption et la drogue.

« Un polar enlevé, écrit entre chien et loup, inquiétant comme les paysages islandais. »

Télérama

L'Âme du chasseur
Deon Meyer

Véritable force de la nature, « P'tit » est un ancien agent des services secrets sud-africains. Entraîné dans les camps de l'ex-KGB comme machine à tuer, il mène depuis la chute de l'apartheid une vie paisible. Mais un jour, son passé de meurtres et de corruption resurgit. Une superbe course poursuite à travers une Afrique du Sud toujours en proie à ses vieux démons.

« Avec Deon Meyer, impossible de se tromper... »

Michael Connelly